KB272686

블레이드 헌터

김정률 판타지 장편소설
FANTASYSTORY & ADVENTURE

Blade Hunter

5

dream
books
드림북스

블레이드 헌터 5

두 자루의 검

초판 1쇄 인쇄 / 2011년 5월 23일
초판 1쇄 발행 / 2011년 6월 3일

지은이 / 김정률

발행인 / 오영배
편집장 / 허경란
편집 / 신동철, 문보람, 오미정, 윤상현
본문디자인 / 신경선
펴낸 곳 / (주)삼양출판사 · 드림북스

주소 / 서울특별시 강북구 송천동 322-10호
대표 전화 / 02-980-2112 팩스 / 02-983-0660
편집부 전화 / 02-980-2116 팩스 / 02-983-8201
블로그 / blog.naver.com/dreambookss

등록번호 / 제9-00046호
등록일자 / 1999년 3월 11일

값 8,000원

ISBN 978-89-542-4205-9   04810
ISBN 978-89-542-4200-4   (세트)

* 지은이와 협의하에 인지는 생략합니다.
* 잘못된 책은 구입한 곳에서 바꾸어 드립니다.

블레이드 헌터

김정률 판타지 장편소설

FANTASY STORY & ADVENTURE

5

두 자루의 검

dream books
드림북스

⟨5⟩

블레이드 헌터

Blade Hunter

Contents

제1장
공녀 티아나

　리셀은 시내의 선술집에 대원들을 남겨두고 막사로 돌아왔다. 이제 부쩍 자라 완연히 처녀티가 나는 파디아가 반색하며 맞았다.

"오셨어요? 마실 것을 좀 준비해 드릴까요?"

"네가 담근 과일주가 한 잔 먹고 싶구나. 괜찮겠니?"

"물론이죠."

　방긋 웃으며 막사 밖으로 달려나가는 파디아였다. 그녀가 나가고 난 뒤 리셀은 사슬갑옷을 벗어 거치대에 걸었다. 거의 4년 가까운 세월이 흘렀기에 리셀의 외모는 많이 변해 있었다. 예전의 앳된 기색은 아무리 찾아봐도 없었다. 튜닉을 벗자

탄탄하게 근육이 자리 잡은 상체가 드러났다.

"이제 복무 기간도 6개월밖에 안 남았구나. 6개월만 있으면 루카스 후작가를 찾아갈 수 있어."

리셀의 눈앞에 지난 세월이 주마등처럼 스쳐 지나가고 있었다.

그가 맡은 까마귀 전대는 그야말로 다시 태어났다고 해도 이상하지 않을 만큼 비약적인 성장을 했다. 리셀이 짚어주는 허점을 보강하고 끊임없는 실전을 통해 훈련의 내용을 완전히 몸에 각인시킨 결과, 지금은 발톱 기사단의 최고 정예로 인정받을 정도로 대원들의 기량이 향상되었다.

사실 대원들 대부분이 기초 검술이나 불완전한 중급 검술만을 배웠다. 리셀이 허점을 짚어주어 많이 보완되었다지만 그래도 한계가 있을 수밖에 없었다. 그 점을 안타까워하던 리셀은 용단을 내렸다.

'그래. 레인에게도 전수해주었는데.'

리셀은 대원들을 일 대 일로 지도하는 과정에서 고급 검술의 일부를 잘라 가르쳤다. 리셀의 머릿속에는 아너프리가 전수해 준 방대한 검술이 들어 있었다.

아그리아 공작가에 금광을 빼앗기기 전까지만 해도 루카스 후작가는 손꼽히는 부를 자랑하는 가문이었다. 그런 부유한 가문의 적자였기에 아너프리는 대가를 치르면 배울 수 있는 모든 종류의 검술을 익혔다. 꼭 필요해서 익혔다기보다는 그저 검술 연마에 도움이 될까 해서 배운 것이다. 그로인해 천문학적인 수업료를 지불해야 했지만 재력이 탄탄한 루카스 후작가에게는 감당 못할 액수도 아니었다.

그 검술은 고스란히 리셀의 머릿속으로 전해졌다. 그런 만큼 리셀에겐 충분히 대원들의 부족한 검식을 보완해줄 능력이 있었다. 비록 일부이긴 하지만 고급 검술을 전수받자 대원들의 눈에는 감격이 일렁였다.

"가, 감사합니다."

"이 은혜, 결코 잊지 않겠습니다."

견습기사 출신인 그들로는 감히 꿈도 꾸기 힘든 수준의 검술이다. 상상도 해보지 못한 거금을 지불해야 배울 수 있는 고급 검술을 아무런 조건 없이 알려주니 감격하지 않을 도리가 없다.

대원들은 그렇게 전수받은 고급 검술을 리셀의 집중적인 지도와 실전을 거쳐 자기 것으로 소화해냈다. 강해지지 않으려야 강해지지 않을 수 없었다. 그런 대원들의 성장은 1년 전쯤 벌어진 드래곤 전대와의 결투에서 여실히 증명되었다. 당시를 떠올려 보던 리셀이 조용히 웃었다.

'그나저나 레인의 성장이 놀랍군. 자질이 그 정도로 뛰어나다니……'

레인은 꼬박 2년 동안 전투나 훈련에 참여하지 않고 기본 검식만을 반복해 연습했다. 트리스탄 검술을 제대로 배우려면 먼저 몸에 익은 잘못된 버릇을 바로잡아야 한다. 그 일념 하나로 레인은 2년 동안 침식을 잊고 검을 휘둘렀다. 그리하여 리셀이 가르쳐 준 검식을 확실하게 자신의 것으로 만들 수 있었다. 트리스탄 검술의 온전한 검식을 모조리 머릿속에 집어넣은 것이다.

이후 레인은 본격적으로 실전에 참가했다. 리셀과 어깨를 나란히 한 채 가장 먼저 돌격하여 사막 전사들을 향해 달려들었다. 물론 위기 상황도 많이 겪었고 부상도 많이 입었지만 리셀의 보살핌 덕에 다행히 목숨을 잃지 않았다.

"실전을 통해 검로를 완전히 소화해내야 한다. 그러려면 끊임없이 싸워야 해."

마스터가 질시할 정도의 재능을 타고난 레인이다. 그런 그가 확실하게 검증된 트리스탄 검술을 제대로 익혔고 강한 사막 전사들과 수를 헤아릴 수 없을 정도의 실전을 치렀다. 그러니 실력이 급성장하는 것은 필연이었다.

그 결과 레인은 드래곤 전대의 부전대장을 상대로 맞아 거의 완벽하게 뭉개버리는 기염을 토해냈다. 그의 비정상적인 무위 증진에 발톱 기사단 전체가 발칵 뒤집혔다. 결투에서 승리한 이후 까마귀 전대원은 이제 다른 발톱 기사단원들에게 선망의 대상이 되어버렸다. 그리고 고향에서의 평가 역시 판이하게 변해 있었다.

남부군은 각 귀족 가문에서 보낸 병력의 집합체이다. 한 기

사가 공을 세울 경우, 그중 일부는 기사를 보낸 귀족 가문의
공으로 인정된다.

　—귀 가문에서 보낸 기사 누구누구가 작전 중 큰 공을 세웠
　소. 훌륭한 인재를 보내준 데 대해 감사를 표하오.

남부군 사령관의 직인이 찍힌 공로 치하서가 전달되면 해당
귀족 가문은 잔치 분위기에 휩싸인다. 그들이 보낸 기사가 가
문의 명예를 한없이 드높여 주었기 때문이다.

사실 까마귀 전대원들은 대부분 소모품으로 전장에 보내졌
다. 가서 죽어도 아까울 것이 없는 천덕꾸러기들이었다. 그런
데 그랬던 대원들이 남부 전선에서 뜻밖의 결과를 이뤄냈다.
대원들이 주어지는 임무를 족족 완수하며 공을 세우자 공로
치하서가 계속해서 전달되었다. 그러자 대원들을 보낸 귀족
가문에서도 평가를 달리할 수밖에 없었다. 소모품 삼아 보낸
대원들로 인해 가문의 명예를 떨치게 되었으니 말이다.

당장 까마귀 전대원들이 고향에 남겨두고 온 가족들에 대한
대우가 확 달라졌다. 그리고 가문에서 보내오는 격려금과 보
급 물자 역시 몇 배로 불어났다. 돌아오는 즉시 정규 기사로
서임시켜주겠다고 약속받은 대원들도 있었다.

그러나 대원들 대부분은 하루아침에 변한 귀족 가문의 태도
에 씁쓸해했다. 그들의 뇌리에는 따돌림받고 냉대받던 아픈

기억이 뚜렷하게 각인되어 있었기 때문이었다.

'이제 까마귀 전대는 잘 돌아갈 것이다. 내가 빠져도 말이야.'

물론 리셀에게는 한참 미치지 못하지만 부전대장 레인의 실력은 상당한 수준이었다. 어지간한 사막 전사 한둘은 홀로 맡아 처리할 정도였다. 게다가 통솔력도 있고 대원들과의 관계도 원만하니 차기 전대장으로서 훌륭히 대원들을 이끌어나갈 것이다.

'레인이 알아서 전대를 잘 이끌어나가겠지.'

그때 파디아가 들어왔다. 그녀가 들고 들어온 잔에는 향기로운 냄새를 풍기는 과일주가 가득 담겨 있었다.

"자, 드세요."

"고맙다. 파디아."

잔을 들어 한 모금 마신 리셀이 파디아를 쳐다보았다. 리셀의 시선을 받은 파디아가 수줍게 웃으며 얼굴을 붉혔다.

'그나저나 파디아가 걱정이로군. 어디로 보내야 잘 지낼 수 있을지.'

리셀은 복무가 끝나면 브렌트 백작에게 부탁해서 파디아를 데리고 나갈 생각이었다. 부대에 두고 간다면 그녀에게 닥쳐올 운명은 참혹할 터였다. 그러나 그녀를 제국으로 데리고 갈 수는 없었다.

얼굴 생김새도 다르고 사고방식도 다른 파디아가 제국 사람들과 어울려 사는 것은 실로 힘든 일이다. 때문에 리셀은 파디 아를 남부군에서 데리고 나간 뒤 사막 부족의 마을에 맡길 생 각이었다. 문제는 파디아가 잘 지낼만한 마을이 있는가 하는 점이다.

'차차 찾아봐야겠군. 외부인에게 적대적이지 않으면서 안 전한 장소로 말이야.'

고개를 끄덕인 리셀이 술잔에 남아 있던 과일주를 입안에 털어 넣었다.

제국군의 숙영지로부터 몇십 킬로미터 떨어진 곳, 모래 언 덕으로 교묘하게 가려진 칼린 협곡에는 레오폰 왕국 산하, 사 막 부족의 주둔지가 있었다. 사막에서 암약하며 제국군을 괴 롭히는 사막 전사들의 본거지 중 하나였다.

남부 전선에 투입된 부족의 수는 무려 수백을 헤아린다. 수 백 개의 부족에 속한 수천, 수만 명의 전사들이 끊임없이 제국 의 남부 영토를 교란하는 것이다.

사실 사막 부족들 사이의 관계는 그리 원만하지 않은 편이 다. 지금은 레오폰 왕국의 깃발 아래 모여 있지만 얼마 전까지 만 해도 서로 싸워서 죽이고 노예를 빼앗던 원수지간이었다. 그런 사막 부족의 전사들이 한자리에 모여 있다면 거의 매일 칼부림이 날 것이다. 말보다는 칼이 먼저 나가는 전사들의 특 성상, 엄청난 혼란이 초래될 것이 틀림없었다. 때문에 남부 전선의 사막 전사들은 부족 단위로 모여 숙영지를 차리고 전투를 치렀다.

칼린 협곡에는 사막 부족 중에서도 강대하기로 소문난 호레이살 부족의 전사들이 머무르고 있다. 레오폰 왕국에서 둘째가라면 서러워할 정도로 세력이 거대한 호레이살 부족은 많은 전사들을 보냈고 많은 전과를 세웠다. 물론 그만큼 많은 희생을 치른 것은 두말할 나위가 없었다. 호레이살 부족에서 파견된 전사대는 도합 다섯이었는데, 그중 칼린 협곡에 위치한 전사대의 규모가 가장 컸다.

호레이살 부족의 전사들을 총괄하는 책임자는 파딘이라는 이름의 전사였다. 현 호레이살 부족장의 사촌 동생이자 부족에서 열 손가락 안에 드는 전사인 파딘은 대표적인 주전론자였다. 그도 그럴 것이 파딘은 제국의 제2차 침공에서 아들들을 모두 잃었다. 일곱 명의 아내에게서 본 스물한 명의 아들들이 그 전투에서 모조리 죽어나갔다. 그러니 제국군이라면 치를 떠는 강경파가 될 수밖에 없었던 것이다. 바로 그 파딘은 현재 수십 명의 전사들을 데리고 협곡 바깥쪽으로 나와 누군가를 기다리고 있었다.

"늦는군."

파딘은 주름진 얼굴에 볼에 새겨진 칼자국이 인상적인 초로의 사내였다. 깊은 눈빛이 끝을 헤아리기 힘든 사막을 닮아 있었다. 그때 한 전사가 눈빛을 빛냈다.

"저기 옵니다."

사막의 모래바람을 뚫고 뭔가가 다가오고 있었다. 가장 먼저 눈에 들어온 것은 등에 큼지막한 혹이 난 네발짐승이었다. 사막 부족들이 장거리 이동을 할 때 즐겨 사용하는 낙타였다. 무려 스무 마리에 가까운 낙타가 등에 짐을 바리바리 짊어지고 나타났다. 그 뒤를 이어 차양이 길게 늘어져 있는 수레 두 대가 모습을 드러냈다. 파딘의 얼굴에 난 칼자국이 꿈틀했다.

"낙타 스무 마리라……. 짐꾼을 제외하면 끽해야 십여 명의 전사가 전부겠군."

그는 끊임없이 부족에 전령을 보내 전사를 보충해달라는 요청을 해 왔다. 제국 남부군이 어느 정도 사막에 익숙해지자 전황이 서서히 어려워졌다. 많은 전사들이 제국군과 싸우다 목숨을 잃었다. 제국군의 반격은 그 정도로 매서웠다.

때문에 파딘은 계속해서 지원 요청을 했다. 일선에서 싸울 전사들을 더 많이 보내달라는 것이었다. 기다리던 보급대가 마침내 도착하긴 했다. 그런데 보급대의 규모를 보니 전사가 그리 많지 않은 것 같았으므로 파딘의 심사가 살짝 뒤틀렸다.

전사들이 지켜보는 사이 부족 보급대가 가까이 다가왔다. 수레의 차양이 걷히며 누군가가 모습을 드러냈다. 고급스러운 복장에 멋들어지게 콧수염을 기른 중후한 풍채의 사내였다. 그가 착 가라앉은 눈빛으로 말없이 전사들을 둘러보았다.

"여기까지 오시느라 수고하셨소."

파딘이 두 팔을 벌리고 사내에게 다가갔다. 사내는 기다렸다는 듯 파딘을 얼싸안고 볼을 비볐다. 절친한 사이끼리 하는 사막 부족의 인사법이다. 인사를 마친 파딘이 손을 풀었다.

"들어갑시다."

사내는 고개를 끄덕이고는 파딘의 뒤를 따랐다.

협곡 안으로 들어가자 전사들이 달려와서 보급 물자를 수습했다. 낙타와 수레에 실려 온 짐이 내려지는 동안 파딘은 사내와 그 수행원들을 데리고 지휘관 막사에 들어갔다.

그런데 수행원들의 면면이 매우 화려했다. 우선 눈에 띄는 것은 베일을 쓰고 면사로 얼굴을 가린 네 명의 여인이었다. 그 뒤를 노예 차림새의 사내 여덟 명이 짐을 짊어지고 따라 들어왔다. 전사들이 여인들을 힐끔힐끔 쳐다보았다. 최전선에 오면서 시중을 들 여자 노예를 대동한다는 건 지극히 높은 신분이라는 의미였다.

그러나 막사 안에 들어가자 파딘은 더 이상 콧수염 사내에게 눈길을 주지 않았다. 겉으로 보기에는 보급대를 인솔해 온 지체 높은 귀족으로 보였지만 실상은 그렇지 않았다.

겉은 멀쩡해 보였지만 사실 콧수염 사내는 약물로 인해 혼이 빠진 노예였다. 정작 진짜 보급대 우두머리는 그 수행원들 중에 있다는 사실을 파딘은 잘 알고 있었다. 요인을 보호하기 위한 일종의 위장 전술인 것이다. 누가 진짜 우두머리인지 파악하는 것은 전적으로 파딘의 능력에 달려 있었다.

콧수염 사내는 아무런 말없이 그 자리에 버티고 서 있었다. 수행원들 역시 말이 없었다. 파딘은 세심하게 수행원들의 눈빛과 차림새를 살펴나갔다. 돌연 그의 시선이 한 여인에게 가서 닿았다. 면사 사이로 차분한 눈빛을 보내는 묘령의 여인, 그녀를 쳐다보던 파딘의 입가에 미소가 스쳐 지나갔다.

"오랜만이오, 공녀. 공녀께서 직접 올 줄은 전혀 몰랐소."

공녀. 고위 귀족의 딸을 의미하는 단어이기도 하지만 사막 부족 사이에선 부족장의 딸을 부를 때 사용하기도 했다. 그렇다면 노예 차림새의 여인이 호레이살 부족장의 딸이란 말인가? 공녀라 불린 여인이 묘한 눈웃음을 지었다.

"바로 알아보시는군요. 놀랍습니다."

"내 어찌 티아나 공녀를 몰라보겠소."

파딘의 입가에 미소가 떠올랐다. 눈앞의 여인은 파딘의 육촌 조카딸뻘이 된다. 물론 지위상으론 파딘보다 높지만 말이다.

티아나 공녀. 현 호레이살 가주가 가장 총애하는 여식으로, 방년 21세의 꽃다운 나이의 아가씨였다. 스물아홉 명의 딸 중에서 가장 아름답다는 평을 듣고 있으며, 현 레오폰 왕국의 칼리프인 나자르의 아들과 태중 혼약을 맺은 사이였다. 만약 다음 대 칼리프도 나자르의 부족인 하란티아 부족에서 나온다면 티아나 공녀는 레오폰 왕국의 왕비가 되는 것이다. 그런 가문의 요인이 보급대를 이끌고 왔기에 파딘은 적이 놀랐다.

"티아나 공녀의 검술 실력을 알고 있긴 하지만 너무 위험한 임무를 맡으셨소이다."

그 말에 티아나 공녀가 생긋 웃으며 고개를 흔들었다.

"괜찮아요. 일선의 전사들은 더욱 위험한 임무를 맡고 있는데요."

호레이살 부족장이 티아나 공녀를 총애하는 가장 큰 이유는 바로 검술 실력 때문이었다. 호레이살 부족은 전통적으로 강한 전사를 숭상하는 부족이다. 칼 솜씨가 뛰어나다면 노예라도 바로 면천시켜 부족의 전사로 임명한다. 그런 가풍 속에서 성장한 티아나 공녀는 어릴 때부터 검술에 두각을 나타냈다.

나이가 들어 은퇴한 늙은 전사로부터 시미터 다루는 법을 배운 티아나는 열여덟 살이 되던 해, 부족에 파란을 일으켰다. 같은 나이의 전사 다섯 명을 실전과 다름없는 대련에서 연거푸 꺾는 기염을 토해낸 것이다. 강한 전사를 숭상하는 호레이살 부족의 전사들은 놀라운 눈빛으로 티아나를 쳐다보았다. 여자의 몸이라고는 하지만 지금의 검술을 이뤄낸 자질과 노력에 찬사를 표한 것이다.

레오폰 왕국에서 여자의 지위는 매우 낮다. 그 많고 많은 사막 전사들 중에 여자를 찾아볼 수 없다는 사실이 그것을 반증했다. 그러나 티아나는 평범한 여인이 아니라 부족장의 딸이며 현 칼리프의 며느리가 될 몸이다. 게다가 검술 실력조차도

또래의 전사들을 능가할 정도이니 부족장의 총애를 받을 만도
했다.

　그런 여인이 보급대를 지휘해서 최전선까지 왔으니 파딘의
놀라움은 지당하다고 볼 수 있었다. 그러나 파딘은 금세 얼굴
을 찌푸렸다.

　"그런데 전사를 몇 명이나 데리고 왔는지 물어봐도 되겠소
이까? 공녀."

　파딘의 시선을 맞받는 티아나의 눈빛이 살짝 흔들렸다.

　"데리고 온 전사는 없습니다. 대신 다친 전사들을 치료할
열 명의 주술사를 데리고 왔지요."

　그 말에 파딘의 눈매가 급격히 휘말려 올라왔다. 분을 참지
못한 그가 탁자를 내리쳤다.

　쾅!

　"그런 말도 안 되는……! 지금 전사가 얼마나 부족한데. 나
는 도대체 이해가 되지 않는구려."

　티아나가 잔잔한 어조로 이유를 설명했다.

　"우리 부족은 그동안 너무나 많은 전사를 잃었습니다. 부족
을 지켜야 할 젊은 사자들이 너무 많이 죽어갔지요. 더 이상
전사를 잃을 경우 부족의 근간이 뒤흔들릴 우려가 있습니다."

　티아나의 말은 사실이었다. 사막 부족의 저력을 나타내는
것은 바로 부족이 보유한 전사의 숫자이다. 전사들이 많아야
부족원들의 생명과 재산을 지킬 수 있다. 전사의 수가 부족하

면 당장 부족의 재산과 생명을 노리고 적들이 쳐들어올 수밖에 없다. 그러나 파딘은 그 말에 동의하지 않았다.

"전사들이 죽은 만큼 제국 놈들의 수급을 거둬들이고 있소. 이미 우리는 이번 전선에 투입된 모든 부족 중 가장 두드러지는 전과를 올리고 있소. 호레이살 부족의 긍지를 지키려면 더 많은 전사들이 필요하오."

"부족의 긍지보다 중요한 것이 바로 전사들의 목숨입니다."

티아나가 눈을 똑바로 뜨고 파딘을 쳐다보았다.

"이미 원로 회의에서 결론을 내렸습니다. 전사를 더 이상 전선에 보낼 수 없다고 말입니다. 게다가 현 칼리프를 배출해 낸 하란티아 부족의 저의도 의심된다고 하셨습니다."

"무슨 말씀이시오?"

"칼리프는 의도적으로 우리 호레이살 부족의 전사들을 가장 위험한 최전선에 배치하고 있습니다. 그 때문에 전선에서 싸우는 부족들 중 우리 부족의 희생이 가장 큽니다."

"그러나 그만큼 많은 전과를 거두고 있소."

"지금 전과가 중요한 것이 아닙니다. 전사를 더 잃을 경우 부족의 존립을 걱정해야 합니다."

티아나의 표정은 단호했다. 이미 그녀는 원로 회의에 참가해서 이번 결정이 내려지는 과정을 지켜본 후였고 때문에 호레이살 부족이 처한 상황을 무척 잘 알고 있었다.

칼리프는 레오폰 왕국의 왕이라 할 수 있다. 그러나 일반적인 왕의 개념과는 좀 다르다. 다른 나라의 왕처럼 절대적인 권력이 없는 것이 가장 큰 특징이다. 오랫동안 부족끼리 반목해서 싸워 온 역사를 지녔기에 중재자의 필요성을 느껴 칼리프라는 제도를 만들어낸 것뿐이었다.

레오폰 왕국을 구성하는 것은 수백 개의 사막 부족이다. 이 많은 부족들이 서로 어우러져 교역하고, 또는 전쟁을 벌이면서 사막에서 살아간다. 칼리프는 모든 부족들의 대표자이자 중재자이다. 일반적으로 부족 간의 대표 회의에서 선출되며 가장 세력이 크고 전사가 많은 부족의 부족장이 칼리프로 임명된다. 임기는 종신, 즉 죽을 때까지 이어진다. 만약 현재의 칼리프가 늙어 죽을 경우 사막 부족의 부족장들이 한데 모여 새로운 칼리프를 선출하게 된다.

그런데 현 칼리프 이전, 3대까지만 해도 칼리프를 배출한 부족은 바로 호레이살 부족이었다. 호레이살 부족은 그 정도로 넓은 영토와 많은 전사를 보유한 강한 부족이다. 최근 들어 급성장한·하란티아 부족이 운 좋게 현 칼리프 자리를 채어갔지만 다음 대 칼리프는 반드시 호레이살 부족에서 나올 것이라 부족 전사들은 믿고 있었다. 그런데 그런 와중에 제국과의 전쟁이 벌어진 것이다.

"사실 이번 전쟁은 하란티아 부족에서 일부러 유도한 것이 아닐까 의심하고 있습니다. 아스트리아 제국은 강대국입니다. 그런 강대국을 선제공격하는 것 자체도 의심스러운데, 칼리프는 우리를 비롯한 반대파 부족들만을 골라 최전선에 밀어 넣고 있습니다. 우호적인 부족의 전사들은 비교적 안전한 후방에 배치하지요."

파딘은 잠자코 티아나의 말을 듣고만 있었다.

"게다가 하란티아 부족의 전사들은 거의 전투에 투입되지 않았습니다. 전쟁 초반에만 다소 희생을 치렀을 뿐, 현재는 최전선에서 하란티아 부족의 전사들을 찾아볼 수 없습니다. 다시 말해 전력을 고스란히 보존하고 있는 것이지요. 그런 상황에서 우리 전사들만 희생시킬 수 없다는 결론이 나왔습니다."

그때 파딘의 입꼬리가 묘하게 비틀어졌다.

"그래서? 전선의 전사들을 철수시키겠다는 것이오?"

"그건 아닙니다. 그렇게 한다면 다른 부족들의 비난을 살 우려가 있습니다. 해서 부족에서는 특별히 파딘님에게 밀명을 전하라고 하셨습니다. 전선에서 싸우되, 가급적 적극적으로 나서지 말고 전사들의 목숨을 보전하는 것을 최우선으로 하라는 게 원로 회의의 결정입니다."

티아나의 말이 끝나기가 무섭게 파딘이 탁자를 내리쳤다.

"난 그렇게 못하오! 뼛속까지 전사인 나 파딘은 적을 보면 분쇄해 버릴 뿐, 머리를 굴리는 일 따위는 하지 않을 것이오. 아니, 못하오!"

뜻밖의 반응에 티아나가 적잖이 당황했다.

"파, 파딘님?"

"모든 사막 부족들이 이 전선을 관심 있게 지켜보고 있소. 다른 부족들이 뻔히 보고 있는데 어찌 꽁무니를 빼란 말이오? 나는 결코 그렇게 할 수 없소. 내 힘이 조금이라도 남아 있는 한 제국 놈들과 싸울 것이오."

"……."

"이미 많은 전사들이 라할님의 품으로 귀의했소. 남은 전사들은 그들의 원한을 풀어주기 위해 혈안이 되어 있다오. 분노한 전사들이 그런 명령을 받아들일 것 같소?"

티아나의 얼굴에 낭패한 기색이 역력했다. 그토록 알아듣기 쉽게 설명했는데도 도무지 말귀를 알아먹지 못하는 것이다.

'실수다. 생각했던 것보다 아스트리아 제국에 대한 파딘의 원한이 너무 커. 이러면 안 되는데.'

상부에서 내려온, 전력을 최대한 보존하라는 명령은 말처럼 쉬운 일이 아니었다. 전장의 지휘관이 앞장서서 노력을 해도 될까 말까인데 이렇게 막 나와 버리면 방법이 없다. 티아나가 살짝 입술을 깨물었다.

파딘이 저처럼 격한 반응을 보이는 데는 자신에게도 어느 정도 책임이 있다. 보급대를 인솔하는 책임 있는 자리에 여자가 왔으니 파딘의 심기가 불편할 만도 하다.

비록 족장의 딸이라곤 해도 여자는 기본적으로 전사들이 업신여기거나 얕잡아 보는 대상이다. 레오폰 왕국은 그 정도로 여성에 대한 차별이 일상화된 나라였다. 티아나가 조심스럽게 말을 이어나갔다.

"부족의 운명이 걸린 일입니다. 다시 한 번 생각해 주십시오."

파딘은 생각해보지도 않고 고개를 크게 저었다.

"생각하나 마나요. 그런 얼토당토않은 명은 받을 수 없소."

티아나가 살짝 입술을 깨물었다. 만약 자신이 아닌, 부족의 주요 원로가 왔더라도 이같이 항명을 하였을까? 제아무리 파딘이라고 해도 생각해 보는 시늉은 했을 것이다. 더 이상 파딘을 자극해봐야 좋을 것이 없다고 판단한 티아나가 한 발 뒤로 물러섰다.

"알겠습니다. 그렇다면 파딘님의 뜻을 원로 회의에 그대로 전하도록 하겠습니다."

파딘은 그럴 줄 알았다는 듯한 표정을 지었다. 강하게 나가면 설령 공녀라고 할지라도 뜻을 굽히리란 예상이 맞아떨어진 것이다.

'여자 따위를 보내다니.'

파딘의 입가에 비릿한 미소가 스쳐 지나갔다.

"전선은 위험하오. 그러니 서둘러 돌아가도록 하시오."

"그럴 순 없습니다. 제 임무는 파딘님께 원로 회의의 결정을 전하는 것 외에 전선의 상황을 자세히 살피는 일도 있습니다. 며칠 머물면서 전사들의 애로사항이나 전세 등을 살피려 합니다."

냉정을 되찾은 티아나가 파딘의 눈을 들여다보았다.

"흠. 그렇다면 좋소. 뭐, 전선의 사정은 지극히 열악하오. 제국 놈들의 정찰대와 강습 부대가 사막을 누비고 다니기 때문에 보급 사정이 매우 좋지 않소. 내가 직접 안내해 주리다."

파딘이 더는 말할 필요가 없다는 듯 몸을 일으켰다. 부족장의 딸이 직접 눈으로 확인한다면 추가 보급을 받아내는 데 유리할 것이라는 계산이 깔린 행동이었다.

티아나가 조용히 그의 뒤를 따랐다. 물론 선두에 콧수염 사내를 세우고 마치 노예인 양 뒤쪽에서 고개를 숙인 채 따라나갔다.

사막 전사들의 숙영지는 부산했다. 티아나의 보급 부대 편으로 전달된 물품을 받은 사막 전사들이 기뻐하며 여기저기서 꾸러미를 풀어 주린 배를 채우고 있었다. 덥수룩한 수염과 초췌한 얼굴을 보니 꽤나 오랫동안 배고픔에 시달린 모양이었다. 파딘은 이곳저곳을 데리고 다니며 열악한 전장의 사정을 설명했다.

"지난달에는 단 한 번의 보급만을 받았소. 그 때문에 모든 것이 부족하오."

물론 겉으로 보기에는 콧수염 사내를 향해 말하는 듯했지만 실상은 티아라에게 하는 말이었다. 고개를 숙인 채로 티아라는 숙영지의 이모저모를 열심히 눈에 담았다. 특히 그녀는 숙영지 인근을 유심히 살폈는데 쓰레기장으로 쓰는 공터에서 뜻밖의 사실이 발견되었다.

'사막 주머니쥐의 뼈와 전갈 껍질이라. 전선의 식량 사정이 매우 좋지 않군. 자체적으로 식량을 조달해야 할 지경이라니 말이야. 분명 충분한 보급품을 실은 부대가 부족을 출발했는데?'

귓전으로 파딘의 음성이 계속 파고들었다.

"다른 부족들의 사정도 마찬가지요. 제국군의 별동 부대 때문에 많은 병참 기지가 드러나 버렸소. 그 때문에 보급품이 제대로 전달되지 않고 있소."

이어 파딘이 데리고 간 곳은 병동으로 쓰는 막사였다. 제국군과 싸우는 과정에서 부상을 입은 전사들이 즐비하게 누워 있었다. 들어가는 순간 티아나가 코를 막았다.

"흡."

막사 안에 살이 썩는 냄새가 진동했기 때문이었다. 병동의 상황은 참혹했다. 제대로 치료를 받지 못한 상처에서는 구더기가 꿈틀거렸고 아예 팔다리가 썩어들어가는 전사도 있었다. 그로 인해 코를 들고 있을 수 없을 정도의 악취가 풍겼다.

"약초도 모자라오. 식량, 약초뿐만 아니라 모든 것이 부족한 실정이오."

콧수염 사내는 얼굴을 찡그린 채 침통한 표정으로 고개를 끄덕였다. 그 모습에 파딘이 코웃음을 쳤다.

'비천한 노예 주제에 거드름이라니……. 어쨌거나 그럴듯하기는 하군.'

티아나와 살짝 눈빛을 교환한 노예가 정색을 했다. 그 기색을 눈치챈 파딘이 티아나가 원하는 내용을 털어놓았다.

"최전선 전초 기지의 상황은 더욱 열악하오. 보급을 위해 전사들을 보내면 한 조 정도는 어김없이 제국군의 손에 걸린다오."

고개를 끄덕이는 노예를 본 파딘이 입을 열었다.

"원하신다면 지금 즉시 최전방 전초 기지로 안내하도록 하겠소. 그렇게 하시겠소?"

다시금 티아나와 시선을 마주친 노예가 바로 고개를 끄덕였다.

"알겠소. 쇠뿔도 단김에 빼라고, 지금 즉시 출발하도록 합시다."

파딘은 머뭇거림 없이 호위를 맡을 전사들을 뽑았다. 제국군이 득시글거리는 최전방으로 가려면 실력 있는 전사들이 많이 필요하다. 티아나 역시 인원 구성을 새롭게 했다. 여자 노예 두 명과 짐꾼들을 모두 칼린 협곡에 남겨두고 단 세 명만이 파딘과 동행하기로 말이다.

그렇게 파딘과 티아나는 십여 명의 사막 전사들과 함께 칼린 협곡을 나섰다. 그러나 그들은 알지 못했다. 가느다란 눈동자 한 쌍이 그들을 지켜보고 있다는 사실을 말이다.

'저쪽 방면으로 가면 목적지는 뻔하지. 그곳에 자리 잡은 전초 기지는 하나뿐이니까.'

눈동자의 주인은 햇볕에 피부가 시커멓게 그을린 사내였다. 허름한 옷을 입은 것으로 보아 잔일을 시키기 위해 데리고 온 인근 마을 사막 부족원인 것 같았다. 평소 노예들의 시중을 받는 것이 습관화된 터라 사막 전사들은 좀처럼 허드렛일을 해내지 못한다. 때문에 소수 부족 사람들에게 일정액의 보수를 주고 일을 시키는 것이다. 그는 그렇게 해서 고용된 인근 사막 부족의 사람이었다. 사내의 입가에 묘한 미소가 떠올랐다.

'잘하면 거금을 받을 수 있겠군. 팔자 고치는 건 이제 시간문제야.'

사내의 정체는 제국 정보부에 포섭된 밀정이었다. 정체를 숨기고 호레이살 부족의 진영에서 허드렛일을 하던 중 우연찮게 후한 보상을 받아낼 수 있는 정보를 입수한 것이다. 그가 재빨리 숙소 뒤편으로 걸음을 옮겼다. 그곳에 그가 몰래 가져온 모래새가 있었다. 우연히 그를 발견한 사막 전사 한 명이 눈을 부라렸다.

"일을 안 하고 어디를 가는 게냐?"

사내가 오만상을 지으며 배를 움켜잡았다.

"죄, 죄송합니다요, 나리. 갑자기 배가 아파 와서……."

"더러운 놈. 빨리 갔다 오도록 해라."

얼굴을 찌푸린 전사가 길을 열어주었다. 전사를 지나치는 사내의 입가에는 회심의 미소가 배어 있었다.

　그들이 가는 전초 기지는 다섯 시간 거리에 자리 잡고 있었다. 파딘은 의도적으로 가장 거리가 멀고 사정이 열악한 전초 기지를 골랐다. 상황이 어려울수록 추가 지원을 받아내기가 용이했기 때문이었다.
　전초 기지로 가는 길은 매우 험했다. 제국군의 정찰대에 포착되지 않으려면 잘 드러나지 않는 곳에 기지를 세울 수밖에 없다. 티아나와 일행은 꼬박 다섯 시간을 걸은 끝에 마침내 전초 기지에 도착할 수 있었다.
　"칼린 협곡의 기지에 데저트 렙터가 있긴 하지만 이용할 순 없소. 데저트 렙터가 일으키는 모래 먼지가 상당히 멀리서도 포착되기 때문이오."
　콧수염 사내는 알고 그러는 건지, 모르고 그러는 건지 그저 고개만 끄덕였다. 그에게서 시선을 거둔 파딘이 손을 들었다. 그러자 주변에 매복하고 있던 전사들이 몸을 일으켰다.
　"어서 오십시오."
　"귀빈을 환영합니다."
　티아나가 재빨리 전사들의 안색을 살폈다. 전사들은 하나같이 초췌한데다 비쩍 여위어 있었다. 비록 단련된 전사들이라고는 하지만 사막에서 먹고 자고 하는 것이 결코 쉬울 리가 없다. 파딘이 직접 귀빈을 데리고 온 것을 본 기지 책임자가 적이 놀랐다.

"용서하십시오. 직접 오실 줄 알았다면 마중을 나갔을 것입니다."

"그럴 필요 없다. 보급품을 좀 가지고 왔으니 전사들에게 나누어주도록 하라."

보급품을 받은 전사들이 기뻐하며 옹기종기 모여 앉았다. 받은 자리에서 바로 먹는 것을 보니 이곳 역시 식량 사정이 그리 좋지 못한 모양이었다. 그 모습을 본 티아나가 생각했다.

'가장 큰 문제는 보급이로군. 부족과 전장과의 거리가 워낙 멀다 보니.'

일선에서 싸우는 사막 전사들의 보급 문제는 전적으로 부족에서 책임져야 한다. 다른 부족 전사들에게 보급품을 지원해주는 경우는 거의 없다. 사막 부족들은 서로 간의 사이가 그 정도로 좋은 편이 아니다. 호레이살 부족은 주기적으로 보급품을 마련해 일선으로 보냈다. 문제는 그게 고이 도착하는 경우가 많지 않다는 것이다.

호레이살 부족은 레오폰 왕국의 동쪽에 위치해 있다. 그곳에서 전투가 벌어지는 전장까지는 엄청나게 멀다. 그리고 이리로 오는 길에는 수를 헤아릴 수 없는 사막의 유랑 부족들이 득시글거린다. 언제 도적단이 되어 달려들지 모르기 때문에 항상 호위를 넉넉하게 붙여야 했다. 그렇게 애를 써 라할리아 사막 초입에 들어선다 한들, 거기서 끝이 아니었다. 이번에는 제국 정찰대와 강습 부대의 이목을 피해 사막을 횡단해야 하는 것이다.

지금까지는 중간중간 마련된 병참 기지를 거쳐 가며 일선에 보급품을 전달했다. 그러나 제국군의 장거리 정찰대에 의해 많은 수의 병참 기지가 파괴되었다. 그로 인해 보급품 수송에 상당한 차질이 빚어져 버렸다.

지금껏 호레이샬 부족은 많은 보급대를 보냈다. 그러나 그중 정상적으로 도착하는 보급대는 고작 이 할 정도에 불과했다. 일부는 유랑 부족에게 노략질당하고 나머지는 사막을 횡단하는 과정에서 흔적도 없이 종적을 감췄다. 대부분 제국군의 강습 부대에 의해 요격당하는 것이지만 물이 떨어져서 죽거나 유사에 빠져 실종되는 경우도 적지 않았다. 제국군은 그야말로 가장 효과적인 방법으로 사막 전사들의 보급로를 교란시키고 있었다.

'문제가 크군. 단순히 보급대의 수를 늘리는 것만으로는 해결되지 않겠어.'

고개를 끄덕인 티아나가 막사 뒤로 돌아가 보았다. 거기에도 어김없이 사막여우나 주머니쥐 등의 뼈가 너저분하게 흩어져 있었다. 먹고 남긴 전갈의 껍질 역시 수북하게 쌓여 있었다. 그나마 다행인 것은 살이 썩는 냄새는 풍기지 않는다는 점이었다. 상처 입은 전사들을 바로 칼린 협곡으로 후송시키기 때문인 듯했다. 생각에 잠겨 있는데 파딘의 굵직한 음성이 파고들었다.

"막사로 들어가시오. 오래 걷느라 시장할 텐데 배를 좀 채우도록 합시다. 전사들이 음식을 준비해 두었다고 하오."

퍼뜩 정신을 차린 티아나가 콧수염 사내를 따라 막사 안으로 들어갔다. 전사들이 티아나의 뒷모습을 힐끔힐끔 쳐다보았다. 오랫동안 여자 구경을 못한 탓인지 눈빛이 유난히 번들거렸다.

제2장
낯선 이의 막사

"크으윽."

나지막한 신음 소리와 함께 모래 위로 피가 번져갔다. 피 묻은 검을 뽑아든 기사 하나가 뒤를 돌아보았다.

"매복을 모두 제거했습니다."

모래 위로 살짝 드러난, 심장을 관통당한 사막 전사의 몸이 서서히 경련을 멈춰갔다. 사막 전사들의 특기는 모래 속에 숨어 있다 갑자기 튀어나와 기습하는 것이다. 그 방법으로 인해 수많은 제국 병사들이 쥐도 새도 모르게 죽음을 당했다. 그러나 그런 사막 전사들의 비술도 제국군의 정예 부대 앞에서는 맥을 추지 못했다. 부대에 소속된 마법사들이 탐지 마법을 펼쳐 사막 전사가 매복한 위치를 정확히 찾아내기 때문이었다. 사막 전사들의 기습이 위력을 발휘할 수 있는 대상은 마법사가 없는 소규모 부대뿐이었다.

그 뒤를 이어 수십 명의 그림자가 모습을 드러냈다. 고급스러운 금빛 제복에 잘 닦인 사슬갑옷을 걸쳤고 가슴팍에는 포효하는 드래곤의 문장이 새겨져 있었다. 제국군의 기동 강습부대인 발톱 기사단 중에서 최고의 정예로 평가받는 드래곤 전대의 대원들이었다.

"정보부의 보고서에 따르면 호레이살 부족의 요인이 이곳을 방문했다고 한다. 중대한 정보를 캐낼 수 있으니 반드시 사로잡도록. 호레이살 부족의 최고 지휘관인 파딘은 죽여도 무방하다."

드래곤 전대의 대원들이 묵묵히 고개를 끄덕였다.

"알겠습니다."

"퇴각로는 이미 까마귀 전대가 맡고 있다. 그들에게 공을 빼앗겨선 안 된다. 모두 공격!"

명령이 떨어지자 드래곤 전대원들은 바로 작전에 돌입했다. 서른 마리의 데저트 랩터들이 모래 먼지를 자욱하게 흩날리며 돌격해 들어갔다. 동시에 다급한 뿔피리 소리가 울려 퍼졌다. 매복한 전사들이 드래곤 전대원들을 발견한 모양이었다. 그러나 이미 외곽 경계병들은 모두 제거되었다. 당황한 사막 전사들의 근거지를 들이쳐서 닥치는 대로 짓밟아버리는 일만 남은 것이다.

　뚜우우우우.
　느닷없이 울려 퍼진 뿔피리 소리에 파딘이 당황해서 자리에서 일어났다. 식사에 열중하던 콧수염 사내와 티아나도 먹던 것을 멈췄다.
　"무슨 일이지?"
　그때 누군가가 헐레벌떡 달려 들어왔다.
　"적입니다! 제국의 발톱 기사단으로 보이는 놈들이 이곳을 급습했습니다."
　파딘의 안색이 확 변했다. 하필이면 자신이 이곳에 방문했을 때 제국군이 기습해 오다니……. 보고를 하는 전사의 얼굴에는 다급한 기색이 역력했다.
　"전사들이 막고 있습니다만 역부족입니다. 일단 필사적으로 막아볼 테니 칼린 협곡으로 돌아가십시오."
　그 말에 파딘이 머뭇거림 없이 고개를 끄덕였다.
　"알겠다. 최후의 한 명까지 적을 막아라."
　"염려하지 마십시오. 마지막 숨이 다하는 순간까지 부족의 긍지를 지키겠습니다."
　굳은 표정으로 고개를 끄덕인 전사가 시미터를 움켜쥐고 달려나갔다. 파딘이 급히 콧수염 사내를 일으켜 세웠다.
　"서두릅시다. 시간이 없소."

그 모습을 티아나가 차가운 눈빛으로 쳐다보았다. 전초 기지의 전사들이야 죽건 말건, 자신이 빠져나가는 데만 급급한 파딘의 태도가 마음에 들지 않았기 때문이었다. 그러나 어쩔 수 없었기에 그녀 역시 급히 파딘의 뒤를 따랐다. 어떠한 일이 있어도 제국군의 포로가 되어선 안 되는 게 그녀의 입장이었다.

바깥은 아수라장이었다. 곳곳에서 제국 기사들과 사막 전사들이 뒤엉켜 싸우고 있었다. 전사들은 식사를 하다 말고, 혹은 잠을 자다 막사에서 뛰쳐나와 적과 맞서 싸웠다. 그런데 이곳까지 일행을 호위해 온 십여 명의 전사들은 거기에 가세하지 않았다. 그들은 파딘을 보자마자 바로 다가와 그의 주위를 둘러쌌다.

"퇴각로는 확보되었겠지?"

"기지 뒤쪽에 도주로가 있습니다. 서두르십시오."

"알겠다."

파딘과 전사들이 재빨리 기지 뒤편으로 이동했다. 티아나 일행을 빈틈없이 에워싼 채 말이다.

퇴각로는 잘 드러나지 않게 엄폐되어 있었다. 선인장 숲을 지나치자 사막으로 통하는 길목이 드러났다. 파딘이 나지막한 목소리로 부하들을 독려했다.

"서둘러라. 사막에만 들어가면 안전할 것이다."

사막 전사들은 오로지 달리는 데에만 열중했다. 그런데 얼마 가지 못하고 선두의 전사들이 그 자리에 멈춰 섰다. 갑자기 시커먼 그림자들이 불쑥 튀어나와 앞길을 가로막았기 때문이었다.

"매, 매복입니다. 크으윽."

경고성과 함께 비명 소리가 여기저기서 울려 퍼졌다. 선두의 전사들이 정신없이 시미터를 휘둘렀고 쇠와 쇠가 부딪히는 소리와 함께 뭔가가 사방으로 튕겨 나갔다.

"조, 조심해. 놈들이 손도끼를 던지고 있어."

"마구 쳐내면 안 돼!"

동료들이 쳐낸 손도끼에 맞은 전사들이 신음을 흘렸다. 동시에 손도끼를 집어던진 그림자들이 검을 뽑아들고 달려들기 시작했다. 쭉 뻗은 장검은 상대의 정체를 명확히 말해주었다.

"제국의 기사 놈들이다!"

"막아라!"

파딘이 입술을 질끈 깨물었다. 사실 그동안 많은 부족 전사들의 기지가 제국군의 손에 유린되었다는 말을 전해 들었을 뿐, 구체적으로 어떤 전법을 쓰는지 까진 알지 못했다. 그러나 직접 당해보니 말 그대로 철통 같은 포위 공격이었다. 그때 그의 눈에 자신을 향해 달려드는 그림자 하나가 들어왔다. 척 보기에도 젊디젊은 제국 기사가 자신을 향해 몸을 날리고 있었다.

"이런 하룻강아지 같은 놈!"

파딘이 노성을 터트리며 시미터를 뽑아들었다. 자신이 누구인가? 호레이샬 가문에서 열 손가락 안에 드는 뛰어난 전사가 아니던가. 그런 자신을 머리에 피도 마르지 않은 제국 애송이가 노리다니……. 그것도 단독으로 말이다.

"뚫고 나간다. 거치적거리는 놈들을 모조리 죽여라."

버럭 고함을 지른 파딘이 시미터 두 자루를 교차시켜 기사의 공격을 막아나갔다. 일단 공격을 차단한 뒤 단숨에 목을 날려버리려는 것이 파딘의 계획이었다. 그러나 그것은 초장부터 어긋나버렸다.

콰드드득.

상대의 검과 마주치는 순간, 시미터 한 자루가 산산이 깨어져나갔다. 이어 남은 시미터는 엄청난 충격을 받고 파딘의 손에서 튕겨나갔다. 시미터가 그 지경인데 파딘 역시 멀쩡할 리가 없다. 맥없이 뒤로 튕겨져 날아가는 파딘의 눈은 경악에 물들어 있었다.

"마, 말도 안 돼?"

겨우 중심을 잡고 착지한 파딘이 급히 여분의 시미터를 뽑아 손에 쥐었다. 그러나 자신을 날려버린 제국 기사의 모습은 보이지 않았다. 순간 그의 얼굴에 그늘이 드리워졌다.

"위다!"

깜짝 놀란 파딘이 시미터를 들어 올렸다. 그러나 상대의 검은 시미터를 교묘하게 피해 파딘의 어깨로 파고들고 있었다. 입술을 비집고 처절한 비명 소리가 흘러나왔다.

"끄아아악."

파딘의 비명은 길게 이어지지 않았다. 장검이 정확히 파딘의 쇄골 사이를 뚫고 들어가 심장을 관통해버린 뒤였다. 리셀이 검을 뽑자 파딘의 몸이 분수처럼 피를 쏟아내며 나동그라졌다. 부근에 있던 전사 두 명이 비통한 음성과 함께 달려들었다.

"이, 이놈!"

제국 기사를 향해 달려드는 전사들의 눈에는 지휘관의 원수를 갚겠다는 결의가 일렁였다. 그러나 세상사란 결의만으로 해결되지 않는다. 기세 좋게 달려들었지만 전사들은 몇 합 버티지 못하고 제국 기사의 검에 세상을 하직해야 했다.

'세, 세상에……'

티아나의 눈에는 놀라움이 가득했다. 그녀는 조금 전, 파딘이 당하는 모습을 똑똑히 목격했다. 산전수전 다 겪은 노련한 전사인 파딘이 너무나도 허무하게 죽음을 맞이했다. 직접 보지 못했다면 결코 믿지 않았을 것이다.

고개를 돌려 주위를 둘러본 티아나의 얼굴이 금세 암울해졌다. 휘하의 전사들 역시 형편없이 밀리고 있었기 때문이었다. 매복한 제국 기사들의 실력은 실로 대단했다. 전사들이 필사적으로 싸웠지만 한 명도 제대로 감당하기 힘들어 보였다. 그런 상황에서도 제국 기사들은 세 명이 한 조를 이뤄 전사들을 둘러싸고 맹공을 가하고 있었다. 여기저기서 전사들이 처절한 비명과 함께 피를 내쏟으며 허물어졌다.

제국 기사들은 전법은 무척 효과적이었다. 포위 공격하던 부족 전사들이 쓰러지는 걸 확인함과 동시에 허리춤에서 손도끼를 뽑아들었다. 그리고는 일말의 망설임도 없이 다른 기사와 맞서 싸우는 부족 전사의 등판을 향해 그걸 집어던졌다. 힘겹게 싸우는 중에 등판에 도끼까지 박힌 부족 전사들은 얼마 버티지 못하고 상대하던 적의 손에 생을 마감해야 했다. 티아나의 얼굴에 서린 암울함이 한결 더 짙어졌다.

'글렀어. 제국 기사들이 이토록 강할 줄이야.'

상황을 보니 전사들은 채 1분도 버티지 못하고 전멸할 것 같았다. 그러나 그녀가 할 일은 남아 있었다. 티아나가 급히 고개를 돌렸다. 연신 안절부절 못해하던 콧수염 사내와 시선이 마주치는 순간 그녀가 눈짓을 했다.

콧수염 사내가 알겠다는 듯 고개를 끄덕인 뒤 주머니에 손을 넣어 뭔가를 꺼냈다. 말린 딱정벌레의 껍질에 극독을 주입한 자결용 독약이었다. 먹는 즉시 중독되는 극독이었지만 사내는 고민하는 기색도 없이 말린 딱정벌레를 입속에 털어 넣었다. 애초에 약물로 인해 혼이 빠진 터라 사내의 태도에는 주저함을 찾아볼 수 없었다.

"끄으으."

신음 소리와 함께 입가에서 변색된 피가 주르르 흘러내렸
다. 그에게서 시선을 거둔 티아나가 다른 여자 노예를 부둥켜
안고는 잔뜩 겁을 집어먹은 것처럼 그 자리에 주저앉았다. 그
런 그녀의 손에는 허벅지에 차고 있던 자그마한 시미터의 자
루가 꽉 쥐어져 있었다.

“이런.”

요인으로 짐작되는 사내의 입가에서 검은 피가 흘러내리는
모습을 본 리셀이 깜짝 놀랐다. 임무에 투입되기 전, 그는 반
드시 호레이살 부족의 요인을 생포하라는 명령을 받았다. 때
문에 예의주시하고 있었는데 다른 전사를 상대하는 사이 요인
이 독을 삼켜버린 것이다.

“큰일이로군.”

리셀은 상대하던 전사를 서둘러 처리한 뒤 콧수염 사내를
향해 다가갔다. 호레이살 부족의 요인으로 추정되는 자는 모
랫바닥에 누워 몸을 버르적거리고 있었다. 이미 얼굴이 시커
멓게 변색된 상태였다.

‘독한 놈들이로군. 일말의 망설임도 없이 독약을 삼키다
니.’

슬쩍 고개를 돌린 리셀의 표정이 펴졌다. 상황을 보니 부하
들만으로도 큰 무리 없이 사막 전사들을 전멸시킬 수 있을 것
같았다. 이제 개개인이 사막 전사를 능가할 정도로 강해진 까

마귀 전대원들이다. 그런 대원들이 합공술을 이용해 몰아붙이
니 사막 전사들이 당해낼 턱이 없다.

　바로 그때 리셸의 감각에 뭔가가 전해졌다. 자신의 등줄기
를 향해 살기가 집중되고 있었다. 살기 역시 가공된 마나의 한
형태이다. 마나의 흐름에 극히 민감한 리셸이 이를 알아차리
지 못할 리 만무했다.

　"에잇."

　리셸은 생각할 것도 없다는 듯 바닥을 박찼다. 그의 몸이 쏜
살같이 허공을 향해 솟구쳤다.

　티아나가 마음을 차분히 가라앉히며 적 기사를 노려보았다.
단 두 합 만에 파딘을 죽여 버린 가공할 만한 실력의 제국 기
사였다. 그러나 갑옷 위로 드러난 얼굴은 매우 젊어 보였다.
그가 죽어가는 노예의 증상을 살피는 동안 티아나는 암습할
기회만을 노렸다.

　'어떠한 일이 있어도 제국군의 포로가 될 순 없어. 포로가
되기 전에 자결해야 해.'

　그러나 혼자 갈 순 없었다. 파딘을 죽인 제국 기사를 저승길
의 동반자로 삼지 않고서는 지금의 원한을 풀 길이 없다. 때문
에 티아나는 제국 기사의 동태를 예의주시하며 암습할 순간만
을 노렸다. 그러던 와중에 기회가 찾아왔다. 부하들을 둘러본
제국 기사가 노예의 눈꺼풀을 뒤집어보느라 쭈그리고 앉았다.

그의 등허리가 훤히 드러났다.

'이때다.'

티아나가 재빨리 몸을 날렸다. 손에 쥔 시미터가 예기를 내뿜으며 뻗어졌다. 그녀가 노린 곳은 제국 기사의 늑골 사이에 위치한 심장이었다. 그곳에 검을 찔러 넣고 비틀면 제아무리 강한 기사라도 죽는 게 당연하다. 그녀에겐 제국 기사가 상체에 걸쳐 입은 사슬갑옷을 꿰뚫을 능력이 충분히 있었다. 그런데 막 시미터의 끄트머리가 사슬갑옷에 닿을 무렵, 제국 기사의 몸이 시야에서 사라져버렸다.

"뭐, 뭐야?"

헛손질을 한 티아나가 헛바람을 토해냈다. 그때 그녀의 얼굴에 그늘이 드리워졌다. 깜짝 놀라 들어 올린 시미터를 통해 강렬한 충격이 전해졌다.

콰쾅.

신음 소리와 함께 그녀의 몸이 주르르 뒤로 밀렸다. 그녀의 눈은 경악으로 물들어 있었다.

"마, 말도 안 돼."

놀랍게도 제국 기사는 살짝 땅을 박차고 도약함으로써 그녀의 암습을 피해냈다. 인간이라면 아무런 준비 동작도 없이 그토록 높이 뛰어오를 수 없다. 그런데 제국 기사는 아무렇지도 않게 시미터를 피해낸 뒤 반격을 가했다.

"하마터면 쥐도 새도 모르게 죽을 뻔했군. 그나저나 시미터를 놓치지 않다니 대단한 실력인걸?”

간발의 차이로 위기를 모면한 리셀이 안도의 한숨을 내쉬었다. 전혀 신경 쓰지 않았던 여자 노예가 이토록 날카로운 암습을 가해올 것이라곤 예상하지 못했다. 그가 지켜보는 사이, 여자 노예는 충격을 받아 덜덜 떨리는 손으로 시미터를 움켜쥔 채 리셀을 노려보고 있었다. 베일 사이로 드러난 눈이 더없이 아름다웠다.

“상당한 미인이로군. 미안하지만 임무 수행 중이니 순순히 붙잡혀줘야겠어.”

리셀이 한 발 앞으로 다가섰다. 그러자 티아나가 재차 공격을 감행했다. 그러나 그녀보다 월등히 실력이 뛰어난 파딘조차 감당하지 못한 리셀이다. 게다가 리셀의 검에 실린 괴력은 연약한 여자의 완력으론 감당하기 힘들었다. 어깨에 마나를 주입시킨 리셀이 시미터를 단번에 산산조각냈다.

“꺄아악.”

손아귀가 찢어지는 듯한 통증에 티아나가 시미터 손잡이를 떨어뜨렸다. 예기를 발하는 검끝이 그녀의 가느다란 목덜미에 와 닿았다. 귓전으로 알아들을 수 있는 말이 들려왔다.

“저항을 포기하라.”

그 말에 티아나가 입술을 질끈 깨물었다. 설사 죽는 한이 있어도 제국의 털북숭이들에게 몸을 더럽힐 수는 없었다. 눈을 감은 티아나가 주저 않고 목을 앞으로 내밀었다. 자결하려는 의도였는데 애석하게도 리셀이 한발 앞서 그 기미를 알아차렸다. 이미 그는 파하드에게 같은 방법으로 당한 경험이 있다. 때문에 가녀린 목이 꿰뚫리기 전 재빨리 검을 뺄 수 있었다.

"이크. 그러면 곤란하지."

급히 검을 뺀 리셀이 주먹을 휘둘렀다.

퍼억.

눈에 쌍심지를 켠 채 리셀을 노려보던 티아나가 한 방에 까무러쳤다. 고운 눈두덩으로 시퍼런 멍이 번져갔다. 리셀이 자기도 모르게 어깨에 마나를 주입한 상태로 가격한 것이다. 의식을 잃고 늘어진 티아나를 내려다보며 리셀이 쓸쓸히 뇌까렸다.

"아름다운 아가씨의 얼굴에 못할 짓을 했군. 일부러 그런 건 아니니 날 너무 원망하지 말라고."

상황은 모두 종료되었다. 파딘을 따라 탈출하려던 호레이살 부족의 사막 전사들은 모조리 시체가 되어 누워 있었다. 콧수염 사내와 동행한 노예들은 고스란히 사로잡혔다. 뻗어버린 티아나 옆에서 오들오들 떨고 있는 여자 노예는 잔뜩 겁을 집어먹은 시선으로 까마귀 전대원들의 눈치를 힐끔힐끔 살피는 중이었다.

슬슬 현장이 정리되어갈 무렵, 아군의 것으로 추정되는 발걸음 소리가 들려왔다. 적의 기지를 정리하고 뒤쫓아 온 드래곤 전대원들이었다. 낯익은 드래곤 전대장이 리셀을 보고 입을 열었다.

"어떻게 되었소? 리셀 전대장."

"전사들은 모두 죽였습니다. 포로를 몇 붙잡긴 했는데 정작 요인으로 짐작되는 자는 독을 삼킨 상태입니다."

"큰일이로군. 반드시 사로잡으라고 했는데……."

"서두르면 해독이 가능할 것도 같습니다. 마법사를 부르시지요."

그제야 드래곤 전대장의 얼굴이 환해졌다. 그가 급히 사람을 시켜 후방에 있는 마법사를 불렀다. 리셀은 그런 드래곤 전대장에게 포로들을 인계했다.

"사로잡은 자들입니다. 자세한 경위는 보고서를 통해 제출하도록 하지요."

"수고 많았소. 역시 까마귀 전대답소."

과거에는 상위 전대의 전대장들이 리셀에게 거리낌 없이 하대를 했다. 그러나 까마귀 전대가 발톱 기사단 최고의 정예로 발돋움한 지금은 사정이 달랐다.

리셀을 대하는 드래곤 전대장의 태도는 공손하기 그지없었다. 한 번 쓴맛을 보기도 했지만 정규 기사로 서임된 리셀을 함부로 대할 수 없었다. 더욱이 발톱 기사단 중에서도 최고 강자로 추정되는 리셀이 아니던가.

"그럼 저희들은 철수하도록 하겠습니다. 뒷정리를 부탁드립니다."

"걱정하지 말고 가 보시오."

고개를 끄덕인 리셀이 몸을 돌렸다.

말을 타고 숙영지로 귀환한 까마귀 전대원들은 곧장 막사로 가서 지친 몸을 뉘었다. 한 달에 서너 번씩 투입되는 임무라서 이젠 작전 성공을 축하하는 뒤풀이도 생략하는 추세였다.

막사에 들어가자 파디아가 방긋 웃으며 리셀을 맞이했다.

"다녀왔다."

"어휴. 이 먼지 좀 봐."

물수건을 들어 리셀의 얼굴을 닦아주는 파디아의 손길은 정성스러웠다. 조용히 파디아의 손에 얼굴을 내맡기던 리셀이 돌연 미소를 지었다.

"그나저나 오늘 상대한 부족은 네 출신 부족이었어. 호레이살 부족이라고 했었지? 쌍검을 사용하는……."

"네. 그래요."

"오늘 상대한 전사들 중에 여자가 있었어. 네 또래의 젊은 여인이었는데 생각보다 칼 솜씨가 매섭더군. 사막 부족에는 여전사가 없는 줄 알았는데 오산이었어."

파디아가 이해하기 힘들다는 듯 고개를 갸웃거렸다.

"저희 부족에는 여전사가 없어요. 여자에게 시미터를 잡게 하는 것 자체를 죄악으로 생각하거든요. 심지어 여자 어새신 들에게도 시미터를 허락하지 않아요. 오로지 단검만 들 수 있지요."

그 말에 리셀의 눈이 가늘어졌다.

"그럼 오늘 상대한 여인은 누구지? 어지간한 전사 정도는 찜 쪄 먹을 실력이던데. 게다가 엄청난 미인이었어. 쉽게 눈을 뗄 수가 없더군."

리셀의 입가에 묘한 미소가 떠올랐다.

"드래곤 전대 녀석들은 오늘 잔치 분위기이겠군. 훌륭한 전리품을 얻었으니 말이야."

전쟁에서 포로로 잡힌 여자들의 운명은 참혹하기 그지없다. 오늘 리셀에 의해 제압당한 여인도 상당한 실력을 지닌 전사였지만 그런 기구한 운명을 벗어나지 못할 것이다. 쇠사슬에 묶인 채 오가는 기사들의 노리개가 되는 것이 아마 그녀가 감수해야 할 운명일 터였다. 아니면 스스로 목숨을 끊던가.

'그러고 보니 드래곤 전대에 소문난 호색한이 있었지? 베이런이라고 했던가?'

리셀은 오늘 본 여인이 십중팔구 드래곤 전대의 공인된 호색한, 베이런에게 끌려갈 것이라 생각했다. 베이런에게는 충분히 그럴 만한 힘과 권력이 있었다.

베이런은 제국 제일이라고 평가받는 아그리아 공작가 출신이다. 가주의 직계 손자로서 휘하 기사 두 명과 함께 드래곤 전대에서 복무하고 있다. 통상적으로 고급 귀족 가문의 직계 혈손은 이런 일선 부대에 잘 배치되지 않는다. 그러나 베이런은 특유의 호색한 기질과 여성 편력으로 인해 최전선으로 보내켰다. 문제는 그런 징벌성 인사 조치에도 불구하고 나쁜 버릇을 고치지 못했다는 것이다.

'어쨌거나 내가 상관할 바가 아니지.'

웃으며 생각을 지운 리셀의 눈이 휘둥그레졌다. 파디아의 안색이 왠지 모르게 심상치 않았기 때문이었다.

"무슨 일이니? 파디아."

그제야 퍼뜩 정신을 차린 파디아가 리셀을 물끄러미 올려다보았다.

"죄송하지만 부탁이 있어요."

"말해보아라."

"그 여인을 저에게 좀 보여주실 수 있나요? 먼발치서라도 괜찮으니 말이에요."

"아는 여인이니?"

"잘은 모르겠지만 짐작 가는 바가 있어요. 그러니 좀 부탁드려요."

묵묵히 파디아를 쳐다보던 리셀이 흔쾌히 고개를 끄덕였다.

"뭐, 먼발치에서 보는 것 정도야 어렵지 않지. 어차피 보고서를 제출하러 본부로 가야 하니 말이다. 그때 같이 가도록 하자."

"지금 가시면 안 될까요? 혹시 그분이 제가 생각하는 분이 맞다면 지체할 시간이 없어요."

조급한 심정을 내비치는 파디아를 보며 리셀이 혀를 찼다.

“보고서 작성하는 건 금방이니 그렇게 하도록 하자. 그런데 도대체 누군데 그러는 거냐?”

그러나 파디아는 입을 조개처럼 닫고 아무런 말도 하지 않았다.

리셀은 파디아를 데리고 본부로 갔다. 리셀이 직접 대동하는 만큼 누구도 파디아에게 음흉한 시선을 던지거나 욕설을 퍼붓지 못했다. 드래곤 전대는 바로 조금 전 귀환한 상태였다. 그들과 함께 움직이는 부대가 포로와 시체를 모두 수습해 왔다.

리셀이 제압한 여인은 다른 포로들과 함께 철창에 갇혀 있었다. 지하 감옥으로 옮기기 전, 임시로 수용해 두는 장소였다. 그 안에는 한쪽 눈에 시퍼렇게 멍이 든 여인이 넋이 나간 듯 땅바닥으로 눈을 내리깔고 있었다. 그런데 파디아의 표정이 심상치 않았다.

“세, 세상에…….”

마치 정신이 나간 듯 멍하니 철창을 응시하는 파디아를 본 리셀이 조심스럽게 그녀를 구석으로 데리고 갔다.

“아는 사람이니?”

침묵을 지키던 파디아가 눈물이 그렁그렁한 눈빛으로 리셀을 올려다보았다.

“네. 그래요.”

"저 여인이 도대체 누구기에?"

"티아나님이에요. 부족장님의 딸로 엄청난 총애를 받는 분이시지요. 특히 노예들에게 잘해주시기로 소문난 분인데 어쩌다가 잡혀 오셨는지……. 검술 실력이 뛰어나다는 말에 혹시나 했는데 역시 그분이시로군요."

"호. 부족장이 총애하는 딸이라면 정말 거물이로군."

리셀의 눈빛이 미묘하게 빛났다. 파디아의 말이 사실이라면 호레이살 부족이 보낸 요인은 독을 삼킨 중년인이 아니다. 자신을 압습하려다 혼쭐이 난 여인이 최고위 요인이었다.

'정보부에 사실을 알려줘야겠군.'

바로 그때 파디아가 리셀의 팔을 부여잡았다.

"리셀 기사님. 제발 제 부탁을 들어주세요."

"무슨 말이냐?"

"티아나님을 구해주세요. 그분은 소녀에게 생명의 은인이나 다름없어요. 잔치에서 제가 실수로 전사의 옷에 술을 엎은 적이 있어요. 당시 전사는 칼을 뽑아 절 죽이려 했지요. 그때 티아나님께서 나서서 만류하셨어요. 칼을 뽑은 전사를 엄히 꾸짖으며 저를 살려주셨지요. 티아나님이 아니었다면 아마 전 죽었을 거예요"

리셀이 난감한 표정을 지었다.

"하지만 저 여인은 적이야. 내가 어떻게?"

파디아가 두 손을 모으고 싹싹 빌었다.

"제발 부탁드려요. 만약 리셀 기사님이 구해주시지 않는다면 티아나님은 죽을 수밖에 없어요."

"그게 무슨 소리지?"

"저 같은 천한 노예들과는 달리 레오폰 왕국의 귀족 여인들에게는 반드시 순결을 지켜야 할 의무가 있어요. 강제로 당했다고 하더라도 정절을 잃을 경우 결코 용서받지 못해요. 두 번 다시 부족으로 돌아갈 수 없게 된다는 말이에요."

그 말에 리셀이 적이 놀랐다.

"단순히 순결을 잃었다는 이유로 말이냐?"

"순결을 잃은 여인에겐 끔찍한 형벌이 가해져요. 제아무리 불가항력적인 상황이었다 하더라도 말이에요."

파디아는 우연히 순결을 잃은 귀족 아가씨가 처벌되는 장면을 본 적이 있었다. 술에 만취한 부족 전사가 뛰어들어 강제로 겁탈을 했는데 그 사실은 금세 백일하에 드러나 버렸다. 분노한 전사들에 의해 범인은 금세 붙잡혀 참수되었다. 그런데 정작 파디아를 놀라게 한 것은 강제적인 힘으로 인해 몸을 버린 여인에 대한 처분이었다.

순결을 잃은 여인은 나무 기둥에 묶인 채 죽을 때까지 돌을 맞는 형벌에 처해졌다. 놀랍게도 집행자는 여인의 아버지와 오빠들이었다. 그들은 아무런 망설임 없이 딸이자 누이동생인 여인에게 돌을 던졌다. 결국 여인은 돌에 맞아 머리가 터지고 전신이 찢겨나가는 고통 속에 숨을 거뒀다. 파디아가 간절한 눈빛으로 리셸을 올려다보았다.

"아마 티아나님도 그런 운명에 처하게 될 거예요. 제국 군인들이 레오폰 여자들을 어떻게 대하는지 리셸 기사님이 누구보다 잘 아시잖아요?"

리셸이 침음성을 흘렸다. 그런 사정이 있을 줄은 꿈에도 짐작하지 못했다.

"아마 티아나님은 오늘을 넘기지 못하실 거예요. 강제로 몸을 버리느니 차라리 혀를 깨무시는 길을 택하고 말 테니까요."

리셸의 얼굴에 착잡함이 어렸다. 그의 관점에서 티아나라는 여인은 상당한 수련을 쌓은 여전사였다. 그런 검사의 운명이 파디아가 말한 식으로 귀결되는 것은 리셸도 그리 탐탁지 않았다.

'레오폰 왕국의 여자들은 참으로 안 되었군.'

고개를 끄덕인 리셸이 파디아를 쳐다보았다.

"너는 이만 막사로 돌아가 보도록 해라. 가능한 한 네 부탁을 들어주도록 노력해보겠다."

"저, 정말인가요?"

"어디까지나 노력해 보겠다는 말이다. 그러니 너무 기대하지는 마라."

"아, 알겠어요. 그럼 막사에 가서 기다리도록 할게요."

기뻤는지 파디아가 계속해서 머리를 조아렸다. 그리고 끊임

없이 뒤를 힐끔거리며 막사 쪽으로 걸어갔다.

혼자 남게 되자 리셀이 한숨을 푹 내쉬었다.
'그나저나 어떻게 해야 할까?'
여인의 정체를 상부에 알리면 어떨까 하는 생각도 해봤다.
그러나 리셀은 이내 머리를 흔들었다. 그렇게 할 경우 마법사
를 통한 심문이 집중적으로 이뤄질 것이다. 그렇게 되면 리셀
이 빼내기가 그만큼 어려울 수밖에 없다.
현재 정보부는 독을 삼킨 중년 사내를 요인으로 생각하고
그를 회복시키는 데 주력하고 있었다. 다시 말해 티아나라고
하는 여인을 단순히 성적인 욕구를 풀기 위해 데리고 온 여자
노예 정도로 생각하고 있었다. 만약 리셀의 보고서가 올라가
면 그 판단은 바뀔 것이다. 상식적으로 여자 노예가 그 정도의
검술 실력을 가지고 있을 리가 없기 때문이었다.
리셀은 작성해 온 보고서를 조용히 찢어버렸다. 파디아의
부탁대로 티아나를 몰래 빼내기로 작심한 것이다.
'그래. 어쩌면 파디아를 마음 편히 떠나보낼 수 있는 기회
일지도 몰라.'
파디아가 가장 원하는 것은 바로 호레이살 부족으로 돌아가
는 것이다. 그러나 현실적으로 그럴 수 있는 방법은 없었다.
하지만 리셀이 티아나라는 여인을 구해준다면 그럴 가능성이
조금이나마 생긴다. 부족장의 딸과 함께라면 파디아가 호레이

살 부족으로 돌아갈 수 있는 명분이 서는 것이다. 리셀이 머리를 흔들어 잡념을 날려버렸다.

'우선은 그레고리 자작님을 만나봐야겠지?'

리셀은 자세한 것을 알아본 뒤 움직여야겠다고 생각했다.

＊　　＊　　＊

다행히 그레고리 자작은 비밀을 알지 못했다. 독을 먹고 사경을 헤매는 중년 사내를 호레이살 가문에서 파견한 요인으로 철석같이 믿고 있었다.

"마법사가 해독 마법을 펼쳤지만 조금 늦었네. 겨우 살리기는 했지만 독의 부작용 때문인지 백치가 되어버렸어. 덕분에 아무런 정보도 캐내지 못하게 됐네."

그 말에 속으로 웃음이 났지만 티를 내지는 않았다. 정작 요인은 노예 여인으로 위장한 티아나인데 그레고리 자작은 그 사실을 전혀 눈치채지 못했다.

"보고서를 가지고 왔는가?"

리셀이 겸연쩍게 웃으며 뒷머리를 긁었다. 파디아의 말을 듣고 찢어버린 보고서를 어찌 제출할 수 있단 말인가?

"별 특이한 사항이 없었기 때문에 보고서를 작성하지 않았습니다. 구두로 보고 드려도 될 것 같다는 생각에……."

"그런가? 자네 생각이 그렇다면 그런 거겠지. 어쨌거나 이번에도 훌륭히 임무를 완수해 낸 것을 축하하네.”

리셀을 쳐다보는 그레고리 자작의 눈빛은 따뜻했다. 발톱 기사단 최고의 골칫거리이던 까마귀 전대를 최정예 전대로 만든 존재가 리셀이다. 그러니 보기만 해도 절로 기분이 좋아지는 건 당연했다.

“내, 보급대에 명해서 술 한 통과 송아지 한 마리를 보내주도록 하겠네. 그것으로 대원들과 조촐하게 잔치나 벌이도록 하게.”

“배려에 감사드립니다. 그런 그렇고…….”

리셀이 은근한 어조로 운을 뗐다.

“이번에 같이 잡힌 여자 노예 있지 않습니까? 그녀를 어떻게 처리하실 생각이십니까?”

뜻밖의 물음에 그레고리 자작이 묘한 눈빛을 떠올렸다.

“왜? 관심이 있나? 하긴 내가 보더라도 눈이 불쑥 튀어나올 정도로 예쁘더군. 다 늙은 나도 그런데 젊디젊은 자네가 충분히 관심을 가질 법도 하지. 하지만 말이야.”

그레고리 자작이 검지를 들어 살짝 흔들었다.

“그 여인은 이미 누가 눈독을 들였다네.”

리셀의 눈이 살짝 커졌다.

“그게 누구입니까?”

“드래곤 전대의 발정 난 개 베이런일세. 그놈이 조금 전에 와서 신신당부를 하더군. 브렌트 백작님께 허락을 받아올 테니 그 여자를 아무에게도 넘기지 말라고 말이야.”

“그렇습니까?”

리셀의 입가에 씁쓸한 표정이 떠올랐다. 소문난 호색한 베이런이 벌써 눈독을 들였다는 사실까지는 미처 알지 못했다. 그 표정을 오해한 그레고리 자작이 눈매를 가늘게 좁혔다.

“정 그 여자가 마음에 든다면 브렌트 백작님을 찾아가 부탁해보게. 포로에 대한 처분 문제는 전적으로 그분 관할이니까 말일세.”

“베이런이란 자도 부탁했다고 하지 않으셨습니까?”

“신분이 다르지 않나? 그 작자가 면담 요청서를 제출해도 최소한 하루는 지나야 브렌트 백작님을 만나는 것이 가능할 걸세. 하지만 자네는 다르지. 본부에 가서 신청만 하면 즉시 면담이 가능하지 않은가?”

그레고리 자작의 말이 사실이었기에 리셀이 고개를 끄덕였다. 리셀이 누구인가? 발톱 기사단에서 가장 임무에 많이 투입되며 또한 그만큼 많은 공을 세우는 까마귀 전대의 총수가 아니던가? 반면 베이런은 드래곤 전대의 평대원이며 평소 소문도 그리 좋지 않다. 발톱 기사단에서 차지하는 비중 자체가 다르다는 뜻이다.

“본부에 갈 생각이면 군마를 내어주겠네. 그러니 갔다 오도록 하게.”

그레고리 자작은 전적으로 리셀의 편을 들어주고 있었다.

비록 강대한 아그리아 공작가의 적손이지만 베이런은 평소 오만방자한 행동으로 많은 원성을 사고 있다. 남부군에 아그리아 공작가의 입김이 닿는 사람들이 많기는 하지만 결코 감정이 좋을 수가 없는 것이다.

리셀은 고민했다.

'어떻게 하지?'

그러나 고민은 길지 않았다. 굳이 파디아의 부탁이 아니더라도 그녀 정도의 뛰어난 전사가 베이런 같은 개차반의 노리개가 된다는 게 영 탐탁지 않았다. 생각을 정한 리셀이 고개를 들었다.

"배려에 감사드립니다. 그럼 모쪼록 부탁드리겠습니다."

"서둘러 갔다 오게. 그동안 포로 여인을 누구에게도 내어주지 않겠네."

"알겠습니다."

리셀이 서둘러 막사를 나섰다. 군마를 이용한다면 두 시간 정도면 본부로 갈 수 있을 것이다.

리셀은 열심히 말을 달려 브렌트 백작이 머무는 본영에 도착할 수 있었다. 가슴에 새겨진 까마귀 전대의 문장을 보자 경계병들은 두말도 없이 통과시켰다.

사령부에 들어서자 낯익은 모습이 보였다. 리셀도 익히 얼굴을 알고 있는 드래곤 전대의 발정 난 개 베이런이 가문 소속의 기사 두 명과 함께 초조한 표정으로 대기실에서 서성이고 있었다. 아마도 브렌트 백작을 만나 포로 여인을 자신에게 달라고 부탁할 계획인 듯 했다.

'애석하게도 헛물을 켜게 생겼군.'

리셀은 대기실로 들어가지 않았다. 소식을 전한 즉시 브렌트 백작이 만나보겠다고 사람을 보낸 것이다. 베이런을 힐끔 쳐다본 리셀이 시종을 따라 사령관실로 걸어갔다.

"그런가? 알겠네."

브렌트 백작은 리셀의 청을 흔쾌히 들어주었다. 평소 리셀이 세우는 공을 생각하면 그 정도 요청을 들어주지 못할 이유가 없었다.

"얼마나 예쁘기에 리셀 전대장이 몸이 달아 찾아왔을까? 궁금해 죽겠군."

"모쪼록 부탁드립니다."

"내 어찌 리셀 전대장의 부탁을 거절하겠는가? 명령서를 써 줄 테니 가서 원하는 대로 하게."

브렌트 백작 역시 티아나를 호레이살 부족의 요인이 성적 욕구를 풀기 위해 데리고 온 노예 여인 정도로 생각하고 있었다. 때문에 그는 별다른 고민 없이 그녀를 리셀에게 내어주었다.

"이번에도 공을 세웠다고 들었네. 남은 복무 기간 동안에도 계속 수고를 해 주게."

“염려하지 마십시오.”

명령서를 받아든 리셀이 사령관실을 나섰다.

베이런은 아직까지 대기실에서 서성이고 있었다. 브렌트 백작을 만나봐야 헛물을 켤 것이란 사실을 전혀 모르는 모양이었다. 비웃음을 날린 리셀이 군마를 매어 놓은 곳으로 걸음을 옮겼다. 숙영지로 돌아온 리셀은 곧바로 명령서를 제출했다. 그레고리 자작이 묘한 미소를 지으며 리셀을 쳐다보았다.

“역시 생각했던 대로군. 좋네. 한쪽 눈에 멍이 든 노예 여인은 확실하게 자네 소유로 귀속되었네. 이 명령서를 가지고 가서 찾아가도록 하게.”

“알겠습니다.”

본부에 갔다 오는 동안 포로들은 모두 지하 감옥으로 이송되어 있었다. 명령서를 제출하자 감옥의 간수가 티아나를 리셀에게 넘겨주었다. 물론 쇠사슬로 두 손과 두 발을 빈틈없이 결박한 상태로 말이다. 마치 짐승을 다루듯 목에 올가미를 건 간수가 줄 끄트머리를 리셀에게 건넸다.

“달아날 우려가 있으니 주무실 때에는 쇠사슬을 채워두도록 하십시오.”

“알겠네.”

리셀은 티아나를 데리고 지하 감옥을 나섰다. 손과 발이 쇠사슬에 채워진 레오폰 포로 여인을 데리고 막사로 향하는 리셀에게 묘한 눈빛이 집중되었다. 자신도 모르게 얼굴이 화끈거렸지만 리셀은 꾹 눌러 참았다. 다른 사람들의 눈에 어떻게 보일지 짐작이 갔지만 감내하는 수밖엔 달리 도리가 없었다.

제3장
여인의 긍지

　티아나의 시선은 공허했다. 부족장의 딸이라는 고귀한 신분의 그녀가 어찌 이런 꼴을 당할 것이라 예상했겠는가? 지금 그녀는 두 발과 두 팔이 쇠사슬에 묶인 채, 마치 개처럼 목에 줄이 매여 질질 끌려가는 신세였다. 그런 그녀의 모습을 오가는 제국 병사들이 힐끔힐끔 쳐다보았다.

　리셀은 넋이 나간 듯 비치적거리는 티아나를 데리고 막사에 들어갔다. 달려나오던 파디아가 티아나를 보고 그 자리에 얼어붙었다.

　"오셨어요? 헉!"

　"네 부탁을 들어주었다. 그러니 잘 돌보도록 해라."

리셀이 파디아에게 쇠사슬의 열쇠를 건네준 다음 살짝 윙크를 날린 뒤 막사를 나섰다. 티아나를 잘 달래주라는 의미가 담긴 윙크였다.

"좀 씻고 오겠다."

티아나는 백지장 같은 안색으로 우두커니 서 있었다. 그 옆에 멍청히 서 있던 파디아가 퍼뜩 정신을 차렸다.

"아, 아가씨. 이게 웬일이십니까?"

눈물을 줄줄 흘리며 다가간 파디아가 열쇠로 쇠사슬을 풀어주었다. 그런 다음 티아나를 야전 침상에 앉히고 물수건을 꺼내 들었다. 맨발로 끌려왔기 때문에 티아나의 발은 먼지투성이였다. 파디아가 공손히 티아나의 발을 닦아주려 했다. 그때 티아나가 파디아를 냅다 걷어차 버렸다.

"감히 어디다 더러운 손을 대는 것이냐?"

뒤로 나가떨어진 파디아가 급히 무릎을 꿇고 머리를 조아렸다.

"용서해 주십시오. 부디 용서해 주십시오."

티아나의 눈에 이채가 떠올랐다. 군복을 입고 있어서 제국 병사로 생각했는데 그렇지 않았다. 까무잡잡한 피부와 검은 머리칼을 보니 자신과 같은 레오폰인이었으며 가느다란 음성은 상대가 여자라는 사실을 말해주었다. 무엇보다도 상대는 레오폰 말을 하고 있었다. 서슬 퍼런 시선이 파디아에게로 쏟아졌다.

"너는 누구냐? 날 아느냐?"

"저, 저는 파흐캄님을 모시던 침노였습니다. 먼발치에서 아가씨의 모습을 본 적이 있습니다요."

상대가 호레이살 가문의 노예였다는 사실을 알게 되었지만 티아나의 눈빛은 여전히 차가웠다.

"호레이살 가문의 노예로서 어찌 제국 기사 놈의 앞잡이 역할을 한단 말이냐? 라할님이 하늘에서 내려다보는 시선이 두렵지도 않느냐?"

"부, 부디 용서를……."

뼛속까지 박힌 노예근성 때문인지 파디아는 감히 변명할 엄두도 내지 못했다. 그저 티아나의 발치에 꿇어 엎드려 자비를 구할 뿐이었다. 티아나가 착 가라앉은 눈빛으로 파디아를 내려다보았다.

"네가 아직까지 부족의 긍지를 잊지 않았다면 당장 칼을 구해오너라. 너와 내가 함께 목숨을 끊음으로써 호레이살 여인의 긍지를 제국 놈들에게 보여주자."

파디아가 흠칫 놀라 고개를 들었다.

"아, 아가씨."

그 모습에 티아나의 눈이 쫙 찢어졌다.

"어서 칼을 구해오지 않고 뭐 하느냐? 내 명을 거부할 생각이냐?"

파디아는 어쩔 줄 몰라 쩔쩔매기만 했다. 그때 막사 밖에서 굵직한 음성이 들려왔다.

"놀고 있네."

익히 알아들을 수 있는 레오폰 말이었다. 이어 리셀이 막사 안으로 얼굴을 들이밀었다. 그는 밖으로 나가는 척하면서 암암리에 천막 안의 대화에 귀 기울이고 있었던 것이다.

티아나를 노려보는 리셀의 눈빛은 차디차기 그지없었다. 파디아를 대하는 모습을 보니 자신도 모르게 울화통이 터졌다.

"주제를 모르는 계집이로군. 네년이 여기에서도 부족장의 딸로 대우받을 것이라 생각했나?"

리셀이 더 이상 생각할 것도 없다는 듯 파디아를 쳐다보았다.

"파디아. 네 부탁으로 저 계집애를 데리고 왔다만 하는 꼴을 보니 도저히 못 참겠구나. 당장 돌려보내야겠다."

파디아가 화들짝 놀라 리셀의 바짓자락을 부여잡았다.

"아, 안 됩니다요. 나리."

"왜 안 되느냐? 네 청을 생각해 본부까지 말을 타고 가서 데리고 왔건만 하는 짓을 보니 눈꼴이 시려서 못 봐 주겠다. 저런 건방진 계집애를 내 막사에 둘 수는 없어."

"제, 제 얼굴을 봐서 한 번만 넘어가 주십시오. 제발."

마음이 급했던지 파디아가 두 손을 모아 싹싹 빌었다. 파디아가 그렇게까지 하는 걸 보자 리셀은 마음이 약해지는 것을 느꼈다. 돌연 그가 성난 눈빛으로 티아나를 노려보았다.

"계집. 네가 예뻐서 데리고 온 것으로 생각하면 오산이다. 마음에 들지 않으면 언제든지 지하 감옥으로 돌려보낼 것이다. 그러니 알아서 기도록 해라. 그리고 파디아는……."

잠시 말을 끊은 리셀이 파디아를 쳐다보았다.

"내가 여동생으로 생각하는 아이다. 네년보다 백배 천배 소중하다는 뜻이지. 함부로 대할 경우 단단히 혼쭐이 날 줄 알아라."

서슬 퍼렇게 으름장을 놓은 리셀이 탁자에 널린 수건을 집어 들고 막사 밖으로 나갔다. 그러자 막사 안은 한동안 침묵이 지배했다.

티아나는 어느 정도 냉정을 되찾은 상태였다. 뜻밖에도 리셀에게 진득하게 욕을 먹고 나자 비로소 자신의 처지를 실감했다. 그녀가 복잡한 표정으로 파디아를 쳐다보았다. 파디아는 리셀이 나가자마자 다시 그녀의 발치에 무릎을 꿇고 머리를 조아리고 있었다. 낮은 음성이 입술을 비집고 흘러나왔다.

"네가 날 구해달라고 했느냐?"

그 말에 움찔한 파디아가 고개를 들었다.

"그, 그렇습니다요. 아가씨."

"어찌해서 그런 부탁을 했느냐?"

파디아가 조심스럽게 내심을 털어놓았다.

"우연히 검술에 능한 여전사가 잡혀 왔다는 말을 듣고 살짝 가서 봤는데 아가씨였습니다. 어떻게든 아가씨를 지켜야겠다는 생각에 앞뒤 가릴 것 없이……."

파디아가 더 이상 말하지 못하고 고개를 숙였다. 어쨌거나 적인 제국의 기사에게 부탁을 한 자체가 경을 칠 일이기 때문이다. 티아나의 목소리는 여전히 차갑기만 했다.

"그래서 네가 모시는 제국 기사 놈이 날 데리고 온 것이냐? 나를 노리개로 삼기 위해?"

"겨, 결코 그렇지 않습니다. 리셸님이라면 충분히 아가씨의 순결을 지켜주실 분이라는 생각에 앞뒤 가릴 것 없이 부탁드렸습니다요."

순간 티아나의 눈빛이 묘하게 빛났다.

"그게 무슨 소리냐? 정확히 말해보아라. 리셸이라는 기사 놈이 날 붙잡아온 녀석인가?"

"그렇습니다. 저는 리셸 기사님과 벌써 5년 가까이 한 막사에서 생활했습니다. 그런데도 그분은 지금껏 단 한 번도 저와 잠자리를 같이 하시지 않으셨습니다."

"이해하기 힘든 일이로군. 혹시 남색 취향인가? 아니면 불능?"

파디아가 조용히 고개를 가로저었다.

"하는 말을 들어보니 남색은 결코 아닌 것 같았습니다. 그리고 불능도 아닙니다."

　말을 이어나가는 파디아의 얼굴이 붉게 물들어 있었다. 리셀은 하루 종일 대원들과 어울려 수련을 한다. 때문에 아침에는 늦잠을 자는 편이다. 항상 파디아가 한발 일찍 일어나 세숫물을 대령하는 등의 시중을 들었다. 그때마다 파디아는 똑똑히 목격했다. 리셀의 남성이 웅장하게 천막을 치고 있는 광경을 말이다. 티아나가 이해하기 힘들다는 듯 고개를 흔들었다.

　"믿어지지 않는군. 젊은 여자와 5년 가까이 한 막사에서 생활하면서 잠자리를 같이 하지 않았다니 말이다."

　"제 생각에는……."

　파디아가 조심스럽게 말을 이어나갔다.

　"리셀 기사님은 금욕과 절제를 최고의 덕목으로 추구하는 전사로 보였습니다. 술도 즐기지 않고 하루 종일 연무장에서 수련하시는 분입니다. 수련 때문에 의도적으로 여색을 멀리하시는 것 같습니다."

　티아나가 일리가 있다는 듯 고개를 끄덕였다. 호레이살 부족의 전사들 중에서도 간혹 그런 전사가 있긴 했다. 물론 그렇지 않은 전사들이 더 많았지만 말이다. 파디아를 보는 티아나의 눈빛이 다소 누그러져 있었다.

　"그랬구나. 그래서 그 녀석에게 날 구해달라고 부탁했느냐?"

　"그렇습니다. 리셀 기사님이라면 티아나 공녀님의 순결을 온전히 보호해주실 것 같았기 때문입니다."

그 대목에서 티아나의 눈빛이 살짝 떨렸다. 파디아의 마음 씀씀이가 가슴 깊이 와 닿은 것이다. 그러나 그녀는 억지로 기색을 지워버렸다.

"그런데 너는 어떻게 해서 이곳에 오게 되었느냐?"

"저는 사막 방울뱀 작전에 의해 이곳에 파견되었습니다. 그러다 정체가 드러나 제국의 포로가 되었지요."

티아나가 사막 방울뱀 작전을 모를 리가 없었다. 보급로를 교란시키는 제국의 장거리 정찰대를 괴멸시키기 위해 호레이살 부족에서 야심 차게 계획한 작전인데 모르는 것이 오히려 이상했다.

"노예가 사막 방울뱀 작전에 투입되었다는 것은 금시초문인데?"

"정확히 말하면 사막 방울뱀 작전에 투입되신 페니아 마님의 몸종 신분으로 왔답니다."

티아나는 비로소 파디아가 여기에 있는 이유를 알아차렸다.

"그랬군. 그래서 네가 여기에 있는 것이로군. 그런데 네가 어떻게 저 제국 기사 놈의 막사에서 생활하게 되었지?"

"사실은……."

파디아는 모든 사실을 숨김없이 털어놓았다. 장거리 정찰대 시절, 기사 리셀에게 레오폰 말을 가르치기 위해 이곳에 왔고 이후 발톱 기사단으로 옮겨온 다음에도 계속 함께 생활했다는 사실이 티아나에게 전해졌다.

"이제 리셸님은 레오폰 말을 거의 완벽하게 익혔습니다. 그럼에도 불구하고 저를 내치지 않으시더군요."

"여동생이라……. 지금까지 그와 동침하지 않은 것이 확실하느냐?"

"라할님의 눈이 지금껏 저를 지켜보고 계셨습니다. 그분의 이름을 걸고 진실임을 맹세합니다."

티아나가 묵묵히 고개를 끄덕였다. 레오폰 부족이 믿는 주신의 이름을 걸고 하는 맹세가 거짓일 리는 없었다.

"알겠다. 이제 너를 믿겠다."

파디아가 조심스럽게 말을 이어나갔다.

"부디 시중을 들게 해 주십시오. 아가씨."

"허락한다."

얼굴이 환히 밝아진 파디아가 물수건을 들고 조심스럽게 티아나의 발을 닦아나갔다. 티아나가 눈을 살짝 감은 채 실로 오랜만에 느끼는 노예의 손길을 음미했다.

'잘 되었군. 이 아이를 이용해서 제국군에 대한 정보를 얻어야겠어. 그리고 내가 탈출할 방법까지 말이야.'

티아나는 궁금한 것들을 하나둘씩 물어보았다. 파디아는 무엇하나 숨기지 않고 모조리 털어놓았다. 특히 티아나는 자신을 사로잡은 기사 리셸에 대해 집중적으로 물었다.

"그래. 그가 제국 출신이 아니며 죄를 지어 충군형으로 이곳에 복무한다는 말이냐?"

"그, 그렇습니다요. 아가씨."

파디아의 대답을 들은 티아나의 눈빛이 묘하게 빛났다. 어쩌면 제국 기사를 매수해서 이곳을 빠져나갈 수 있을지도 몰랐다.

우물가에서 모래 먼지와 흙을 닦아낸 리셀이 얇은 튜닉 차림으로 막사에 들어왔다. 야전 침상에 다소곳이 앉아 있는 티아나를 본 리셀이 눈을 가늘게 떴다.

"이제야 좀 얌전해졌군."

흠뻑 젖은 수건을 탁자 위에 던진 리셀이 옷장 쪽으로 걸어갔다. 그때 티아나가 입을 열었다.

"아스트리아 출신이 아니라고 들었다. 제국의 속국인 베텔 왕국 출신이라고?"

비교적 차분하게 말하려고 노력했지만 격양된 감정을 완전히 숨길 수는 없었다. 그럴 것이 리셀은 바로 눈앞에서 부족의 지휘관인 파딘을 죽인 원수이다. 그리고 자신의 아름다운 얼굴에 퍼런 멍을 선사한 위인이기도 했다. 그 말에 대답하지 않은 리셀이 파디아를 쳐다보았다.

"입이 싸구나. 파디아."

"요, 용서를……."

"뭐, 그리 큰 비밀도 아니니 문제 삼진 않겠다."

말을 마친 리셀이 티아나를 돌아보았다.

"그래. 나는 정통 아스트리아인이 아니라 베텔 왕국 출신이다. 그게 무슨 문제가 되나?"

살짝 입술을 깨문 티아나가 리셀을 노려보았다.

"날 풀어다오. 대가로 네 몸무게만큼의 황금을 지불하겠다. 내가 호레이살 부족의 영지에 무사히 도착하는 그 순간, 너는 황금을 손에 넣을 수 있을 것이다."

리셀이 빙글빙글 웃었다.

"호레이살 부족의 전사들은 돈을 받고 적을 놓아주나보지?"

리셀의 빈정거림에 티아나가 발끈했다.

"무슨 소리! 우리 부족 전사들은 결코 그런 짓을 하지 않는다. 전사의 자긍심이 그것을 용납하지 않는다."

"그런데도 이런 얼토당토않은 제안을 하는 게냐? 내 비록 베텔 왕국 출신이지만 정식으로 서임을 받아 제국인이 되었다. 제국 기사의 자부심은 결코 호레이살 부족 전사들에 뒤지지 않아."

"날 호레이살 부족이 있는 곳으로 데리고 가기만 하면 네 몸무게만큼의 황금을 얻을 수 있다. 그 돈이면 어딜 가도 떵떵거리며 살 수 있어."

"거절하지. 그리고 아직까지 정신을 못 차렸구나?"

리셀이 착 가라앉은 눈빛으로 티아나를 노려보았다.

"그러고 보니 내가 너를 데리고 온 이유를 잘 모르겠군. 말해줄 테니 귀를 씻고 열심히 들어라. 간단히 말하지. 나는 네

용모나 몸뚱이 따위에 전혀 관심이 없다.”

리셀이 살짝 손가락을 뻗어 파디아를 가리켰다.

“아마 들었을 테지. 내가 지금껏 단 한 번도 파디아와 동침하지 않았다는 사실을 말이야. 뭐 이상한 방향으로 생각할 수도 있겠지만 난 지극히 정상이다. 내가 그녀를 건드리지 않은 이유는 마치 여동생같이 느껴져서이다. 형제가 없기 때문에 평소 귀여운 여동생을 무척 가지고 싶어 했거든.”

티아나는 아무런 말도 하지 않고 묵묵히 리셀의 말을 듣고 있었다.

“일전에 파디아에게 물어본 적이 있다. 만약 자유의 몸이 되면 어디로 가고 싶냐고 말이다. 그때 파디아는 대답했다. 자신은 호레이살 부족에 있었을 때가 가장 행복했다고 말이야.”

그 말에 티아나는 자신도 모르게 파디아를 쳐다보았다. 그녀가 급히 고개를 숙이며 얼굴을 붉혔다.

“하지만 그곳까지 가는 건 사정상 무척 힘든 일이라서 나는 복무 기간이 끝나면 파디아를 부근 사막 부족에 맡기려고 생각했었다. 여동생 같은 파디아를 부대에 놔둘 순 없는 노릇이지. 그러다가 네가 잡혀왔고 파디아가 널 구해달라는 부탁을 하더구나. 그래서 생각했다.”

리셀이 티아나의 눈을 뚫어지게 쳐다보았다.

“널 구해주면 파디아가 호레이살 부족으로 돌아갈 수 있을지도 모른다는 생각 말이다. 바로 그 때문에 나는 보고서를 찢어버렸다. 네 검술 실력이 상당한 수준이라는 사실을 상부에 보고하지 않고 숨긴 것이지. 그리고 부하들에게도 입단속을 시켰다."

티아나의 눈이 살짝 커졌다. 그렇다면 눈앞의 제국 기사는 자신을 풀어주려고 데리고 온 것이란 말인가?

"얌전히만 있으면 자유의 몸이 될 수 있을 것이다. 황금 따위 지불하지 않더라도 말이야. 물론 조건은 간단해. 호레이살 부족으로 돌아가서 파디아를 행복하게 해 주는 것이 내가 요구하는 조건의 전부다."

티아나가 곁눈질로 파디아를 쳐다보며 말했다.

"팔자 좋은 소릴 하는군. 그렇다면 내가 부족으로 돌아가서 파디아의 목을 자른다면 어쩔 것이냐?"

"파디아는 네 목숨을 살리려고 나에게 필사적으로 애걸을 했다. 간단히 말해 네 생명의 은인이란 뜻이지. 그런 은인의 목을 친다면 넌 한마디로 인간도 아니야."

리셀이 더 이상 말할 필요도 없다는 듯 손을 흔들었다.

"내 조건이 싫다면 말해라. 감옥으로 바로 돌려보내주마."

물론 티아나는 거부할 수 없었다. 조용히 있기만 한다면 부족의 품으로 돌아갈 수 있다. 절박한 상황에서 뜻밖의 희망이 생긴 것이다. 그것도 몸을 버리지 않은 채 말이다.

'만약 이 기사 놈이 파디아가 말한 대로라면 순결을 지킬 수 있어.'

그 희망 하나로 티아나는 조용히 침묵을 지켰다.

그러나 티아나의 고난은 거기에서 끝나지 않았다. 사령부까지 달려갔지만 정작 헛물을 켠 드래곤 전대의 발정 난 개 베이런이 그녀를 포기하지 않은 것이다.
그날 밤 까마귀 전대원들은 작전 성공을 축하하는 회식을 갖기로 했다. 리셀을 비롯한 모든 전대원들이 선술집에 나가 술을 마시기로 결정한 것이다.
"막사에서 조용히 있어라. 일찍 돌아오겠다."
파디아가 불안한 표정으로 리셀의 옷매무새를 가다듬어 주었다.
"리셀님은 술을 즐기지 않잖아요?"
"그래도 분위기는 맞춰줘야지. 간단히 얼굴도장만 찍고 돌아오겠다."
그 말을 남기고 리셀은 전대원들을 데리고 외출했다. 그런데 리셀이 나가고 얼마 되지 않아 막사 밖에서 소란이 일었다.
"베이런님. 이러시면 안 됩니다. 여기는 까마귀 전대의 막사입니다."
그 뒤를 이어 술에 잔뜩 취한 듯한 고성이 터져 나왔다.
"까마귀 전대면 어쩔 건데? 전대장이란 놈이 선수를 쳤어. 감히 내가 찜 해놓은 여자를 냅다 가로채어 버렸다고……."
"그래도 까마귀 전대장이 이 사실을 알게 된다면……."

"더 이상 만류하면 참지 않겠다. 놈들이 외출한 지금이 여자를 되찾을 절호의 기회야."

잠잠해지는가 싶더니 누군가가 막사 안으로 들어왔다. 술에 취해 얼굴이 불콰해진 사내였다. 눈가에 붉은 기운이 짙게 배어 있었고 덥수룩한 수염이 온통 얼굴을 덮고 있었다. 그가 바로 드래곤 전대의 공인된 발정 난 개, 베이런이었다.

사령부까지 달려가서 한참 기다린 끝에 브렌트 백작을 만날 수 있었지만 정작 여인은 까마귀 전대장 리셀이 선수를 쳐 버렸다. 돌아와서 그레고리 자작에게 항의했지만 당연하게도 전혀 먹혀들지 않았다.

"리셀 전대장은 브렌트 백작님의 직인이 찍힌 명령서를 가지고 왔네. 내 어찌 내어주지 않을 수 있단 말인가?"

베이런이 할 수 있는 일은 선술집에서 술이나 퍼마시는 게 다였다. 그러나 술을 마실수록 티아나의 아름다운 자태가 눈앞에 일렁였다. 보편적으로 까무잡잡한 사막 부족 여인들과는 달리 티아나의 피부는 백옥과도 같았다. 게다가 혼백을 빼놓을 듯한 까만 눈과 붉은 입술은 베이런의 이성을 점차 마비시켰다. 결국 참지 못한 베이런이 자리를 박차고 일어났다.

"이러고 있을 수는 없어! 그 여자를 결코 포기할 수 없다고!"

그때 베이런은 목격했다. 까마귀 전대원들이 전대장과 함께 선술집에 들어가는 장면을 말이다.

“기회다. 놈이 없는 순간을 노려야 한다.”

그는 머뭇거림 없이 텅 빈 까마귀 전대의 막사로 달려갔다. 물론 그를 모시는 아그리아 공작가의 기사들이 필사적으로 만류를 했다.

“나중에 까마귀 전대장이 알면 어떻게 하시려고 그러십니까?”

“제발 참으십시오.”

그러나 베이런은 좀처럼 고집을 꺾지 않았다. 그렇게 해서 까마귀 전대의 막사로 난입하게 된 것이다.

“흐흐흐. 고것 절색이군. 통째로 삼켜도 비린내가 나지 않겠어.”

충혈된 눈빛으로 다가오는 베이런을 본 티아나가 몸서리를 쳤다. 저렇게 노골적이고 적나라한 시선은 지금껏 접한 적이 없었다. 그녀가 입술을 꼭 깨물었다.

‘칼, 칼이 있어야 하는데.’

그러나 포로 신분인 그녀에게 칼이 있을 리가 없었다. 게다가 자결할 것을 우려해서 리셀은 막사 안에 무기 종류를 일절 남겨두지 않았다. 바로 그때 파디아가 티아나의 앞을 가로막았다.

“왜 이러십니까? 나리.”

“흐흐흐. 비켜라 이년아. 네년에겐 관심이 없다.”

그러나 파디아는 비키지 않았다. 베이런의 눈이 쫙 찢어졌다.

"이 망할 레오폰 계집이?"

그와 동시에 짝 하는 소리가 울려 퍼졌다. 베이런이 인정사정 볼 것 없이 파디아의 뺨을 후려갈긴 것이다. 힘이 좋은 기사의 일격을 여리디여린 그녀가 어찌 버티겠는가.

"아악."

구슬픈 비명과 함께 파디아의 몸이 구석으로 날아가 처박혔다. 장애물을 치운 베이런이 슬쩍 혀를 내밀어 입술을 핥았다.

"흐흐흐. 보기만 해도 아랫도리가 불끈 달아오르는군. 잘되었어. 까마귀 전대장의 막사에서 이 계집을 품어야겠어."

베이런이 생각할 것도 없다는 듯 옷을 훌렁훌렁 벗어 던졌다. 털이 숭숭 난 흉측한 몸이 드러났다. 그 모습에 티아나가 눈을 질끈 감았다.

'어떤 일이 있어도 몸을 버릴 순 없어.'

그녀가 조용히 혀를 이 사이에 물었다. 욕을 보기 전에 자결할 심산이었다. 바로 그때 들려온 묵직한 음성에 그녀가 혀를 뺐다.

"거기까지 하지."

밉살스럽기 그지없는 제국 기사 리셸의 음성이었지만 지금 이 순간 티아나에게는 구원의 목소리였다.

뒤에서 들려온 말에 깜짝 놀란 베이런이 고개를 돌렸다. 순간 그가 급히 숨을 훅 들이켰다. 놀랍게도 시내의 선술집에 있

어야 할 까마귀 전대장 리셀이 서릿발 같은 눈빛을 빛내고 있
었다.

베이런을 노려보던 리셀이 조용히 구석으로 걸어갔다. 그리
고 뺨이 퉁퉁 부어오른 상태로 기절한 파디아를 조심스럽게
안아 올려 야전 침상에 뉘었다. 그 모습에 베이런이 침을 꿀꺽
삼켰다. 비로소 상황이 심상치 않다는 사실을 절감한 것이다.

"까, 까마귀 전대장. 이, 이 일은……."

리셀이 차가운 눈빛으로 베이런을 쏘아보았다.

"네 녀석은 내 막사에 무단으로 침입했고 내가 아끼는 여인
의 얼굴에 상처를 입혔다. 의당 그에 대한 각오는 했겠지?"

그때 기사 한 명이 리셀과 베이런 사이에 끼어들었다. 시종
일관 베이런을 말리던 중년 기사였다.

"까마귀 전대장님. 추후 이 일에 대해 사과를 드리겠습니
다. 아그리아 공작가의 체면을 생각해서 부디 여기에서 멈춰
주십시오."

리셀의 눈이 서서히 충혈되었다. 그의 손에는 파디아의 입
에서 흘러나온 피가 흠뻑 묻어 있었다.

"비켜라. 네놈 따위가 끼어들 계제가 아니다."

"그럴 수 없습니다. 용서하시길……."

기사가 방패를 들어 몸을 가렸다. 설사 죽는 한이 있더라도
베이런을 지키겠다는 태도였다. 리셀은 더 이상 경고하지 않
고 곧장 주먹을 휘둘렀다. 이미 마나가 한껏 어깨에 주입된 상

태웠다.

쾅아앙.

폭음과 함께 가운데가 푹 팬 방패가 바닥에 나뒹굴었다. 놀랍게도 기사의 몸은 막사의 벽을 찢고 밖으로 날아가 버렸다. 주먹질 한 방으로 당당한 덩치의 기사를 날려버린 것이다.

"세, 세상에……."

베이런과 남은 기사 한 명이 진저리를 쳤다. 발톱 기사단 최고의 강자란 소문이 자자했지만 직접 무위를 본 적은 없었다. 오죽하면 기사단 간의 결투에서 전대장 리셀을 제외시켰을까? 리셀이 머뭇거림 없이 주머니에서 장갑을 꺼내어 베이런의 얼굴에 집어던졌다.

"네놈에게 결투를 신청한다. 네놈의 소행을 생각하면 이 자리에서 바로 검을 뽑아야 마땅하겠지만 최소한의 명예는 지켜주도록 하마. 공증인을 데리고 오는 즉시 결판을 내자."

속옷만 입은 상태로 베이런이 아래턱을 덜덜 떨었다. 검술 실력이 그다지 뛰어나다고 할 수 없는 그가 까마귀 전대장과 싸워 이길 가능성은 희박했다. 그러나 그는 믿는 구석이 있었다.

'설마하니 아그리아 공작가의 직계 혈손인 나에게 상처를 입히겠어?'

억지로 머리를 흔든 베이런이 주섬주섬 옷을 주워 입었다. 남은 기사 한 명은 날아가 기절해버린 동료를 보살필 겨를도 없이 리셀을 말리느라 정신이 없었다.

"베이런님은 아그리아 공작가의 적손이십니다. 부디 자제를……."

"아그리아 공작이 직접 와서 말려도 용서 못한다. 두 번 다시 이런 짓을 못하도록 단단히 혼쭐을 낼 것이다."

그 말에 베이런의 눈이 돌아갔다. 술기운도 있었지만 자신을 단단히 혼내겠다는 말에 자제심을 잃어버린 것이다. 옷을 모두 차려입은 그가 소리 나지 않게 허리춤의 검을 뽑아들었다. 양보받는 것에 익숙한 공작가의 적손에겐 지금 리셀의 행동 하나하나가 참을 수 없는 모욕이었다.

'이런 개자식. 등판에 칼이 꽂히고도 그렇게 거만을 떨 수 있는지 두고 보자.'

막사를 나선 리셀은 공증을 봐줄 기사를 찾기 위해 걸어가고 있었다. 베이런이 생각할 것도 없다는 듯 달려들었다. 훤히 드러난 리셀의 등판에 칼을 꽂아 넣으려는 것이다.

베이런을 보필하던 기사가 깜짝 놀랐다. 베이런의 행동은 기사로서 결코 용납하지 못할 짓이다. 그 짧은 순간동안 그는 고뇌했다. 그러나 그는 결국 경고성을 발하지 못했다. 아그리아 공작가의 녹을 먹고 있다는 현실이 기사의 명예를 억누른 것이다.

예기를 발하는 장검이 리셀의 등판을 찔러 들어갔다. 그러나 검끝이 사슬갑옷에 닿는 순간, 리셀의 몸은 흔적도 없이 사라져버렸다. 베이런은 적이 당황했다.

"뭐, 뭐야?"

퍼뜩 정신을 차린 베이런의 얼굴에 그림자가 드리워졌다. 살기를 간파한 리셀이 땅을 박차고 날아오른 것이다. 리셀의 눈동자는 분노로 활활 타오르고 있었다.

"결투를 신청한 상대의 등을 암습하다니. 용서할 수 없다!"

분노의 일격에 의해 장검이 베이런의 손아귀를 벗어나 버렸다.

콰아앙.

술에 만취한 그로서는 도저히 감당하기 힘든 충격이 가해졌다. 검을 놓친 베이런이 당황하며 뒤로 주춤주춤 물러섰다.

"어? 어?"

리셀이 일말의 망설임도 없이 베이런의 몸을 후려갈겼다. 검을 뽑을 겨를도 없었기 때문에 검집째 가격한 것이다. 그때 귓전으로 굵직한 음성이 파고들었다.

"그만두게."

그러나 리셀은 공격을 멈추지 않았다. 상상도 하기 힘든 충격이 베이런을 강타했다.

콰지직.

반사적으로 틀어막은 팔이 참혹하게 으스러졌다. 늑골이 모조리 부러져 나가며 베이런의 입이 딱 벌어졌다. 벌어진 입으로 피가 펑펑 쏟아졌다.

"끄아아악."

처절한 비명 소리와 함께 베이런의 몸이 바닥에 나뒹굴었
다. 감당할 수 없는 고통에 몸부림치는 베이런에게서 시선을
거둔 리셀이 목소리가 들려온 쪽으로 고개를 돌렸다.

뜻밖에도 거기에는 발톱 기사단의 단장인 그레고리 자작이
서너 명의 기사를 대동한 채 서 있었다. 잔뜩 굳은 표정은 그
의 심기가 좋지 않음을 알려주었다. 곱지 않은 눈으로 베이런
을 노려보던 그레고리 자작이 손짓을 했다. 그러자 기사 두 명
이 쓰러져 버르적거리는 베이런을 향해 달려갔다. 그를 쳐다
보며 리셀이 목례를 했다.

"죄송합니다, 단장님. 도저히 참을 수 없었습니다."

"사과할 필요 없네. 나는 베이런이 자네 등을 찔러 들어가
는 장면을 똑똑히 보았어. 그는 기사로서 결코 해서는 안 되는
행동을 한 거야."

조용히 걸어온 그레고리 자작이 리셀의 어깨를 두드려주면
서 음성을 낮췄다.

"내가 직접 공증을 서 줄 테니 걱정하지 말게. 베이런이란
작자가 한 짓이 있으니 아그리아 공작가에서도 아무런 말을
못할 거야. 마음 같아서는 발톱 기사단에서 축출해버리고 싶
지만……."

물론 그 뒷말은 리셀도 짐작하고 있었다. 아그리아 공작가
의 위세 때문에 섣불리 행동하지 못하는 것이다. 베이런을 응

급 처치하던 기사 한 명이 보고를 해 왔다.

"오른팔이 완전히 으스러지고 늑골이 죄다 부러졌습니다. 아마 앞으로 기사 생활은……."

고개를 흔드는 것을 보니 두 번 다시 검을 들기 힘든 모양이었다. 베이런을 보필하던 기사들은 넋이 나간 표정을 지었다. 목숨을 걸고 지켜야 하는 베이런이 폐인이 되어버렸으니 그 책임의 일부가 그들에게 돌아가리란 건 자명한 일이다. 그레고리 자작 역시 심각한 표정을 지었다.

"조금 과했군. 아마 아그리아 공작가에서 가만히 있지 않을 텐데."

"걱정하지 마십시오. 제가 모든 책임을 지겠습니다."

"물론 공개적으로 책임을 물을 순 없을 거야. 내가 직접 공중한다면 말일세. 어쨌거나……."

그레고리 자작이 손을 뻗어 리셀의 어깨를 두드려주었다.

"자넨 지극히 기사답게 행동했어. 내 자리를 걸고 자네를 비호해 주겠네."

"배려에 감사드립니다."

고개를 끄덕인 그레고리 자작이 기사들에게 명령을 내렸다.

"베이런을 의무대로 호송하라. 그리고 오늘 일에 대해서는 함구하도록……."

"알겠습니다."

그레고리 자작은 리셀을 남겨둔 채 다른 기사들을 모두 데리고 떠났다.

그를 배웅한 리셀이 다시 막사로 들어왔다. 파디아는 아직까지 혼절한 상태였고 티아나는 막사 구석에 쪼그리고 앉아 있었다. 감히 밖을 내다볼 엄두도 내지 못하는 것 같았다.

"이런."

리셀이 찐빵처럼 부풀어 오른 파디아의 얼굴을 쓸어주었다. 그러기를 얼마간, 마침내 파디아가 눈을 떴다. 신음 소리가 고운 입술을 비집고 흘러나왔다.

"정신이 드느냐?"

"리, 리셀 기사님."

파디아의 눈에 눈물이 괴었다. 정신을 차리자마자 리셀의 품에 얼굴을 파묻고 펑펑 우는 파디아였다.

"널 때린 녀석을 단단히 혼내주었다. 그러니 걱정하지 말거라."

"저번에도 제 복수를 해 주시더니 이번에도……."

파디아를 달래는 모습을 보던 티아나가 조용히 입을 열었다.

"그 작자는 대관절 누구지?"

"드래곤 전대의 발정 난 개 베이런이다. 자타가 공인한 호색한이지. 원래 그놈이 널 점찍어 두었다고 한다. 그것을 내가 전대장의 지위를 이용해 빼내온 것이지. 아마 내가 널 빼내오지 않았다면 지금쯤 넌 그놈의 막사 침대에 묶여 있을 거야. 술기운에 참지 못하고 들이닥친 모양인데 생각을 한참 잘못한 것이지.”

리셀이 슬며시 겁을 주었다.

“소문에 의하면 그놈은 여자를 묶어놓고 강제로 범하는 것을 좋아한다고 한다. 그리고 여자의 목을 조르면서 교합하는 것을 즐긴다고도 들었어. 그 녀석의 손에 죽어나간 레오폰 여자가 아마 열 명이 넘는다지?”

그 말에 티아나가 몸서리를 쳤다. 시뻘겋게 충혈된 눈빛만 떠올려도 온몸에 소름이 오싹 돋았다. 리셀이 싱긋 웃으며 고개를 돌렸다.

“내 막사에 있는 것이 마음에 들지 않으면 바로 말해. 아마 감옥으로 가기 전에 그놈 막사로 먼저 옮겨질 테니 말이야.”

티아나는 아무런 말도 하지 않았다. 순결을 지키려면 무슨 수를 써서라도 리셀의 막사에 눌러앉아야 한다는 사실을 깨달은 것이다.

그 날 이후 티아나는 눈에 띄게 얌전해졌다. 거기에는 베이런의 난입이 가장 큰 영향을 끼쳤다. 당시의 상황을 떠올려만 보아도 온몸에 소름이 돋는 티아나였다.

사실 그녀는 리셀에게 일말의 의구심을 품고 있었다. 티아나는 부족에서도 소문난 미녀이다. 어딜 가도 부족 남성들의 시선을 자극했다. 그런 미녀와 한 막사에서 지내는데 흑심을 품지 않는다면 남자도 아니다. 따라서 그녀로서는 리셀을 경계할 수밖에 없었다.

그러나 두 달 남짓 리셀과 지내면서 그런 의구심은 서서히 사라져갔다. 리셀이 그녀에게 일절 흑심을 품지 않았기 때문이었다. 이제 티아나는 파디아의 말을 온전히 믿을 수 있었다.

'파디아의 말대로 절제와 금욕을 최고의 덕목으로 생각하는 전사야. 아니, 기사인가?'

그럴 것이 리셀의 하루 일과는 철저히 수련으로 시작하여 수련으로 끝난다. 술을 즐기지도 않고, 그렇다고 해서 다른 취미가 있는 것도 아니다. 밥 먹고 잠을 자는 시간 외에는 오로지 수련에만 몰두하는 검술광이었다.

'그러니 파딘님을 일격에 죽일 실력을 쌓았겠지. 저 나이에.'

물론 그렇다고 해서 감정이 완전히 사라진 것은 아니었다. 한 대 얻어맞아 멍들고 부어오른 얼굴은 이제 정상으로 돌아왔다. 그러나 리셀은 수많은 부족 전사들의 생명을 앗아간 원수였다. 곱게 보려야 도저히 곱게 볼 수가 없는 것이다.

제4장
선택

리셀에게 응징을 당한 베이런은 더 이상 기사 생활을 하지 못하게 되었다. 오른팔의 뼈가 수십 토막으로 부서졌는데 어찌 검을 쥘 수 있단 말인가? 신분이 신분인지라 신관들이 총동원되어 그를 치료했기에 오른팔이 불구가 되는 신세는 간신히 면했다. 그러나 검을 들고 싸우는 것은 무리였으므로 결국 베이런은 발톱 기사단 자리를 내놓고 가문으로 돌아갈 수밖에 없었다. 친손자의 참담한 소식을 들은 아그리아 공작가의 가주 트랜든은 불같이 분노했다.

"감히 내 직계 혈손에게서 기사 생명을 빼앗아 가다니. 도저히 용서할 수 없다."

　　그러나 제아무리 권력이 강한 아그리아 공작가라고 해도 공개적으로는 손을 쓸 수 없었다. 어쨌거나 베이런이 먼저 기사답지 않은 행동을 한 것은 사실이기 때문이다. 결투를 신청한 상대의 등을 암습하는 것은 기사 신분을 박탈당한다 하더라도 변명의 여지가 없는 행동이다. 일단 지금 시점에서 트랜든이 할 수 있는 건 아그리아 공작가의 방대한 권력을 이용해 그 일을 무마시키는 것뿐이었다. 하지만 트랜든은 속으로 다짐했다. 손자를 병신으로 만든 범인을 용서하지 않겠다고.

　　"그러고 보니 리셀이란 이름이 낯이 익군. 어디서 들었더라?"

　　"금빛 도마뱀 작전을 물거품으로 만든 바로 그놈입니다. 그때의 죄 때문에 충군형을 받아 남부 전선에서 복무하고 있다고 합니다."

　　"가관이로군. 도저히 놈을 용서할 수 없다."

　　트랜든이 결단을 내렸다. 그러나 공식적으로는 리셀을 처단할 방법이 없었다. 그리고 비공식적으로도 어렵긴 마찬가지였다.

　　"놈은 발톱 기사단에서 최고의 정예로 평가받는 까마귀 전대의 대장입니다. 서른 명의 전대원들이 똘똘 뭉쳐 있지요. 기사들을 투입하는 것은 곤란하고 어새신을 고용하는 것 역시 불가능합니다."

　　"방법을 생각해내라. 수단 방법을 가리지 말고 그놈의 목을 가지고 와라."

결국 장고의 회의 끝에 결론이 도출되었다. 가주가 직접 파견한 밀사가 명령서를 소지한 채 남부군으로 찾아왔다. 그가 찾아간 자는 남부군에서 아그리아 공작가의 입김이 닿는 병력을 총괄하는 자므란 백작이었다. 아그리아 공작가의 가신 중 하나이자 뛰어난 지휘관으로 명망 높은 군부의 귀족이었다. 그러나 그는 가문의 사람들보다 상황을 더 심각하게 보고 있었다.

"리셀을 건드리는 것은 불가능해. 우선 그는 총사령관 브렌트 백작의 신임을 얻고 있는 자야. 공개적으로 그를 응징할 수는 없어. 무엇보다도 그는 발톱 기사단에서 최고의 강자로 평가받는 놈이야."

그러나 밀사로 파견된 저스틴은 도리어 빙그레 미소를 지었다.

"상식적으로는 그렇지요. 하지만 방법이 없지는 않습니다."

"어떻게 하란 말인가? 설마 어새신을 고용해서 암살하려는 것은 아니겠지?"

"물론 그것은 불가능하다고 결론지었습니다. 제아무리 일급 어새신이라도 기사들이 바글거리는 까마귀 전대의 대장을 암살하긴 힘든 노릇이지요. 그러나 다른 사람의 손을 빌리면 됩니다. 그를 영영 돌아올 수 없는 임무에 투입하는 것이지요."

"그것 역시 불가능하네. 우선 브렌트 백작이 그럴 리도 없 겠지만 무엇보다도 그 녀석에게는 서른 명의 까마귀 전대원이 있어. 지금의 까마귀 전대를 이룩한 자가 바로 리셀이니 까마 귀 전대는 한 몸으로 봐야 해."

"그러니까 까마귀 전대와 함께 처리하는 것입니다."

까마귀 전대는 많은 귀족 가문에서 눈독을 들이고 있었다. 일 대 일 결투에서 드래곤 전대원를 압도한 일로 인해 주목을 받고 있는 것이다. 뿐만 아니라 철저히 실전으로 단련된 까마 귀 전대원들은 아직 견습기사 신분이다. 강한 기사를 휘하에 거둬들이는 데 혈안이 된 귀족들이 이를 가만히 내버려둘 리 가 없었다.

그러나 까마귀 전대를 경계하는 가문도 있었다. 특히 더 이 상 기사 충원이 필요 없는 강대한 귀족 가문에서는 까마귀 전 대를 골칫거리로 생각했다. 행여나 까마귀 전대가 적대하는 가문의 휘하로 거둬지면 그것만큼 골치 아픈 일이 없었다. 아 그리아 공작가 역시 그런 경우였다. 때문에 회의에서도 리셀 을 까마귀 전대와 함께 처리하는 것으로 골자를 잡았다.

"레오폰 정벌군이 미뤄지는 이유를 자므란 자작님은 잘 알 고 있으시겠죠?"

자므란 자작이 묵묵히 고개를 끄덕였다. 현재 레오폰 정벌 군이 미뤄지는 이유는 아그리아 공작가와 황실 간의 의견 충 돌 때문이었다. 서로 간에 바라는 바가 달랐기 때문에 좀처럼 의견을 통일시키지 못했다.

아그리아 공작가가 바라는 것은 현 레오폰 왕조의 멸망과 그 영토의 귀속이었다. 아그리아 공작가의 권세는 단연 독보적이다. 제국의 서부를 지키는 강대한 변경백으로서 수많은 귀족들의 지지를 받고 있다. 하루에도 수십 명씩 식객들이 몸을 의탁하기 위해 찾아오는 실정이었다. 그들 대부분은 영지가 없는 귀족이었다.

거느리는 귀족들에게서 진정한 충성을 받아내려면 영지를 지급해 주어야 한다. 그래야만 마음속에서 우러나오는 충성을 받을 수 있다. 그러나 현재 제국의 영토는 포화 상태였다. 영지전을 통해 다른 귀족들의 영지를 조금씩 빼앗고는 있었지만 거기에는 한계가 있다. 해서 아그리아 공작가가 눈을 돌린 곳이 레오폰 왕국이었다.

라할리아 사막 아래에는 강이 흐르는 비옥한 땅이 있다. 그 땅을 빼앗아 제국에 귀속시킨다면 아그리아 공작 가문을 따르는 많은 귀족들에게 영지를 줄 수 있다. 그리고 그것은 아그리아 공작가의 권력을 강화하는 직접적인 힘이 될 것이다.

바로 그 때문에 아그리아 공작가는 남부군에 상당히 많은 전력을 파병했다. 아그리아 공작가의 영향하에 있는 가문이 보낸 병력까지 합치면 족히 30퍼센트는 될 것이다.

그러나 황실의 입장은 반대였다. 속국을 만드는 이유가 무엇인가? 변경백의 군사력을 줄이려는 의도로 추진하던 일 아니던가? 때문에 황실에서는 단순히 레오폰 왕국의 항복을 받아내어 속국으로 만드는 데에만 주력했다. 그렇게 반대되는 입장만 주장하고 있으니 정벌군 구성이 순탄할 리가 없다.

그러나 무작정 대립만 할 순 없는 노릇이다. 지금껏 수십 차례의 회의가 열렸고 불과 얼마 전, 합의가 도출되었다.

─현 레오폰 왕조는 말살시킨다. 그리고 속국이 되기를 마다하지 않는 부족 하나를 골라 레오폰 왕국의 영토를 맡긴다. 대신 레오폰의 역습으로 인해 영주를 잃은 남부 5개의 영지를 아그리아 공작가로 귀속시키기로 한다.

서로 간의 이해가 어느 정도 맞아떨어지는 절충안이었다. 그리고 이 절충안은 공식 문서를 통해 남부군 총사령관 브렌트 백작에게 바로 전달되었다.

저스틴의 말이 이어졌다.

"우리는 시행착오를 통해 한 가지 사실을 깨달았습니다. 레오폰 부족에 사신으로 가려면 일정한 자격이 충족되어야만 한다는 사실을 말입니다."

제국의 첫 번째 침공은 다분히 충동적이었다. 제국의 속국이 되기를 권유하는 서한을 들고 찾아간 사신은 레오폰 왕조에 의해 목이 잘려 소금에 절여진 채 돌아왔다. 그에 격분한 황제가 덮어놓고 병력을 보냈고 준비 부족으로 인해 병사 대부분이 고스란히 사막에 묻혀야 했다.

통상적으로 제국은 사신으로 문관 귀족을 보낸다. 외국의 언어에 능하고 화술이 출중해야만 협상을 유리하게 이끌 수 있기 때문이다. 그러나 레오폰 왕국 산하의 부족들은 문관을 한없이 업신여기고 전사를 존중하는 경향이 있다. 강인한 전사를 숭상하는 특유의 풍조 때문이었다.

그들은 목에 칼이 들어와도 눈썹 하나 까딱하지 않는 간 큰 전사들만을 대화의 상대로 인정했다. 게다가 사신을 여러 가지 방법으로 협박하거나 시험에 들게 하는 경우도 많았다. 화술과 외국어에만 출중할 뿐, 기본적으로 문관인 사신에게는 너무나도 버거운 일이었다.

"사실 브렌트 백작은 보고를 받은 즉시 몇몇 사막 부족에 밀사를 파견한 적이 있습니다. 실로 성급한 행동이었지요."

처음에 보낸 고급 귀족은 목이 잘렸다. 때문에 브렌트 백작은 하급 문관을 밀사로 파견했다. 죽어도 별로 아쉬울 게 없는 인물을 선정한 것이다. 제국과의 전쟁에 그나마 적극적이지 않은 부족을 골랐지만 역시나 돌아온 것은 소금에 잘 절여진 목뿐이었다. 사막 부족의 자존심은 상상 이상으로 높았다.

"해서 지휘부에서는 가닥을 잡았습니다. 눈앞에 칼을 들이대도 눈썹 하나 까딱하지 않을 담이 큰 기사를 사신으로 보내기로 말입니다. 게다가 레오폰 족속들은 체면을 무척 따집니다. 때문에 그에 걸맞은 지위를 가진 기사를 보내야 한다는 걸론을 도출해냈습니다.”

저스틴의 말에 자므란 자작이 그럴듯하다는 얼굴로 고개를 끄덕였다.

“그렇지. 그래야만 사막 부족 측에서도 사신에게 자신들과 대화할 수 있는 자격이 있다고 인정할 테니까.”

“비밀리에 물망에 오르내리고 있는 기사가 몇 있습니다. 그 중 하나가 바로 까마귀 전대장입니다.”

자므란 자작의 눈빛이 은밀해졌다.

“그렇다면 리셀을 까마귀 전대와 함께 사막 부족의 밀사로 파견하자는 말인가? 사막 부족의 손에 의해 죽임을 당하도록?”

“그렇습니다. 가급적 제국과 씻을 수 없는 원한을 가진 부족을 골라 그와 까마귀 전대를 보내는 것입니다. 잘린 머리통만 소금에 절여진 채 돌아오도록 말입니다.”

“흠. 일리가 있긴 한데 그래도 어려워.”

자므란 자작은 여전히 부정적인 태도를 버리지 않았다.

“까마귀 전대장에 대한 브렌트 백작의 신임은 상상 이상으로 두터워. 그런 그가 까마귀 전대를 그리 쉽게 내치려 들까? 무엇보다도 까마귀 전대장은 브렌트 백작이 직접 서임한 기사야.”

“방법은 있습니다. 우린 브렌트 백작의 약점을 하나 잡고 있습니다. 그것을 물고 늘어진다면 그도 승낙하지 않을 수 없을 것입니다.”

저스틴의 입가로 미소가 번져갔다. 이번 건은 그가 아그리아 공작가에 몸을 담은 이후 처음으로 다가온 기회였다. 이것을 성공시킬 경우 공을 인정받아 중용될 수 있을 터였다. 그리고 저스틴에게는 충분히 그럴 자신이 있었다.

상부에서 무슨 대화가 오가는지 리셀은 전혀 알지 못했다. 그날도 리셀은 대원들과 함께 임무를 성공리에 수행하고 주둔지로 귀환했다. 리셀이 들어서자 파디아가 활짝 웃으며 다가왔다.

“오셨어요? 어머! 이 피 좀 봐.”

리셀의 전신은 온통 피로 뒤덮여 있었다. 접전 과정에서 죽은 사막 전사들의 피였다.

“오늘은 적의 수가 다소 많았다. 그래서 무리를 했지.”

“어서 씻으세요. 냄새가 지독해요.”

“알겠다.”

피에 젖은 사슬갑옷을 벗은 뒤 리셀이 수건을 받아들고 밖으로 나가려 했다. 그때 야전 침상에 앉아 있던 티아나가 가시 돋친 말을 했다.

“고귀한 전사들의 피를 덮어쓴 게 뭐 자랑이라고 떠드는 건가? 사람을 죽인 것이 훈장이라도 되나 보지?”

울컥하는 마음에 내뱉은 말이었다. 그러나 리셀은 빙글빙글 웃으며 받아넘겼다.

"사막 전사들은 전장에서 적과 맞닥뜨려도 죽이지 않나 보군? 부디 작전에서 그런 전사를 만나봤으면 좋겠군. 깔끔하게 목을 베어주게 말이야."

티아나가 발끈했다.

"제국 침략자들은 천벌을 받을 것이다. 평화롭게 살아가는 우리 레오폰 왕국을 침공한 대가를 치러야 한다."

리셀은 한 마디도 물러서지 않고 맞받아쳤다. 남부군에 복무하면서 세상 돌아가는 사정을 많이 듣고 배운 리셀이었다.

"좋아. 아스트리아 제국이 선제공격한 것은 맞아. 그 사실은 인정해, 하지만 사신의 목을 잘라 소금에 절여 보낸 것은 잘한 행동인가? 입장 바꿔놓고 호레이살 부족이 그런 일을 당했다면 가만히 있을 것 같나?"

말문이 막힌 티아나가 눈을 부라렸다.

"제국은 결코 레오폰 왕국에 발을 들여놓지 못할 것이다. 오히려 용맹스러운 사막 전사들이 제국의 영토 깊숙이 진격해 들어갈 것이다."

그 말에 리셀이 코웃음을 쳤다.

"말도 되지 않는 소리로군. 비록 이곳에서는 사막 전사들이 위세를 떨치는 것을 인정한다. 그러나 제국 영토로 들어가면 사막 전사들은 결코 제국 기사들의 적수가 되지 못해."

"꿈같은 말을 하는군. 네가 아직 진정한 전사를 못 만나봤나 본데……."

"확실하게 이유를 설명해주지. 어째서 레오폰 전사들이 제국 기사를 당해내지 못하는가를 말이야. 잠시 기다려라."

머리를 흔든 리셀이 막사 밖으로 걸어나갔다. 남겨진 티아나가 화를 참지 못해 연신 씨근거렸다. 물론 누구의 편도 들지 못하는 파디아만 발을 동동 구를 뿐이었다.

리셀은 금세 돌아왔다. 그런데 그의 손에는 사막 전사들이 사용하는 시미터 두 자루가 들려 있었다. 리셀은 시미터를 야전 침상 위에 던졌다.

철그렁.

막사 구석에 걸어간 리셀이 투구를 들어 올렸다. 구석에 놓인 거치대에는 플레이트 메일이 한 벌 걸려 있었다. 혹시나 해서 보급대에서 지급받은 온전한 형식의 판금갑옷이었다. 리셀은 실로 오랜만에 판금갑옷을 주섬주섬 걸치기 시작했다. 워낙 많이 입고 다녔기에 금세 갑옷을 차려입을 수 있었다.

"칼을 들어라. 오늘 너에게 진정한 기사의 위용을 보여주마."

티아나가 코웃음을 치며 시미터를 집어 들었다.

"그깟 쇳덩어리를 걸친다고 뭐가 달라질 것 같나? 기껏해야 몸놀림만 둔해질 뿐이지."

뜻밖에도 리셀은 검을 집어 들지 않았다. 전신에 판금갑옷만 걸쳤을 뿐, 빈손이었다.

"자 마음껏 공격해 봐. 일체 반격하지 않을 테니 말이야."

티아나의 고운 눈에 쌍심지가 돋았다.

"지금 나를 모욕하는 것이냐?"

"단순히 제국 기사의 위용을 보여주겠다는 거야. 왜? 공격할 자신이 없나?"

결국 티아나는 이성의 끈을 놓아버렸다. 비록 여자의 몸이지만 전사로서의 자부심을 지닌 그녀였다. 조롱하는 듯한 리셀의 태도에 그녀가 참지 못하고 시미터를 휘둘렀다.

"몸에 칼자국을 새겨주면 정신을 차리겠지?"

횡으로 휘두른 시미터를 리셀이 팔을 비스듬히 기울여 막아나갔다. 푸캉 하는 소리와 함께 시미터의 방향이 틀어졌다. 물론 그 대가로 갑옷의 팔 부분에 깊숙하게 흠집이 났지만 뚫리지는 않았다. 티아나의 눈이 커졌다. 그 정도의 힘이 실린 검격이라면 얇은 판금갑옷 정도는 단숨에 꿰뚫어야 했다. 당황해하는 티아나를 리셀이 거듭 채근했다.

"어서 공격해. 뭐 하나?"

티아나는 다시금 공격해 들어갔다. 거센 칼질이 무방비 상태의 리셀에게로 퍼부어졌다.

깡 까깡 깡.

금속 부딪히는 소리가 연이어 터져 나왔다. 리셀은 매우 효과적으로 티아나의 칼질을 막아냈다. 타격점 부위를 비스듬하게 기울여 시미터의 방향을 틀거나 흘려보내는 것이다.

그런데 리셀의 갑옷 표면으로 은은하게 푸른빛이 돌고 있었다. 숙련된 기사의 검에 자연적으로 마나가 응축되어 강도가 강해지는 현상이 리셀의 갑옷에 발현되는 것이다. 마나의 응축으로 인해 비약적으로 강도가 강해진 판금갑옷은 적절히 각도를 기울이는 것만으로도 티아나의 공격을 무리 없이 흘려보낼 수 있었다.

"이 무슨 말도 안 되는 경우가!"

입술을 질끈 깨문 티아나가 거듭 검격을 퍼부었다. 그럴수록 리셀의 판금갑옷에 새겨지는 흠집이 늘어갔다. 그러나 갑옷으로 보호받는 리셀의 육신에는 털끝만큼의 상처도 입힐 수 없었다. 결국 지칠 대로 지친 티아나가 시미터를 떨어뜨리고 거친 숨을 몰아쉬었다.

"헉, 헉."

리셀이 빙그레 웃으며 티아나를 쳐다보았다.

"제국 기사들이 괜히 갑옷을 입는 것이 아니야. 각도를 적절히 조절한다면 어떤 공격이라도 튕겨낼 수 있어. 제국 기사들은 이런 방식으로 석궁이나 화살 공격을 막아내지."

티아나의 눈에 경악의 빛이 떠올랐다.

"노, 놀랍군."

"놀랄 것 없어. 제국의 기사들은 예외 없이 이 기술을 익히고 있으니까. 한 번 생각해 봐. 얇은 옷 하나 달랑 걸친 사막 전사들이 갑옷 입은 제국 기사와 정면으로 맞서 싸울 수 있을 것 같아? 라할리아 사막이야 워낙 더워 판금갑옷을 입지 못하지만 제국 남부로 가면 기후가 판이하게 달라져. 판금갑옷을 입은 수천, 수만의 기사들이 벌떼처럼 달려들 텐데 과연 레오폰 전사들에게 승산이 있을까?”

티아나는 꿀 먹은 벙어리처럼 아무런 말도 하지 못했다. 나름대로 뛰어난 전사인 그녀가 아무런 반격도 하지 않은 리셀의 털끝조차 건들지 못했다. 리셀의 말에 어느 정도 수긍한 것이다. 리셀이 갑옷을 벗기 시작했다.

“머지않아 정벌대가 구성될 거야. 모르긴 몰라도 그 규모는 레오폰 왕국이 감당하기 어려운 수준이겠지. 뭐 나와는 상관없는 문제야. 그전에 남부군에서 전역할 것이 확실할 테니 말이야. 어쨌거나 너와 파디아를 부족으로 돌려보내겠다는 약속은 지킬 테니 걱정하지 않아도 돼.”

갑옷을 모두 벗어 거치대에 올려놓은 리셀이 수건을 들고 밖으로 나갔다. 우물가로 가서 몸을 씻으려는 것이다. 티아나는 넋 나간 것처럼 멍하니 바닥만 응시하고 있었다.

티아나의 심경은 착잡했다.

‘그의 말이 맞아. 레오폰 왕국은 결코 제국을 감당할 수 없어.’

이곳에 두 달간 머물면서 그녀는 많은 것을 보고 느꼈다. 그리고 파디아의 입을 통해 얻은 정보도 많았다. 그녀가 확실하게 느낀 것은 아스트리아 제국이 누구도 부인할 수 없는 강대국이란 점이다. 풍족한 보급 물자와 주기적으로 보충되는 병력은 그녀의 예상을 초월했다.

무엇보다도 그녀가 가장 놀란 것은 남부에서 복무하는 제국군에게 일정한 복무 기간이 있다는 점이다. 제국의 기사나 병사는 어느 정도 복무하면 고향으로 돌아간다. 그리고 새로 징집된 인원이 그 빈자리를 채운다. 그것은 레오폰 전사들이 꿈도 꾸지 못하는 일이다. 한 번 전선에 투입된 레오폰 전사들은 오직 시체가 되어서야만 고향으로 돌아갈 수 있다. 게다가 제국군처럼 주기적으로 휴가를 가는 것은 엄두도 내지 못한다.

그리고 보급 문제는 그녀를 경악시키기에 무리가 없었다. 어느 부대건 본국에서 보낸 보급 물자가 산더미처럼 쌓여 있었다. 심지어 생일을 맞은 병사의 어머니가 고향에서 구워 보낸 팬케이크까지 일선 부대로 전달되는 시스템이었다. 그러니 티아나가 기가 질릴 만도 했다. 제대로 보급을 받지 못해 굶주리고 헐벗은 상태로 싸우는 사막 전사들과는 그 사정이 달라도 너무 달랐다.

그렇게 티아나가 생각에 잠겨 있는 사이 리셀이 목욕을 마치고 돌아왔다. 흠뻑 젖은 머리칼에서 물방울이 뚝뚝 떨어졌다.

"상부에서 술과 송아지 한 마리를 보낸다는데 오랜만에 바비큐 파티나 할까?"

한가롭게 입을 여는 리셀을 보며 티아나가 안색을 굳혔다.

"네 조국인 베텔 왕국은 불과 얼마 전에 제국의 속국이 되었다고 들었다. 그런데도 제국이 밉지 않느냐?"

"흠. 그 문제에 대해서는 깊이 생각한 적이 없군. 뭐 제국에 감정을 가진 사람이 전혀 없지는 않겠지?"

"제국군은 너희 왕국을 침략하여 강제로 병합시킨 원수다. 그런데 어찌 원한이 없다는 말이냐?"

"아마도 손해 본 사람이 없기 때문이겠지."

리셀은 조용히 베텔 왕국 병합에 대한 과정을 털어놓았다.

제국군은 베텔 왕국을 병합하는 과정에서 단 한 명의 병사도 잃지 않았다. 오히려 베텔 왕국까지의 길을 뚫는 데 희생된 병사의 수가 월등히 많았다. 제국군이 한 일이라곤 5만의 대군이 질서정연하게 대오를 지어 베텔 왕국의 수도까지 진격한 것뿐이었다. 그 과정에서 약탈은커녕 단 한 명의 주민도 죽이지 않았다. 심지어 밀 이삭 한 톨조차 징발하지 않았다. 그야말로 신사적인 행군을 한 것이다. 압도적인 병력에 기가 죽은 베텔 왕국은 저항을 포기하고 성문을 열었다. 말 그대로 무혈입성을 한 것이다.

그 일로 인해 제국의 속국이 되었지만 베텔 왕국은 아무것도 달라지지 않았다. 국왕은 왕좌를 지킬 수 있었고 각급 귀족들 역시 영지를 보전할 수 있었다. 그리고 조약을 맺은 대로 첫 조공품을 바치고 나서 답례품을 받았을 때 국왕은 깜짝 놀

랐다. 베텔 왕국이 조공품으로 바친 물품의 가치를 몇 배나 웃
도는 답례품이 왕궁으로 전달되었기 때문이었다. 이야기를 듣
던 티아나가 입을 딱 벌렸다.

"믿을 수 없군. 왜 그런 짓을 하는 거지?"

"왜냐하면 제국이 바라는 것은 속국의 자원과 노예가 아니
기 때문이지. 속국이라는 울타리 하나만 노리고 그런 불합리
한 조공 무역을 행하는 거야."

"그래도 그렇지."

"제국의 입장에선 도리어 이득이야. 속국이 만들어지면 그
와 접경한 변경백의 군사력을 순탄하게 감축시킬 수 있으니
말이야. 자세한 사정은 모르지만, 우리 베텔 왕국은 제국의 속
국이 되고 나서 살기가 한결 나아졌어."

베텔 왕국은 나라 전체가 험준한 산악 지대로 이루어져 있
다. 때문에 고질적인 식량 부족에 시달려 왔다. 그런데 길이
뚫리고 제국과 교역이 활발해지면서 그런 문제는 흔적도 없이
사라졌다. 부유한 아스트리아 제국에서 수를 헤아릴 수 없는
상인들이 곡식을 바리바리 싣고 넘어온 것이다. 그리고 지금
껏 판로가 없어 잘 팔리지 않던 짐승의 털가죽과 각종 광물을
비싼 값에 사 갔다. 베텔 왕국의 특산품이 나름대로 제국에서
인기가 있었던 것이다.

"무엇보다도 가장 큰 변화는 안보 문제야. 아스트리아 제국
은 베텔 왕국을 속국으로 삼고 나서 공개적으로 천명했지. 속

국인 베텔 왕국을 침략하는 국가는 제국의 분노에 찬 응징을
받을 것이라고 말이야. 그 뒤로부터는 그 어떤 나라도 베텔 왕
국을 넘보지 않았어. 정규군만 백만이 넘는 아스트리아 제국
의 분노를 감당할 자신이 없어서였지.”

리셀이 싱긋 웃으며 머리를 털었다.

“어쨌거나 베텔 왕국의 청년들은 제국에 대해 전혀 적개심
을 가지고 있지 않아. 오히려 제국에 밀입국해서 일자리를 찾
기 위해 혈안이 되어 있지. 그러고 보면 나는 운이 꽤 좋은 편
이야. 순탄하게 제국의 시민으로 인정받았으니 말이야.”

티아나는 조용히 리셀의 말을 듣고 있었다.

“물론 레오폰과는 사정이 다를 수도 있어. 우리 베텔 왕국
은 대륙 중앙에서 건너온 유민들이 주축이 되어 세워진 국가
니까 같은 말을 쓰고 인종 자체도 다르지 않아. 때문에 제국의
속국이 되는 데 거부감이 없을 수밖에 없지.”

“우리 레오폰인들은 결코 누군가에게 복속되는 것을 바라지
않아. 전사의 자존심은 그 정도로 고결하지.”

그러나 왠지 모르게 티아나의 말투에는 힘이 빠져 있었다.

“이렇든 저렇든 나와는 상관없는 문제야. 곧 제대할 테니
말이야. 다른 나라 문제라고나 할까?”

리셀의 태도가 거슬렸는지 티아나의 눈빛이 사나워졌다. 그
러나 리셀은 미처 그 눈빛을 보지 못했다. 돌연 그녀가 생긋
미소를 지었다.

"그렇게 날 놀리니 재미있나?"

"글쎄. 재미까지야. 헉! 뭐야?"

리셀은 깜짝 놀랐다. 티아나가 돌연 코 밑으로 얼굴을 들이댔기 때문이었다. 풋풋한 처녀의 방향 때문에 정신이 아찔해져 왔다. 예쁜 입술이 벌어지며 달착지근한 향내가 풍겼다.

"매우 궁금했어. 날 건드리지 않는 것은 고마운데 나에게 그 정도로 여자로서의 매력이 없나 싶어서."

리셀이 급히 고개를 흔들었다.

"그, 그렇지 않아. 넌 매우 예뻐."

"그런데 왜 나한테 관심을 두지 않는 거지?"

"그, 그거야."

티아나의 도발적인 태도에 리셀은 쩔쩔맬 수밖에 없었다. 티아나는 엄청난 미인이다. 그런 아름다운 아가씨가 얼굴을 바짝 붙인 상태로 말을 하고 있으니 도저히 정신을 차릴 수 없었다. 미처 마나를 순환시킬 엄두조차 내지 못했던 리셀이었다. 티아나의 눈빛이 묘하게 빛났다.

"그러고 보니 눈이 매우 예쁘군. 마치 보석 같아."

"그, 그만해."

"입술도 매우 매력적이군."

순간 리셀의 눈이 커졌다. 티아나가 갑자기 입을 맞춰왔기 때문이었다. 입술에 물컹한 것이 닿는 순간 리셀은 아찔한 현기증을 느꼈다. 도저히 정신을 차릴 수가 없었다. 바로 그때 하복부에서 끔찍한 통증이 전해져왔다. 도저히 참을 수 없었기에 리셀이 비명을 내질렀다.

"끄으으윽."

리셀이 하복부를 움켜쥐고 허물어졌다. 티아나가 입을 맞춘 상태에서 무릎으로 리셀의 급소를 콱 찍어버린 것이다. 바닥에 널브러져 버르적거리는 리셀을 만족스러운 눈빛으로 쳐다본 티아나가 슬쩍 입술을 닦았다.

"내 입술을 가진 대가라고 생각해. 물론 아까 날 가지고 논데 대한 보복도 섞여 있지."

얼마나 통증이 심했는지 게거품을 내뿜고 있는 리셀을 보며 파디아가 발을 동동 굴렀다.

"어머나! 이 일을 어째."

리셀도 남자라면 누구나 가지고 있는 약점만큼은 극복하지 못한 것이다.

리셀은 한참 동안 끙끙 앓았다. 찬 우물물에 적신 수건으로 거듭 찜질을 하고 나서야 서서히 통증이 가라앉았다. 사실 티아나는 일을 벌이며 리셀의 보복을 각오했었다. 화가 나서 뺨을 갈기거나 몇 대 두들겨 패더라도 감수할 생각이었다. 그러나 리셀은 의외로 그녀에게 아무런 응징도 가하지 않았다.

"화가 나지 않아? 화풀이를 하겠다면 당해 줄 용의가 있으니 맘대로 해."

"끄으응. 누굴 탓하겠느냐. 내 실수인걸."

티아나의 눈빛이 미묘하게 빛났다.

"호오? 꼴에 남자다, 이거냐?"

"허점을 보였으니 입이 열 개라도 할 말이 없지. 화풀이 따위 하지 않겠다. 그나저나 너무 아픈걸."

결국 리셀은 밤새도록 끙끙 앓아야 했다. 티아나의 일격은 지금껏 리셀이 받은 그 어떤 공격보다도 위력적이었다.

다음 날 리셀은 브렌트 백작의 호출을 받았다.

"부르셨습니까?"

군례를 취하던 리셀이 멈칫했다. 브렌트 백작의 안색이 그다지 좋지 않았기 때문이었다.

"왔는가? 거기 앉게."

리셀은 브렌트 백작이 권하는 대로 자리에 앉았다.

"그래. 일전에 데리고 간 레오폰의 노예 여인은 마음에 들던가?"

그 말에 리셀이 대답을 하지 못하고 슬며시 얼굴을 붉혔다. 사정이 어찌 되었건 간에 겉모습만 보면 브렌트 백작이 오해하는 것도 당연했다. 그러나 속사정을 시원히 밝힐 수 없는 것이 리셀의 처지이다.

"그, 그럭저럭."

"마음에 든다니 다행이로군."

　몇 마디의 잡담으로 마음을 가라앉힌 브렌트 백작이 본론으로 들어갔다.

　"머지않아 정벌군이 구성될 것 같네. 아그리아 공작가와 황실 사이에 마침내 협약이 체결되었어."

　"잘되었군요. 지루한 전쟁에 종지부를 찍을 수 있게 되어서 말입니다."

　"정벌군이 구성되면 곧바로 사막을 건너 레오폰의 수도인 카시마르로 진격할 걸세. 남부군은 앞장서서 길을 여는 임무를 맡았어."

　브렌트 백작의 말을 들으며 리셀이 고개를 끄덕였다. 브렌트 백작이 지휘하는 남부군은 사막 전사들과 맞서 싸우며 사막에 적응한 정예 부대이다. 그런 남부군이 길을 연다면 정벌군은 큰 무리 없이 라할리아 사막을 건널 수 있을 것이다. 레오폰 왕국의 운명은 이제 바람 앞의 촛불처럼 위태로워질 게 분명했다.

　"그런데 문제가 한 가지 있어."

　"무슨 문제입니까?"

　"그동안 많은 고민을 했었지. 레오폰 왕국을 멸망시키느냐? 아니면 속국으로 삼느냐 하는 문제에 대해서 말일세. 사실 멸망시키는 것은 일도 아니야. 하지만 사막 부족들은 부러질지언정 휘어지지 않는 성품을 지녔네. 다시 말해 점령하고 나서도 상당히 골머리를 앓아야 한다는 거지."

　그의 말은 충분히 일리가 있었다. 고금을 통틀어 한 나라를 정복한 이후 망국의 백성들의 끈질긴 저항에 직면했던 경우는 수도 없이 많다. 특히 레오폰 왕국처럼 기질이 강한 백성들이라면 그 저항의 강도가 남다를 것이다. 잘 단련된 사막 전사들이 조직적인 저항을 전개하면 제국군의 피해는 극심할 수밖에 없다.

　"해서 결론이 내려졌네. 현 칼리프와 그를 배출한 부족인 하란티아 부족을 멸망시키는 것으로 전쟁을 끝내기로 말일세. 놈들은 황제 폐하께서 보낸 사신의 목을 자른 놈들이야. 그러니 결코 용서할 수 없지. 그리고 제국에 적대적인 부족 역시 싹 쓸어버릴 거야. 하지만 레오폰의 땅을 차지하지는 않을 걸세."

　"땅을 차지하지 않는다면 속국으로 삼는다는 말씀이십니까?"

　"그렇다네. 제국에 적대하지 않는, 그러면서도 다른 부족들을 능히 찍어 누를 수 있는 힘을 가진 부족을 하나 선택해 레오폰 땅을 맡기는 거지. 그렇게 할 경우 제국은 더 이상 레오폰의 사정에 신경 쓰지 않아도 되네. 징집된 병사들도 모두 고향으로 돌아갈 수 있고 말이야."

　"흠. 레오폰 정벌에 들어간 인적, 물적 자원을 생각하면 결과가 매우 초라하군요."

　"뭐, 상부에서 그렇게 결정이 났으니 내가 어쩌겠나? 제국의 방침이 원래 그런데 말이야.”

그 대목에서 브렌트 백작이 정색을 하고 리셀을 쳐다보았다.

“그런데 거기에 문제가 있네.”

“말씀하십시오.”

“접촉을 시도할 부족을 몇 개 선정을 해 두었네. 문제는 거기 파견될 사신이야.”

브렌트 백작은 사신의 조건에 대해 리셀에게 설명을 해 주었다.

“사막 부족들은 사신의 자격을 매우 까다롭게 따지지. 일단 신분이 높아야 하며 반드시 담이 큰 기사여야 하네. 그들은 문관과는 대화조차 하려 하지 않아. 오직 실력이 입증된 전사만을 존중하며 말을 들어주지.”

“문제가 크군요.”

물론 강대한 제국에 기사는 많았다. 그러나 사신의 역할을 수행할 수 있는 기사는 극소수였다. 대부분의 기사들이 글조차 모르는 문맹이란 사실을 감안하면 실로 어려운 문제라고 볼 수 있었다. 게다가 말보다 주먹이 앞서는 다혈질인 기사들이 사신이라는 까다롭고도 막중한 임무를 수행할 수 있을지도 의문이었다.

“해서 사신으로 보낼 만한 기사를 세밀히 조사해 보았네만…… 거기에 자네의 이름이 올라와 있어.”

리셀의 눈이 커졌다. 이제 3개월만 있으면 남부군에서 전역하는 리셀이었다. 그런 자신이 어찌하여 사막 부족의 사신으로 가야 한단 말인가? 이것은 성공 가능성보다 실패할 확률이 더 높은 임무였다. 자칫 잘못하면 머리통만 덩그렇게 소금에 절여져 돌아올 수도 있었다.

"자넨 레오폰어에 능해. 통역 따윌 붙이지 않아도 된다는 말이지. 사막 부족들은 매우 까다롭네. 통역을 통해 대화하는 것 자체를 모욕으로 여길 정도이네."

"하지만 그래도!"

"강요를 하는 게 아니야. 그저 자네 의사를 한 번 들어보고 싶어서 부른 것일세. 자네도 알다시피 기사에겐 부당한 명령을 거부할 수 있는 권한이 있지 않은가?"

브렌트 백작의 말은 사실이었다. 견습기사와 정규 기사는 신분이 하늘과 땅 정도로 차이가 난다. 그 차이 중엔 브렌트 백작이 말한 권한도 포함되어 있었다. 만약 리셀이 견습기사였다면 명령이 부당해도 어쩔 수 없이 따라야 한다. 가서 죽는 한이 있어도 말이다.

그러나 정규 기사에겐 항명이 가능한 면책권이 있었다. 그 대가로 주군에게 미운 털이 박히는 건 피할 수 없겠지만 말이다. 이것은 주군이 기사도에 위배되는 행위를 강요할 경우를 대비해 마련된 권한이었다. 물론 적용되는 경우는 극히 드물었다.

브렌트 백작이 착잡한 표정으로 머리를 흔들었다.

"사실 자네에게 해야 할 말이 있네. 어제 나는 아그리아 공작가의 사람을 만났네. 놀랍게도 그들은 드래곤 하트가 이미 부서졌다는 사실을 알고 있더군. 증거물로 부서진 드래곤 하트의 파편을 보여주었네."

리셀이 눈을 가늘게 떴다. 사실 그럴 것이라곤 이미 짐작하고 있었다. 해츨링인 아슈레인으로부터 당시의 정황을 듣지 않았던가?

'아그리아 공작가의 추격대가 바짝 뒤쫓았으니 드래곤 하트의 파편을 입수했을 수도 있지.'

귓전으로 브렌트 백작의 음성이 파고들었다.

"난 그들이 그 사실을 모르는 줄 알고 있었어. 하지만 알면서도 시치미를 뚝 떼고 있었던 거지. 아무래도 그들은 이번 기회를 빌려 자네를 제거하려고 하는 것 같네. 드래곤 전대의 발정 난 개 베이런에 대해 알고 있겠지?"

리셀이 묵묵히 고개를 끄덕였다. 파디아를 건드렸다가 자신에게 박살이 났는데 왜 모르겠는가?

"그것 때문에 자네에게 단단히 앙심을 품은 모양이야. 게다가 드래곤 하트를 입수하지 못한 감정까지 더해졌더군. 그들은 자네를 호레이살 부족으로 보내려고 수를 쓰고 있네."

"저에 대한 감정이 결코 좋지 않군요."

리셀이 씁쓸히 웃으며 고개를 흔들었다. 호레이살 부족은 가장 적극적으로 제국과 대적하는 부족이다. 지금껏 제국 남부군에 가장 큰 타격을 입혔고 그 반대급부로 가장 많은 전사들을 잃었다. 그런 부족이라면 사신이 도착하자마자 목을 잘라버릴 것이다. 브렌트 백작도 그 사실을 똑똑히 알고 있었다.

"솔직히 말해 호레이샬 부족이 대상이면 임무를 성공시킬 가능성은 지극히 희박해. 그 부족은 제국에 대한 감정이 극히 좋지 않지. 더구나 까마귀 전대라면 지금껏 수를 헤아릴 수 없을 만큼 많은 호레이샬 부족의 전사들을 처치한 부대가 아닌가?"

"까마귀 전대까지 보내려 한단 말입니까?"

브렌트 백작이 묵묵히 고개를 끄덕였다.

"그렇다네. 나로서는 도저히 그들의 요구를 거부할 수 없더군. 내가 받아들이지 않을 경우 황제 폐하께 직접 청원을 해서 기필코 자넬 호레이샬 부족으로 보낼 것이라고 하더군."

리셀은 정신이 멍해졌다. 황제의 명령, 그것은 기사의 면책권으로도 거부할 수 없다. 황제의 명령서가 떨어지면 반드시 받들어야 한다. 비록 그것이 지옥으로 가는 지름길이라고 하더라도 말이다. 리셀이 살며시 이를 갈았다.

"가증스러운 놈들이로군요. 그런 비열한 책략을 구상하다니 말입니다."

"나로서도 더 이상 어쩔 수 없네. 물론 자네 의사를 무시하고 강제로 보내진 않을 거야. 하지만 한 가지만 알아두게. 면책권은 단 한 번만 쓸 수 있고 아그리아 공작가는 계속해서 수작을 부릴 것이란 사실을 말일세.”
리셀은 고민했다. 그러나 어떻게 해야 할지 판단이 서질 않았다.
“생각을 좀 해보겠습니다.”
“알겠네. 충분히 생각해본 다음 결정하도록 하게.”

제5장
목숨이라는 담보

　두 시간동안 말을 달려 발톱 기사단의 숙영지로 돌아간 리셀은 바로 막사에 들어가지 않고 한참을 서성였다.

　'어떻게 하지?'

　마음 같아서는 기사의 면책권을 내세워 거부하고 싶었다. 그러나 아그리아 공작 가문이 황제에게 직접 청원을 넣으면 어쩔 것인가? 골똘히 고민했지만 답은 쉽사리 도출되지 않았다.

　'우선은 티아나에게 한 번 물어봐야겠어. 어쨌거나 호레이살 부족의 여인이니 사정을 자세히 알 수 있을 거야.'

　고개를 흔든 리셀이 막사에 들어갔다. 티아나는 파디아와 함께 두런두런 담소를 나누고 있었다. 리셀이 들어가자 두 여인의 표정이 판이하게 바뀌었다. 파디아는 얼굴 가득 미소를 떠올린 채 맞이했고 티아나는 조용히 외면해버렸다.

"다녀오셨어요?"

건성으로 고개를 끄덕인 리셀이 티아나의 야전 침상으로 다가갔다.

"하나만 물어보자."

"뭐지?"

"혹시 말이다."

리셀은 단도직입적으로 용건을 털어놓았다.

"호레이살 부족에서는 제국과 화해할 생각을 조금이라도 가지고 있나?"

이해하기 힘들다는 듯 티아나가 눈을 치떴다.

"지금 농담하는 게냐? 제국군에 의해 호레이살 부족이 보유한 전사들 중 태반이 목숨을 잃었다. 그런 상황에서 화해? 어림도 없는 소리지."

"전혀 없다는 뜻인가?"

"물론이야. 호레이살 부족 전사들은 최후의 한 사람이 남을 때까지 싸울 것이다."

"흠. 난감하군."

뭔가 이상한 기분이 들었는지 그녀가 정색을 하고 리셀을 쳐다보았다.

"무슨 일인데 그런 것을 물어보는 거지?"

"흠. 사실은 말이지. 내가 어쩌면 사신 신분으로 호레이살 부족으로 가게 될지도 몰라. 까마귀 전대 전체와 함께 말이야."

티아나가 눈을 치떴다.

"미친 것 아니야? 우리 전사들은 까마귀 전대라면 치를 떨고 있어. 보기만 해도 눈을 부릅뜨고 달려들 텐데 사신으로 간다고? 아서라. 이게 웬 떡이냐 하고 냉큼 잡아다 목을 칠 것이 분명해."

"역시 어렵겠지?"

"두말하면 잔소리지. 우리 부족은 은원을 결코 잊지 않아."

"만약 말이다."

리셸이 조용히 자신이 처한 상황을 설명했다. 티아나의 표정도 심각해졌다. 리셸이 지금 같은 곤경에 처하게 된 발단이 다름 아닌 자신으로 인해 일어난 일이었기 때문이었다.

"일전에 들이닥친 녀석 있지? 너에게 눈독 들였다는 놈. 그때 내가 놈을 좀 심하게 혼내주었어. 두 번 다시 검을 들지 못하게 되었으니 기사 생명이 끝난 거나 다름없지. 문제는 그놈이 제국에서 가장 권세가 높은 귀족의 손자라는 거야. 그 일로 인해 놈의 할아버지가 분노했고 나에게 보복하려고 마음을 먹었어. 물론 공식적으로는 나를 손보는 것이 불가능해. 먼저 기사도를 어긴 쪽은 그쪽이니까. 해서 그들은 모략을 짰지. 나와 까마귀 전대를 돌아올 수 없는 임무에 투입함으로써 조용히 없애버리려는 거야. 그래서 나온 계획이 바로 나와 까마귀 전대를 사신 자격으로 호레이살 부족으로 보내버리는 것이지. 이제 이해가 되었나?"

길게 이야기를 털어놓는 리셀을 티아나가 창백한 표정으로 쳐다보았다. 사실 리셀과 까마귀 전대는 그녀의 부족에게 최고의 원수이다. 지금껏 수를 헤아릴 수 없는 전사들이 까마귀 전대의 손에 죽어갔다. 만약 그 계략대로 까마귀 전대가 호레이살 부족으로 가서 몰살당한다면 그녀에게도 좋은 일이다. 그러나 이 모든 일이 그녀로 인해 촉발되었던 만큼 마음이 편치 않았다.

"그런 일이 있었군. 역시 제국 놈들이란."

"싸잡아 말할 필욘 없어. 레오폰 왕국이라고 그런 놈이 없을 줄 알아?"

티아나는 대답을 하지 못했다. 권세를 앞세운 고급 귀족들의 횡포는 레오폰 왕국도 마찬가지였다. 특히 권력의 중심부에 있었던 티아나는 그 사실을 누구보다 잘 알고 있었다.

"뭐라고 해 줄 말이 없군. 그런데 제국에서는 도대체 무슨 의도로 우리 부족에게 사신을 보내겠다는 것이지?"

리셀은 브렌트 백작으로부터 들은 내용을 그대로 설명해 주었다. 제국이 바라는 것은 오로지 울타리로 삼을 속국의 존재뿐이며 구태여 레오폰 왕국의 물자와 노예를 필요로 하지 않는다는 말에 그녀가 눈을 치떴다.

'말도 안 돼.'

그녀는 똑똑히 기억하고 있었다. 제국에 대한 역공을 계획할 당시 칼리프가 각 부족에 돌린 통문과는 내용이 판이하게 달랐기 때문이었다.

—사막의 전사들이여. 아스트리아 제국은 가증스럽게도 우리 레오폰 민족을 멸족시키겠다고 공언해왔다. 남자들은 모조리 죽일 것이며 여자와 아이들은 노예로 삼아 끌고 간다고 했다. 그리고 우리의 땅에 제국 농민들을 이주시켜 확실하게 아스트리아의 영토로 삼을 것이라고 말했다. 이를 가만히 두고만 보고 있을 것인가?

통문의 내용에 분노한 사막 민족들이 분분히 자리를 떨치고 일어났다. 그리고 계란으로 바위 치기란 사실을 알면서도 라할리아 사막을 횡단하여 제국 남부를 공격했다. 부러질지언정 휘어지지는 않는 사막 민족의 근성이 고스란히 드러난 대목이다. 당시의 상황을 떠올려보던 티아나가 눈을 가늘게 떴다.

'확실히 하란티아 부족은 꿍꿍이를 가지고 있어. 리셀 녀석의 말이 사실이라면 말이야.'

그녀가 리셀을 쳐다보며 입을 열었다.

"그렇다면 예전에 제국에서 칼리프에게 보낸 사신도 그런 제안을 했었던 거야?"

"그렇다고 들었어. 내 조국인 베텔 왕국처럼 속국이 되면 자치를 허용한다고 말이야. 그런데 칼리프란 작자는 사신의 목을 잘라 돌려보냈지. 명백한 거부의 뜻으로."

티아나는 결심했다. 이건 부족으로 돌아가면 반드시 상의해 봐야 할 문제였다. 그녀의 눈빛이 묘하게 빛났다.

'지금껏 우리는 하란티아 부족의 수작에 놀아났던 거야.'

어쩌면 하란티아 부족은 제국과의 전쟁을 통해 경쟁 부족의 힘을 소진시킨 다음, 제국에게 화평을 청할 심산일지도 몰랐다. 그렇게 할 경우 하란티아 부족이 대대손손 레오폰 왕국의 칼리프 자리를 차지할 수 있다. 당장만 해도 호레이살 부족은 보유한 전사의 절반 가까이를 잃어버리지 않았던가? 다른 부족의 피해 역시 부족의 존립을 걱정해야 할 정도일 것이다.

반면 하란티아 부족은 전력을 고스란히 유지하고 있었다. 그들의 전사들은 전쟁 초반에만 활약했을 뿐, 지금은 안전한 후방에서 대기만 하고 있다. 그녀가 위험한 전장으로 파견된 임무가 무엇인가? 그런 하란티아 부족의 저의를 의심하여 전력을 보전하기 위해 파견된 것이다. 골똘히 생각하던 티아나가 고개를 돌렸다.

"확실하게 장담할 수는 없어. 하지만 한 가지는 약속하지. 만약 어쩔 수 없이 가야 한다면 네가 한 말을 똑똑하게 아버지에게 전해주겠어. 물론 아버지가 무슨 결정을 내릴지는 아무도 몰라. 섣불리 화해하기엔 우리 부족은 너무도 큰 희생을 치렀으니까.”

“그 정도만 해 줘도 충분하지.”

“한 가지가 더 있군. 사실 너희들끼리 간다면 우리 부족의 땅을 밟아보지도 못할 거야. 사막 부족의 전사들이 벌떼처럼 달려들 테니까. 십중팔구는 우리 부족령에 도착하기도 전에 시체가 되고 말걸? 너희들이 강한 것은 알고 있지만 수에는 장사가 없는 법이야.”

그 말에 리셀이 눈빛을 빛냈다.

“그렇다면 네가 사막 횡단을 도와주겠다는 말이냐?”

“그렇지. 사막의 길을 알고 있으니 큰 도움이 될 거야. 게다가 사막 부족 간의 충돌도 내가 중재해 줄 수 있고…… 어쨌거나 넌 나를 구해준 은인이니까.”

“흠. 말이라도 고맙군.”

고개를 끄덕인 리셀이 몸을 일으켰다.

“부하들에게 한 번 다녀오도록 하겠다. 그동안 너도 생각을 정리해 두도록 해.”

“그렇게 하지.”

리셀은 급히 막사를 나섰다. 그 뒷모습을 티아나가 물끄러미 쳐다보고 있었다.

막사에는 대원들이 모두 모여 있었다. 리셀은 아무것도 숨기지 않고 대원들에게 상황을 설명했다.

"사, 사신으로 호레이살 부족에 파견된단 말씀이십니까?"

"그렇다. 우리가 자발적으로 가지 않을 경우 황명이 내려올지도 몰라."

대원들은 놀라움을 감추지 못했다. 그것은 누가 봐도 실현 불가능한 계획이었다. 제국 사람이라면 이를 가는 것이 호레이살 부족의 전사들이다. 그들은 제국군 포로를 잡을 경우 산 채로 가죽을 벗겨 분풀이를 한다고 들었다. 그런 부족의 본거지로 가라는 말은 말 그대로 가서 죽으라는 뜻이었다. 그러니 대원들로서는 황당해할 수밖에 없었다.

"믿을 수가 없군요."

리셀이 조용히 자신들이 처한 사정을 설명했다. 리셀이 베이런을 혼내준 일, 그리고 그 일로 인해 아그리아 공작이 자신에게 앙심을 품었고 비공식적으로 제거하려 한다는 일들에 대해서 말이다. 물론 사정을 들은 대원들은 불같이 화를 냈다.

"그런 개자식이 있나?"

"정말 비열한 놈들이군요."

"그래서 한 번 상의해보고자 하는 것이다. 너희들의 의견은 어떠냐?"

그러나 대원들은 길게 생각하지 않았다.

"대장님께서 결정하십시오. 저희는 그대로 따르겠습니다."

"어차피 대장님이 아니었다면 지금까지 살아 있지도 못했을 목숨입니다. 전적으로 대장님께 맡기겠습니다.”

“우리 까마귀 전대는 한 몸입니다. 죽어도 같이 죽고 살아도 함께 살 것입니다.”

리셀의 눈매가 파르르 떨렸다. 대원들이 이토록 자신을 믿고 있을 줄은 몰랐다. 마음을 차분히 가라앉힌 리셀이 다시 입을 열었다.

“내 생각에는 이번 임무를 맡는 것이 좋을 것 같다.”

대원들은 두말도 하지 않고 고개를 끄덕였다. 누구 하나 부정적인 의사 표현을 하지 않았다.

“알겠습니다. 명령에 따르겠습니다.”

“수틀리면 덤비는 놈들을 모조리 쓸어버리는 겁니다.”

격양된 음성이 다소 가라앉자 리셀이 조용히 이유를 설명했다.

“어차피 황제 폐하의 명령서가 내려지면 가야 한다. 그럴 바에야 자발적으로 나서는 게 낫지. 그럴 경우 브렌트 백작에게 조건을 내걸 수 있다.”

“조건이라니요.”

“내가 생각해 둔 것이 있다.”

리셀은 조용히 대원들의 얼굴을 둘러보며 말을 이어나갔다.

“사실 아그리아 공작가를 비롯한 쟁쟁한 가문에서는 우리 까마귀 전대를 불편한 눈으로 쳐다보고 있다. 너희들도 알다시피 우리 전대는 그 어떤 기사단에게도 밀리지 않는 실력을 지녔다. 그간 너희들이 연병장에서 흘린 땀과 피가 수많은 실전을 통해 단련된 결과이다."

"그렇지요. 까마귀 전대는 무적입니다."

"상대가 누구라도 자신 있습니다."

"고급 귀족 가문들이 우리를 경계하기 시작했어. 비록 지금은 내가 버티고 있기에 누가 건드릴 엄두를 내지 못하지만 내가 없을 경우 문제가 생길 수도 있다."

대원들이 침묵을 지켰다. 비로소 리셀의 신분을 떠올린 것이다. 리셀은 충군형으로 남부 전선에 복무하는 몸이기 때문에 기간이 끝나면 전역해야 한다. 그리고 그 시기는 대원들보다 월등히 빠를 것이다.

대원들은 대부분 레오폰 왕국 정벌이 끝날 때까지 복무하게끔 되어 있다. 바로 그 때문에 견습기사로서 두둑한 봉급을 지급받는다. 반면 리셀은 충군형 중이므로 일체의 보수가 없다. 단지 보급대에 필요한 물품을 요청해 타서 쓸 수 있을 뿐이었다.

언젠가 리셀이 떠날 거라는 사실을 상기하자 대원들이 몸서리를 쳤다. 지금 까마귀 전대의 활약에는 리셀의 역할이 가장 컸다. 그가 효과적으로 적 우두머리와 주력 전사들을 처리해 주었기에, 대원 누구의 희생도 없이 임무를 완수할 수 있었다. 여기에서 리셀이 빠진다는 것은 생각만 해도 끔찍했다. 윌슨이 조심스럽게 입을 열었다.

“안 가시고 남부군에 남으시면 안 됩니까? 우리가 함께 똘
똘 뭉쳐 까마귀 전대의 신화를 계속 이어나가는 겁니다.”

리셀이 무거운 안색으로 고개를 가로저었다.

“나는 떠나야 한다. 나에게 큰 은혜를 베푸신 마스터의 유
명을 받들어야 하기 때문이다.”

대원들은 침묵을 지켰다. 사실 그들 역시 리셀에게 큰 은혜
를 입은 것이나 마찬가지였다. 세상에서 그 누가 고급 검술을
대가 없이 전수해 줄 것이며, 또한 하루 종일 연병장에서 함께
땀을 흘리며 수련을 봐줄 것인가? 그것은 자신들을 견습기사
로 만들어준 마스터에게도 기대할 수 없는 일이다. 레인이 침
통한 표정으로 고개를 숙였다.

“어쩔 수 없는 일이지요. 도저히 대장님의 발목을 잡을 순
없군요.”

“까마귀 전대는 내가 없더라도 지금의 신화를 이어나갈 수
있다. 왜냐하면 레인이 내 역할을 대행할 수 있기 때문이다.”

그 말에 레인이 깜짝 놀랐다.

“저, 전 아직까지 부족합니다.”

“충분하다. 이제 너의 검술은 거의 완성 단계에 이르렀다.
충분히 내가 빠진 빈자리를 메울 수 있어.”

“하, 하지만.”

“그러나 내가 걱정하는 것은 따로 있다. 껄끄럽게 생각하는
귀족 가문들이 수를 써서 까마귀 전대를 공중 분해해버릴 가

능성이 있어. 까마귀 전대를 해체한 후 대원들을 다른 전대로 뿔뿔이 흩어버리는 거지.”

대원들의 안색이 급속도로 경직되었다. 상상만 해도 소름이 오싹 끼치는 일이었거니와 충분히 가능한 얘기였기 때문이다.

현재 까마귀 전대의 단합은 그 어떤 전대도 흉내 내지 못한다. 동료가 위험에 처할 경우 대원들은 아무런 망설임 없이 몸을 날렸다. 설사 등판에 칼이 꽂히더라도 동료를 구하는 것을 우선으로 치는 것이다. 까마귀 전대가 지금껏 희생자를 내지 않은 것은 바로 그 때문이었다. 그리고 대원들의 호흡은 눈빛만 봐도 서로의 의중을 알아차릴 정도로 척척 들어맞았다. 그런 까마귀 전대가 해체되어 대원들이 각 전대로 뿔뿔이 흩어지면 무슨 일이 생길까.

우선 대원들이 가장 먼저 직면해야 할 문제는 따돌림이었다. 모두가 견습기사 신분이며 또한 소속 가문에서 배척받는 처지이다. 내세울 것이라곤 오로지 실전으로 다져진 실력뿐이다. 그런 까마귀 전대원들을 고귀한 귀족 가문의 자제로 구성된 다른 전대원들이 동료로 인정해줄 가능성은 낮았다.

보나 마나 하루 종일 고성과 주먹질이 오가는 싸움이 벌어질 것이 분명했다. 그리고 신분과 가문의 위세만을 앞세우는 다른 대원들과 호흡을 맞추기는 극도로 어려울 터였다. 만약 까마귀 전대 출신 대원들이 위기에 빠진다면 그 누가 위험을 감수하고 도와줄 수 있을까? 다시 말해 까마귀 전대의 신화는 거기에서 끝장날 수밖에 없었다.

"무서운 일이로군요."

"그런 일이 발생해서는 안 됩니다."

대원들의 안색은 어둡기 그지없었다. 현재 까마귀 전대는 리셀을 제외하면 모두가 견습기사였다. 상부에서 내려온 명령을 거부할 도리가 없는 것이다. 있다면 오직 하나, 탈영뿐이었다. 리셀이 눈빛을 빛내며 말을 이어나갔다.

"바로 그래서 내가 이 작전을 받아들이려는 것이다. 나는 브렌트 백작에게 조건을 하나 내걸 것이다. 그것은 바로 까마귀 전대의 모든 대원들을 정규 기사로 서임해 달라는 조건이다. 물론 나처럼 충성 서약을 받지 않고 자유 기사로 풀어달라고 요구할 참이다."

대원들의 눈이 경악으로 물들었다. 설마 리셀이 거기까지 생각하고 있을 줄은 몰랐다.

"과연 그것이 가능하겠습니까?"

"충분히 가능하다. 만약 우리가 호레이살 부족으로 가서 협정을 맺고 온다면 실로 엄청난 공을 세우는 것이다. 그 공에 대한 보상으로 요구하는 것이지."

"하, 하지만 실패할 경우도 있지 않습니까?"

"실패할 경우에는 더 이상 생각할 필요가 없지. 서른두 개의 머리통이 소금에 절여진 채 돌아올 테니까 말이야. 목숨을 걸고 떠나는 길인만큼 성공하기만 한다면 우린 충분히 그런 보상을 요구할 자격이 있다."

리셀의 음성이 조금씩 상기되었다.

"만약 우리가 임무를 성공시켜 전원이 기사 자격을 취득하게 된다면 더 이상 걱정할 것이 없다. 그렇게 되면 아그리아 공작가도 섣불리 까마귀 전대를 해체할 마음을 먹지 못할 것이다. 거기에다 대원들이 가지고 있는 고충 역시 말끔히 해결된다. 그렇지 않겠는가?"

말을 마친 리셀이 레인을 쳐다보았다. 그의 얼굴은 기대로 인해 붉게 상기되어 있었다.

레인은 더 이상 레너드 자작가의 미운 오리 새끼가 아니었다. 죽을죄를 용서받는 조건으로 남부군에 복무하게 되었던 그는 이제 레너드 가문에게 황금알을 낳아주는 거위가 되어버렸다.

까마귀 전대의 부전대장으로서 레인이 거두는 전과는 고스란히 레너드 자작가로 전해졌다. 공로 치하서가 하루가 멀다 하고 전달되는 형국이었다. 그 때문에 레너드 자작가에서는 인편을 통해 레인이 돌아오는 즉시 정규 기사로 서임시켜주겠다는 약속을 해 왔다. 한 번 내친 레인을 다시 거둬들이려는 것이다.

그러나 레인은 레너드 자작가의 기사로 서임받고 싶은 생각이 전혀 없었다. 이미 레너드 자작에 의해 사형 선고까지 받았던 그가 아니던가? 정나미가 떨어질 대로 떨어진데다 그렇게 되면 마스터인 파쿼드의 그늘에서 평생 벗어나지 못한다.

레인은 자신의 재능을 질시해서 검술을 전수해주지도 않았고 그걸로도 모자라 중상모략까지 한 파쿼드의 얼굴을 대할 자신이 없었다. 만약 레너드 자작가의 기사가 된다면 평생 파쿼드와 함께 생활해야 한다. 마스터가 아닌 선배와 후배 기사의 관계로 말이다.

때문에 그는 휴가를 차곡차곡 모아서 레너드 자작가에 한 번 다녀온 적이 있었다. 그간 남부군에서 세운 공로가 있으니 자신을 이만 놓아달라고 부탁하기 위해서였다. 그러나 레너드 자작은 딱 잘라 거절했다.

"그럴 순 없다. 하늘이 뒤집히는 한이 있어도 허락하지 않을 것이다."

이미 레인이 전대 간의 결투를 통해 드래곤 전대의 부전대장을 박살낸 사실이 레너드 가문에 전달된 상태였다.

자고로 실력 있는 기사는 기를 쓰고 휘하로 끌어들이려는 것이 귀족 가문의 통례이다. 그런 면에서 볼 때, 레너드 자작가에서 실력이 확실하게 입증된 레인을 놓아줄 가능성은 전혀 없었다. 때문에 레인은 면박만 잔뜩 듣고 쓸쓸히 남부군으로 귀환할 수밖에 없었다.

"남부군에서 공을 세우다 보니 간이 커졌나 보구나. 너는 죽을 때까지 레너드 자작가를 위해 헌신해야 한다."

레너드 자작이 떠나려는 레인의 등 뒤에 대고 쏘아붙인 한 마디였다. 이게 바로 레인의 고충이었다. 그리고 상당히 많은 대원들이 레인과 비슷한 고충을 가지고 있었다. 과거에 자신을 박대하고 따돌리던 기억이 생생했건만 까마귀 전대에서 거듭 공을 세우자 가문에서 갑자기 안면을 바꿔버린 것이다. 그렇다고 해서 과거의 설움이 쉽게 망각되는 건 아니다.

이 모든 고충을 말끔히 떨쳐버릴 수 있는 방법이 딱 하나 있었다. 리셀의 말대로 정규 기사로 서임받는 것. 그렇게 되면 더 이상 가문의 굴레에 얽매이지 않아도 된다.

정규 기사가 되면 자동적으로 마스터와의 관계가 단절된다. 당당하게 서임받은 기사로서 자신의 처우를 자신이 직접 결정할 수 있게 되는 것이다. 당연히 전장에서 세운 공로도 더 이상 본래 소속되어 있던 가문에게 귀속되지 않는다. 공식적으로 별개의 사이가 되어버리는 것이다.

물론 마스터의 가문에서는 그에 대해 일절 항의를 할 수 없다. 전장에서 공을 세워 기사로 서임받았는데 그들이 대관절 무슨 말을 할 수 있단 말인가?

사실 서임을 받는다고 해서 그것으로 완벽한 자유가 되는 건 아니다. 기사 서임을 해 준 귀족에게 또다시 종속될 수밖에 없는 것이다. 하지만 리셀의 경우처럼 된다면 걱정할 것이 없었다. 충성 서약을 받지 않고 자유 기사로 풀려난다면 얼마든지 자신이 원하는 주군을 선택해서 충성을 바칠 수 있다. 간단히 말해 모든 제약 조건에서 벗어날 수 있는 것이다.

그리고 까마귀 전대의 존속 역시 문제가 되지 않는다. 견습 기사와 정규 기사 사이에는 엄청난 신분적 격차가 존재한다. 부당한 명령을 거부할 수 있는 항명권이 무려 서른한 장이나 생기는 만큼 누구도 까마귀 전대를 건드릴 엄두를 내지 못하리란 건 자명했다. 기대에 차 있는 대원들의 귓전으로 리셀의 음성이 파고들었다.

"바로 그것이 내가 이번 임무를 맡고자 하는 이유이다. 질문 있나?"

대원들은 아무도 입을 열지 않았다. 하나같이 눈시울이 벌겋게 달아오른 채 리셀을 물끄러미 쳐다보고 있었다.

"그, 그렇게까지 저희들을 생각해 주시다니."

"어떻게 해야 이 은혜를 갚을 수 있단 말입니까?"

"너희들은 내가 처음으로 맡은 부하들이다. 한 번 생명을 맡았으면 끝까지 책임을 져야겠지."

리셀을 보며 대원들이 하나둘 몸을 일으켰다. 그리고 검을 뽑아 바닥에 꽂은 뒤 한쪽 무릎을 꿇고 고개를 숙였다. 그것은 바로 기사가 주군에게 영원한 충성을 맹세하는 자세였다. 누구도 시키지 않았건만 대원들은 자발적으로 리셀에게 주군을 대하는 것과 같은 경의를 표했다.

"지금 이 시간부터 제 생명을 바칠 주군은 리셀 전대장님이십니다."

"절 낳아주신 분은 부모님이지만 알아주신 분은 대장님이십니다. 제 목숨은 이제 영원히 대장님의 것입니다.”

리셀이 얼굴을 찡그리며 고개를 흔들었다.

“예가 과하다. 임무만 성공시킨다면 너희들은 정규 기사가 될 수 있다. 그러니 이제부터라도 예법에 대한 공부를 좀 하도록 해. 기사에게 예법이란 검술 실력만큼이나 중요한 법이다. 그럼 나는 누군가와 상의를 좀 해보고 오겠다. 그리고 지금부터 내가 말하는 것을 누구에게도 발설하지 않도록 해라.”

대원들이 즉각 머리를 꺾었다.

“목숨이 끊어지는 한이 있어도 입 밖으로 내지 않겠습니다.”

“사실 내 막사에 있는 여인 말이다. 그 여인의 정체는 다름 아닌 호레이살 부족장의 딸이다. 파디아의 간청에 의해 구해 주었지. 아! 물론 지금 같은 상황에 처할 줄 알고 그런 것은 아니다.”

대원들의 얼굴에 경악의 빛이 번져갔다. 지금껏 그들은 리셀이 여인을 데리고 온 이유를 심히 궁금해했다. 비록 아름답긴 하지만 여색에 관심이 없는 리셀이 구태여 여인을 데리고 올 이유가 없었다.

“나는 파디아를 끝까지 책임질 생각이다. 그런데 물어보니 그녀는 호레이살 부족으로 돌아가고 싶어 하더구나. 그래서 그녀의 신분을 의도적으로 숨기고 거둬들였다. 일전에 내가 너희들에게 당부한 것 기억하겠지?”

대원들이 묵묵히 고개를 끄덕였다. 여인이 잡혀올 당시 대원들은 그녀가 리셀을 암습하는 모습을 보았다. 이후 매섭게 검격을 나누던 모습까지 똑똑히 기억했다. 그 정도 검술 실력이라면 결코 평범한 여자 노예가 아니다.

대원들은 마땅히 리셀이 그 사실을 보고서로 작성해 상부에 제출할 줄 알았다. 하지만 리셀은 그날 밤 대원들을 모아놓고 부탁을 했다. 여인이 뛰어난 검술 실력을 지니고 있다는 사실을 비밀로 해 달라는 부탁이었다. 대원들은 두말도 하지 않고 고개를 끄덕였다. 리셀의 말은 그들에게 있어 결코 거부할 수 없는 절대 명제나 마찬가지였다.

이후 리셀이 여인을 막사로 데리고 왔을 때 그들은 상당히 신기해했다. 그러나 그뿐이었다. 리셀이 어련히 알아서 판단하고 행동했을까 하는 생각에 관심을 끊어버린 것이다. 그런데 그 여인이 호레이살 부족의, 그것도 부족장의 딸이라는 고귀한 신분이라니…….

"그녀가 힘을 쓰면 파디아는 무사히 호레이살 부족으로 돌아갈 수 있다. 그 때문에 구해준 것인데 생각 외의 일이 벌어졌구나. 어쨌거나 그녀와 한 번 대화를 나눠본 뒤 브렌트 백작을 찾아가도록 하겠다. 운이 좋으면 일이 잘 풀릴 수도 있어."

대원들의 눈두덩이 다시 한 번 떨렸다. 파디아가 누구인가? 그저 레오폰 말을 배우기 위해 거둬들인 적국의 여자 노예에 불과한 소녀였다. 그런 파디아를 끝까지 책임지려는 리셀의 태도에 감명받지 않을 도리가 없다. 파디아에게도 그럴 진데 첫 부하인 자신들에게는 오죽하겠는가. 레인이 깍듯하게 부동자세를 취했다.

"다녀오십시오. 그럼 저희들은 마음의 준비를 해두도록 하겠습니다."

"편히 쉬고 있도록. 너무 긴장해도 좋지 않다."

"알겠습니다."

막사를 걸어나가는 리셀의 등판으로 뜨거운 시선이 집중되었다. 하나같이 눈시울이 벌겋게 달아오른 얼굴들, 몇몇은 눈가로 굵은 눈물방울을 뚝뚝 떨어뜨리고 있었다.

"생각을 좀 해 보았나?"

리셀의 말에 정신이 든 티아나가 고개를 들었다. 리셀이 나가고 난 뒤 줄곧 생각에 잠겨 있었던 티아나였다.

'과연 호레이살 부족은 앞으로의 진로를 어떻게 잡아야 할까?'

이것이 티아나가 골머리를 앓는 이유였다. 이미 제국의 수뇌부가 결정을 내린 상태였으며 머지않아 레오폰 왕국을 정벌할 대군이 수도에서 출발할 것이다. 그들은 사막에 충분히 적응한 남부군을 앞세워 군화 소리도 드높게 라할리아 사막으로 진군할 것이다.

티아나가 보기에 레오폰 왕국이 버텨낼 가능성은 극히 낮았다. 레오폰 왕국의 병력 모두가 전사들만으로 구성된 것은 아니다. 병력 중에서 전사는 고작 10퍼센트 남짓이었고 나머지는 일반 병사였다. 일반 병사의 전투력은 전사에 비하면 현격한 손색이 있었다.

현재 제국군은 각 부족에서 추리고 추린 정예 전사들과 맞서 한 치의 밀림도 없이 남부 전선을 지키고 있다. 전사들을 상대로도 그럴 진데 일반 병사들과 섞인 혼성군으로 제국군을 막을 가능성은 매우 희박할 수밖에 없었다. 그리 길지 않은 시간이었지만 티아나는 머리가 빠지게 고민을 했다.

이런 정국에서 호레이살 부족은 어떻게 행동해야 하나. 만약 지금처럼 저항을 한다면 호레이살 부족의 운명은 뻔했다. 전사들은 모두 싸우다 죽을 것이고 칼을 들 수 없는 남자들은 모조리 학살당할 것이다. 아이와 여자들은 노예로 붙잡혀 갈 터였다. 그렇게 되지 않더라도 제국과 손을 잡은 다른 부족의 지배를 받아야 한다.

더욱이 다른 인종인 제국군보다도 같은 민족인 사막 부족의 지배가 더 혹독한 편이었다. 전쟁에서 질 경우 남자는 모조리 죽이고 여자와 아이는 노예로 삼는 것이 통상적인 사막 부족의 전후 처리법이었다. 티아나 역시 그 사실을 당연하다고 생각하고 있었다. 사막 부족의 독한 성정은 바로 거기에서 나오는 것인지도 몰랐다.

그런데 리셀에게서 자세한 사정을 들은 후 그녀는 머리가 복잡해지는 것을 느꼈다. 리셀에게서 들은 속국 제도. 군림하기는 하되 지배하지는 않는 제국의 속국 제도라면 굳이 레오폰인들이 이토록 격렬하게 저항할 필요가 없었다.

'아스트리아는 엄청난 대제국이야. 지금도 비공식적으로 교류하는 몇몇 부족이 있고 중계 무역으로 엄청난 부를 쌓고 있다고 했지.'

티아나는 호레이살 부족이 제국의 제안을 받아들인다고 가정해 보았다. 묵은 원한을 모조리 씻어버리고 제국과 손을 잡는 것이다. 물론 처음엔 다른 부족으로부터 배신자라고 손가락질은 당하겠지만 일단 부족의 존립을 위협받을 가능성은 없다. 아니, 호레이살 부족으로서는 끝없이 뻗어 나갈 수 있는 기회가 생기는 것이다.

현재 호레이살 부족의 전사는 과거의 절반 정도밖에 되지 않았다. 제국과의 전쟁을 통해 많은 전사들이 전장에서 죽어 갔다. 간단히 말해 호레이살 부족의 힘이 절반으로 줄어들었다고 생각하면 된다. 물론 아직까지 호레이살 부족의 영향력이 미치는 부족이 많긴 했다. 그러나 칼리프의 의도적인 조종으로 말미암아 그들 역시 크나큰 피해를 입고 있었다. 결정을 내린 티아나가 입술을 깨물었다.

'이것은 어쩌면 기회일 수도 있어. 리셀이 말한 게 사실이라면 말이야.'

바로 그때 리셀이 들어왔다.

“안색이 나쁘군. 몸이 좋지 않나?”

“아니. 그렇지는 않아. 그래, 까마귀 전대는 어떤 결정을 내렸지?”

“모두 임무를 받아들이기로 결정했다. 결과가 어떻게 되든 일단 호레이살 부족에게 사신으로 가기로 말이다.”

“뜻밖의 결정이로군. 목숨이 아깝지 않은가 보네?”

“기사에겐 목숨보다 더 중요한 것이 있는 법이지. 어쨌거나 함께 가자. 결과가 어떻게 나오건 간에 너와 파디아는 무조건 호레이살 부족으로 돌려보내주겠다.”

말을 마친 리셀이 눈매를 가늘게 좁혔다.

“혹시 저번에 말한 대로 부족으로 돌아가자마자 파디아의 목을 자르는 것은 아니겠지?”

그 말에 티아나가 쓴웃음을 지었다.

“네 말대로 난 인간이야. 어찌 그럴 수 있겠어? 한 가지는 약속하지. 앞으로 파디아는 내가 책임지고 행복하게 해 주겠어.”

“믿겠다.”

고개를 끄덕인 리셀이 막사 밖으로 나가려 했다. 브렌트 백작에게 가서 조건을 승인받으려니 마음이 급했다. 그때 티아나가 나가려는 리셀을 불렀다. 나가다 말고 고개를 돌린 리셀이 티아나를 쳐다보았다.

“무슨 일이지?”

“어떻게 될지 모르지만 최대한 너를 도와주겠다. 어쨌거나 너는 내 순결을 지켜준 은인이야. 사막 부족은 은원 관계를 철저히 하지. 내 목숨을 구해준 보답이라고 생각해.”

리셀이 씩 웃었다.

“고맙군. 호의를 받아들이지.”

말을 마친 리셀이 막사 밖으로 나갔다.

“그러니까 현 까마귀 전대원 전원에게 기사 서임을 해 달라는 말이로군. 그리고 자네의 경우처럼 충성 서약을 받지 않고 자유 기사로 풀어 달라?”

브렌트 백작이 얼굴을 살짝 찌푸렸다. 뜻밖에도 리셀이 곧장 찾아와 임무를 맡겠다고 했을 때 그는 무척 놀랐다. 리셀이 임무를 받아들이지 않을 것이라 생각했던 것이다. 그러나 리셀이 내건 조건을 듣자 미간을 지그시 모았다.

“과한 조건이로군. 정말 과해.”

“저희는 목숨을 걸고 임무를 수행해야 합니다. 그러니 그 정도 보상은 있어야 하지 않겠습니까?”

“그래도 꼭 성공한다는 보장이 없지 않은가?”

“실패할 경우에는 일절 신경 쓰시지 않으셔도 됩니다. 서른 두 개의 머리통만 달랑 돌아올 테니까요. 소금에 절여져서 잘 썩지도 않겠군요. 죽은 머리통에다 대고 기사 서임을 하실 필요는 없지 않겠습니까?”

리셀의 너스레에 브렌트 백작이 피식하고 웃었다. 리셀의 말대로 호레이샬 부족을 설득하지 못한다면 생환은 불가능하다. 제국에 대해 지극히 직대적인 호레이샬 부족이 눈엣가시나 다름없는 까마귀 전대를 곱게 돌려보내겠는가?

사실 브렌트 백작은 구태여 호레이샬 부족에 사신을 보내야 하는지도 고민하고 있었다. 호레이샬 부족은 그 정도로 호전적이며 제국과의 전쟁에 적극적인 부족이었다.

'사실 조건 자체는 호레이샬 부족이 최고인데 말이야.'

호레이샬 부족은 레오폰에서 둘째가라면 서러워할 정도로 강대한 부족이다. 비록 현 칼리프 자리를 하란티아 부족에게 넘겨주기는 했지만 그 이전까지는 줄곧 호레이샬 부족이 맡아 왔다.

제국 정보부에서는 레오폰 왕국의 사정을 명확히 알고 있었다. 전투를 통해 많은 포로를 잡아들였고 마법을 이용한 심문으로 정보를 낱낱이 캐냈다. 그러니 레오폰의 사정에 대해 모를 리가 없었다.

호레이샬 부족은 몇 대에 걸쳐 칼리프를 역임한 부족이다. 그런 만큼 직접적으로든 간접적으로든 간에 관계를 맺은 부족이 매우 많았다. 사막 부족들에 대한 영향력이 매우 크다는 뜻이다. 만약 호레이샬 부족을 제국의 편으로 끌어들일 수만 있다면 그 여파는 엄청날 것이다.

당장 호레이샬 부족이 손을 뗀다면 제국의 남부를 어지럽히는 전사들 중 절반이 썰물처럼 빠져나갈 것이다.

'만약 호레이살 부족을 끌어들인다면 그 공로는 실로 헤아릴 수 없지. 까마귀 전대원 전체에게 기사 서임을 해 준 뒤 자유 기사로 풀어준다고 해도 하나도 아깝지 않아.'

브렌트 백작이 살짝 눈을 들어 리셀을 쳐다보았다. 리셀은 초조하게 브렌트 백작의 대답을 기다리고 있었다. 백작은 다시 생각에 잠겨 들어갔다.

어차피 리셀이 호레이살 부족으로 가야 하는 것은 필연이다. 리셀이 거부하더라도 아그리아 공작은 황제에게 청원을 넣어서라도 그를 보낼 것이다. 가능성이 희박하긴 하지만 만약 리셀이 호레이살 부족을 설득해서 제국과 손을 잡게 만든다면……

여기서 결과는 두 갈래로 나뉜다. 만약 리셀이 자발적으로 호레이살 부족으로 가서 동맹을 맺는다면 그 일부는 브렌트 백작의 공이 된다. 어쨌거나 리셀을 설득해 큰일을 이룬 공로를 인정받는 것이다. 그런데 만약 리셀이 황명에 의해 강제로 보내져서 공을 세웠다면?

'그렇다면 그 공로는 아그리아 공작가로 돌아가겠지. 황제에게 청원을 넣은 주체가 아그리아 공작가니까.'

브렌트 백작이 살짝 눈을 돌려 리셀을 쳐다보았다. 가능성이 희박한 임무이긴 하지만 왠지 모르게 리셀이라면 해낼 수 있을 것도 같다는 생각이 들었다.

‘좋아. 어차피 도박이라고 생각하면 그만이니 말이야.’

생각을 정리한 브렌트 백작이 고개를 끄덕였다.

“좋네. 자네 조건을 받아들이겠네. 임무를 성공시킨다면 까마귀 전대원 전원을 자네와 같이 만들어주겠네. 기사 서임을 해 준 뒤 충성 서약을 받지 않고 자유 기사로 풀어주겠다는 말일세.”

리셸의 안색이 확 밝아졌다.

“감사합니다.”

“하지만 꼭 임무를 완수해야 하네. 호레이살 부족을 반드시 제국의 편으로 끌어들이란 말일세.”

“저와 부하들의 목숨이 걸려있는 문제인데 어찌 소홀히 하겠습니까? 힘이 닿는 한 노력하겠습니다.”

“좋아. 그럼 즉각 준비를 하도록 하게. 빠르면 빠를수록 좋아. 하란티아 부족에서 이 사실을 파악하기 전에 움직여야 하네.”

“알겠습니다. 그리고 한 가지 더 허락해 주셨으면 하는 게 있습니다.”

“뭔가? 말해보게.”

“일전에 허락을 맡아 제가 데리고 간 여인은 호레이살 부족 출신입니다. 그리고 그전에 레오폰 말을 배우기 위해 거둬들인 여인 역시 공교롭게도 같은 부족 출신이더군요. 해서 특별히 그 여인들을 데리고 갈까 합니다. 우호의 표시로 건네주면 아무래도 대화하는 데 도움이 되지 않을까 합니다.”

그 말에 브렌트 백작이 픽 웃었다.

“사막 부족들은 노예의 목숨을 파리 목숨으로 여기지. 내 생각에는 그녀들을 건네줘 봐야 그다지 도움은 되지 않을 것 같네. 뭐, 없는 것보다는 나을 테니 허락하도록 함세. 당번병을 시켜 공식적인 명령서를 보내줄 테니 갈 때 데리고 가도록 하게.”

“알겠습니다.”

리셀이 빙그레 웃었다. 공식적인 명령서만 받는다면 티아나와 파디아를 데리고 나가는 데 아무런 문제가 없을 터였다.

돌아온 리셀의 말을 들은 전대원들은 뛸 듯이 기뻐했다. 그리고 즉각 떠날 채비를 갖추었다. 가장 중요한 것은 탈것이었다.

“호레이살 부족의 영지까지 말을 타고 갈 순 없습니다. 말은 생각보다 땀을 많이 흘립니다. 그만큼 물을 마셔야 한다는 뜻이지요. 그러나 라할리아 사막에서 좀처럼 물을 찾아볼 수 없습니다. 아마 가다가 목이 말라 죽을 공산이 큽니다.”

“그럼 뭘 타고 가야 하는 거지?”

“낙타입니다. 사막 부족들이 장거리 이동을 할 때 사용하는 짐승으로 말보다 느리지만 물을 먹지 않고도 이삼일은 버틸 수 있습니다. 등에 불뚝 솟아 있는 혹 속에 지방이 저장되어 있어 그것이 가능합니다.”

물론 사막 최고의 탈것은 바로 데저트 렙터이다. 낙타보다도 월등히 빠를 뿐 아니라 갈증도 더 오래 참는다. 기본적으로 땀을 흘리지 않는 파충류이기 때문이었다. 게다가 힘도 좋아 짐도 더 많이 실을 수 있다.

육식을 하긴 하지만 데저트 렙터의 먹이인 말린 고기는 오히려 말이나 낙타가 먹는 건초보다 부피를 덜 차지한다. 데저트 렙터를 구한다면 더욱 수월하게 호레이살 부족으로 갈 수 있을 터였다.

그러나 데저트 렙터는 아직까지 까마귀 전대에 허락되지 않은 탈것이었다. 그만큼 구하기가 어렵기 때문에 발톱 기사단에서도 오직 드래곤 전대와 바로 그 아래 두 전대에만 탑승할 자격이 주어진다. 때문에 까마귀 전대는 데저트 렙터는 꿈도 꾸지 못하고 대신 낙타를 알아보아야 했다.

다행히 낙타를 구하는 것은 쉬웠다. 그간 발톱 기사단은 레오폰의 병참 기지와 보급대를 급습해 수많은 낙타를 노획해왔다. 그레고리 자작은 특별히 까마귀 전대에 서른네 필의 낙타를 지원해 주었다.

“위험한 임무를 맡았다고 들었네. 부디 성공시키고 돌아오도록 하게. 무운을 기원하겠네.”

“배려에 감사드립니다.”

드래곤 전대의 막사는 무척이나 부산했다. 여기서 호레이살 부족의 영지까지 가는 건 족히 두 달이 넘게 걸리는 긴 여정이다. 그동안 먹을 것과 마실 물, 그리고 필요한 물품을 챙기려면 바쁘게 움직여야 했다. 뜻밖에 티아나가 적극적으로 나섰다.

"우리 부족까지 가려면 철저한 준비가 필요해. 그러니 나에게 준비물을 살 돈을 줬으면 좋겠어. 그리고 힘 좋은 짐꾼도 몇 필요해."

리셸은 상부에서 내려온 작전 준비금 중 일부를 티아나에게 건넸다. 그리고 그녀의 호위 겸 짐꾼으로 까마귀 전대원 열 명을 붙여주었다.

만약 티아나와 파디아 둘만 시내로 나간다면 분명 앙심을 품은 제국 병사들에게 둘러싸이는 꼴을 당할 것이다. 그것을 방지하기 위해 열 명이나 되는 대원들을 붙여준 것이다.

티아나는 그들을 데리고 다니며 시내에서 엄청난 분량의 짐을 사들였다. 대부분 천이었고 간혹 정체를 짐작하기 어려운 물품도 있었다. 제국의 주둔지 인근에는 많은 사막 부족들이 좌판을 펴고 장사를 했다. 때문에 레오폰의 물품도 어렵지 않게 구할 수 있었다. 티아나가 사 온 것을 살펴보던 리셸이 묘하게 생긴, 도저히 정체를 짐작할 수 없는 물건 하나를 집어 들었다.

"이건 어디다 쓰는 거지?"

"나중에 자연히 알게 될 거야. 반드시 필요한 물건이니 신경 끄도록 해.”

그것도 모자라 티아나는 파디아와 함께 밤을 새워 바느질을 했다. 뭔가 자수를 놓는 것 같았지만 리셀은 더 이상 관심 두지 않았다. 물어봐도 면박만 당할 것이 분명했기 때문이었다.

그렇게 사흘 동안 까마귀 전대는 먼 여정을 위한 준비를 대부분 끝마쳤다. 그런데 출발 준비를 마치고 나자 뜻하지 않은 문제가 생겼다.

“뭐라고요? 사막 길잡이가 한 명도 없다고요?”

그 말에 브렌트 백작이 난처한 표정을 지었다.

“그렇다네. 사막의 길을 알고 있는 길잡이들이 씨가 말라버렸어. 아무리 수소문해보아도 한 명도 찾을 수가 없어.”

리셀이 난감한 표정을 지었다. 왜냐하면 사막에서 길잡이의 존재는 필수였다. 일견 모래로만 되어 있는 것처럼 보이는 라할리아 사막이었지만 그 속에는 수많은 길이 있었다. 그중에는 유사로 이어지는 죽음의 길도 있었고 수원지가 전혀 없는 고난의 길도 있었다. 길을 잘못 들면 영영 돌아오지 못하게 되어버리기 때문에 사막으로 들어가려면 길잡이가 반드시 필요했다.

리셀이 장거리 정찰대에 소속되어 이리저리 돌아다닌 탓에 사막의 지리에 밝았지만 그 범위는 엄연히 라할리아 사막 초입에 한정된다. 사막의 중심부까지는 들어가 본 적도 없다. 길잡이 없이 사막 중심부로 들어가는 것은 한 마디로 자살 행위였다.

"아무래도 아그리아 공작가에서 수를 쓴 것 같네. 길잡이를 구할 수 없다는 말에 조사를 해 보았더니 대부분의 길잡이들이 아그리아 공작가와 그 영향력이 미치는 가문의 기사들에게 고용되어 사막으로 떠났다고 하더군. 심지어 기사 다섯 명으로 구성된 무리가 길잡이를 무려 열 명이나 고용한 경우도 있더군. 어쨌거나 부근에서 사막 길잡이는 씨가 마른 형국일세. 자네에게 줄 수 있는 것이라곤 오직 이것밖에 없어."

브렌트 백작이 내민 것은 사막의 길이 그려진 지도였다. 얼굴을 찡그린 리셀이 지도를 받아들었다. 과연 지도 한 장만을 믿고 드넓은 라할리아 사막을 횡단할 수 있을까?

"차라리 출발을 미루도록 하게. 시간이 지나면 고용된 사막 길잡이들이 하나둘 돌아올지도 모르니 말일세. 어떻게든 길잡이를 구해서 출발하도록 하게."

"시간을 끌 수는 없습니다. 그렇게 되면 사실을 눈치챈 하란티아 부족에서 반드시 손을 써올 것입니다. 아그리아 공작가도 이것을 노리고 방해 공작을 펼쳤을 것입니다. 그러니 그냥 길잡이 없이 출발하도록 하겠습니다."

"괜찮겠나?"

"염려 마십시오. 반드시 임무를 성공시키고 오겠습니다."

굳은 표정으로 군례를 올리는 리셀이었다. 말없이 군례를 받는 브렌트 백작의 얼굴에는 착잡함이 어려 있었다.

'아그리아 공작가가 정말 치졸한 짓을 하는군. 임무 자체도 위험하기 그지없는데.'

리셀은 즉각 전대로 돌아와 사실을 전했다. 그 말에 대원들의 걱정이 이만저만이 아니었다. 그러나 뜻밖에도 티아나가 자신만만하게 나섰다.

"길잡이 따위는 필요 없어. 어차피 붙었어도 출발하자마자 돌려보냈을 거야."

"그게 무슨 소리지?"

"날 믿어. 나는 부족에서 보급대를 이끌고 최전방 전초 기지까지 무사히 도착한 호송 책임자였어. 대가를 받고 길을 안내하는 길잡이 따위보다 사막의 길에 훤할 수밖에 없지."

"저, 정말이냐?"

"날 무시하지 마. 약속했던 대로 너희들을 무사히 부족령으로 안내해 줄 테니 말이야. 물론 거기에는 조건이 있어. 여정 내내 내 말을 철저히 따라야 한다는 것. 그것만 지켜주면 한 명도 낙오시키지 않고 무사히 부족이 있는 곳까지 안내하겠어. 거기까지 간다 한들 살아남을지는 미지수지만 말이야."

"좋아. 네 말에 전적으로 따르도록 하지."

"탈것은 무엇으로 준비했지?"

"낙타 서른네 필을 준비했어. 물론 발톱 기사단이 노획한 것들이지."

"낙타 넷은 빼고 대신 말 네 필을 집어넣도록 해. 군마 말고 끈기 있고 인내력이 강한 짐말로 말이야."

리셀이 의아한 표정을 지었다.

"말은 물을 많이 마셔야 한다고 들었는데?"

"토 달지 말고 시키는 대로 해. 벌써부터 항명하는 거야? 내 말대로만 하면 무사히 사막을 통과할 수 있다니까?"

리셀이 쓴웃음을 지으며 고개를 끄덕였다.

"알겠다. 그렇게 하마."

까마귀 전대의 출발은 다음 날 새벽으로 정해졌다. 대외적으로 알릴 수 없는 임무이기 때문에 모든 사람들이 잠이 든 꼭두새벽에 출발했다. 전날 발톱 기사단에 와서 밤을 지낸 브렌트 백작이 그레고리 자작과 함께 나와 까마귀 전대를 배웅했다.

까마귀 전대의 모습은 사뭇 거창했다. 생애 마지막 임무일지도 모르기 때문에 대원들은 잠을 아껴가며 제복을 다렸다. 설사 죽는 한이 있어도 호레이샬 부족에게 후줄근한 제국 기사의 이미지를 심어줄 순 없었다.

그로 인해 잘 다려진 검은 제복 위에 산뜻한 새 사슬갑옷을 입은 전대원들이 낙타를 한 필씩 집어타고 도열해 있었다. 낙타의 혹 양옆으로 늘어뜨린 그물 망태에는 호레이샬 부족에게 전할 예물과 함께 일행이 먹을 식량과 물이 실려 있었다.

그런데 질서 정연하게 도열한 낙타 사이로 네 필의 말이 눈에 띄었다. 티아나의 요구대로 까마귀 전대원들이 군마가 아닌 짐말 네 마리를 구해온 것이다. 리셀과 부전대장 레인, 그리고 베일을 쓰고 면사로 얼굴을 가린 티아나와 파디아가 각각 말에 타고 있었다.

특이한 건 두 여인의 차림새가 예전과 달라졌다는 점이다. 리셀의 막사에서 지낼 때에는 편하게 제국군의 군복을 입고 생활했다. 구할 수 있는 옷이라곤 오직 그것밖에 없었다. 그런데 지금은 한눈에 드러나는 레오폰의 복식을 하고 있었다. 하늘하늘한 천으로 손목과 발목까지 풍성하게 뒤집어쓴 모습이 척 봐도 이질적이었다. 아무래도 밤을 새워 바느질을 하더니 저 옷을 만들어낸 모양이었다. 그녀들을 힐끔 쳐다본 브렌트 백작이 묘한 미소를 지었다.

"안타깝겠군. 살을 섞은 여인들을 돌려보내려니 말이야."

리셀이 쓴웃음을 지으며 에둘러 대답했다.

"임무 수행을 위해서는 어쩔 수 없지 않습니까?"

"그래. 바람직한 마음자세야. 그럼 다녀오도록 하게."

"반드시 임무를 성공시키고 오겠습니다. 그럼 일동, 군례!"

리셀의 선창에 까마귀 전대원들이 절도 있게 군례를 올렸다. 말이 아닌 낙타 위에서 하는 군례라 다소 우스꽝스럽긴 했지만 브렌트 백작은 정색을 하며 군례를 받았다.

"부디 무운을 빈다. 반드시 다시 보도록 하자. 그럼 다녀오도록."

"알겠습니다. 황제 폐하께 영광을……."

"영광을."

목소리를 낮춰 부르짖은 리셀이 말고삐를 잡아당겼다. 그와 함께 짐을 잔뜩 실은 말이 느릿하게 걸음을 옮겼다. 그 뒤를 대원들이 낙타를 몰아 따라붙었다. 지난 사흘 동안 낙타 모는 법을 맹조련 받았던 대원들이었다. 까마귀 전대원들의 모습은 금세 어둠 속으로 사라졌다.

"과연 저들이 임무를 성공시킬 수 있을까?"

브렌트 백작의 말에 그레고리 자작이 안색을 슬며시 굳혔다.

"잘 모르겠습니다. 아마 어렵지 않을까요? 호레이살 부족이라면 무척 호전적인 부족인데 말입니다. 게다가 길잡이도 없으니 제대로 호레이살 부족의 영지에 도착할 수 있을지도 미지수입니다."

"일의 성패는 오직 신만이 알겠지."

쓸쓸히 미소 지은 브렌트 백작이 고개를 가로저었다.

제6장
횡단, 사막 끝으로

낙타의 속도는 말보다 느린 편이었다. 그러나 흔들림이 적었기 때문에 비교적 안락했다. 단지 혹과 혹 사이에 걸터앉아 가야 했기 때문에 자리가 비좁은 게 불편할 뿐이었다. 덩치가 좋은 까마귀 전대원들은 무척 갑갑해했다.

"꼼짝달싹할 수도 없군."

"이런 것을 타고 어찌 두 달을 이동하지?"

리셀과 레인은 말을 탔기에 그나마 편한 편이었다. 그들은 라할리아 사막의 중심부 쪽으로 방향을 잡고 이동했다. 간혹 가다 마주치는 정찰병들이 손을 흔들며 아는 체를 해왔다. 숙영지 인근이라 꽤나 많은 정찰병들이 활동하고 있었는데 대부분 2인 1조로 데저트 렙터를 타고 사막을 질주하고 있었다. 그들이 까마귀 전대의 깃발을 몰라볼 리는 없었다. 까마귀 전대는 그 상태 그대로 행군을 계속해 나갔다.

정찰병들이 활약하는 사막의 초입을 지나자 드넓은 모래벌판이 펼쳐졌다. 이곳부터는 본격적인 라할리아 사막의 중심부로 접어드는 것이다. 말 위에서 리셀이 지도를 펼쳐 들었다.

"어디로 가야 하지?"

바짝 붙어 따라가던 티아나가 고개를 돌렸다.

"지도 따윈 필요 없어. 사막의 지형은 바람이 부는 대로 바뀌기 때문에 지도를 믿다간 큰코다칠 거야."

"그럼 어떻게 하지?"

"일단 네가 날 붙잡았던 전초 기지 쪽으로 가자. 거기에서부터 길을 찾아야 해."

"알았어. 그렇게 하지."

티아나가 포로가 되었던 호레이살 부족의 전초 기지는 그곳에서부터 그리 멀리 떨어지지 않은 곳이었다. 반나절 가량 이동하자 폐허가 된 전초 기지의 모습이 드러났다. 남은 것은 아무것도 없었다. 제국군은 혹시라도 흑마법사들의 제물이 될까 해서 시체까지 남김 없이 걷어가 버렸다. 그나마 남은 것도 불을 질러 태워버렸기 때문에 건질만한 건 눈을 씻고 찾아봐도 없었다. 바람만 황량하게 부는 전초 기지의 잔해를 둘러보며 리셀이 입을 열었다.

"아무것도 없는데 여기까지 왜 온 거지?"

"아무것도 없다니. 너희들이 보기에만 그렇지."

씩 웃은 티아나가 말에서 내렸다. 그런 다음 짤막한 작대기를 이용해 폐허 곳곳을 이리저리 찔러보고 다녔다. 그 모습을 리셀과 까마귀 전대원들이 고개를 갸웃거리며 쳐다보았다. 그녀가 도대체 무얼 하는지 알 수가 없었기 때문이었다. 돌연 티아나의 눈이 빛났다.

"여기 있군."

그녀가 손짓을 했다.

"힘 좀 쓰는 부하 몇 명만 보내줘."

리셀이 손짓을 하자 대원들 서너 명이 낙타에서 내려 다가갔다. 모래밭을 헤친 티아나가 굵직한 줄 하나를 끄집어냈다.

"이것을 당겨라."

물론 대원들이 레오폰 말을 알아들을 수는 없었다. 하지만 티아나가 거듭 줄을 당기는 시늉을 하자 뜻을 알아들었다. 대원들이 달라붙어 힘껏 잡아당겼지만 줄은 꿈쩍도 하지 않았다.

"몇 명이 더 필요해."

지원 요청에 대원들 몇이 더 달라붙었고 그제야 줄이 움직였다.

쿠르르르.

묵직한 소리와 함께 모래가 밀려 나왔다. 자세히 보니 모래 아래에 널따란 널빤지가 깔려 있었다. 널빤지가 밀려나자 흙먼지가 풀썩 피어오르며 어두컴컴한 공간이 드러났다.

"이게 뭐지?"

"사막 부족의 보급 창고야. 중요한 물품을 이 안에 보관하지."

"놀랍군. 정말 감쪽같이 감춰놓았어."

"딴소리하지 말고 들어가자. 대원들을 모두 데리고 와."

보급 창고 안은 제법 넓었다. 그런데 물품은 그리 많지 않은 편이었다. 구석에 약간 쌓여 있을 뿐 창고는 텅 빈 것이나 마찬가지였다.

가장 먼저 눈에 들어온 것은 한쪽에 쌓인 둥그런 덩어리였다. 기름종이로 싸놓은 덩어리에서는 코를 찌르는 듯한 고약한 냄새가 풍겼다. 풍겨나는 냄새에 대원들이 얼굴을 찡그렸다.

"사막 부족의 치즈잖아?"

그나마 대원들에게는 비교적 친숙한 냄새였다. 죽은 사막 전사들의 몸에서 심심찮게 발견되기도 했고 보급 기지를 털 때마다 무더기로 노획할 수 있었기 때문이었다.

"이게 사막 전사들의 비상식량이라면서?"

처음에는 대원들도 호기심으로 치즈를 먹어본 적이 있다. 그러나 양젖을 발효시켜 만든 치즈는 제국인이 먹기에 냄새가 너무도 역겨웠다. 그리고 맛도 고약했다.

"퉤퉤. 이런 걸 어떻게 사람이 먹는단 말이야."

"사막 놈들은 식성도 특이하군."

까마귀 전대원들은 인상을 구기며 노획한 치즈를 모조리 불태워버리곤 했었다. 그러니 눈앞에 쌓인 치즈를 보며 얼굴을 구길 수밖에 없었다. 그 기미를 눈치챈 티아나가 차가운 미소를 지었다.

'멍청한 것들. 이것이 사막에서 버티는 데 얼마나 큰 역할을 하는지 전혀 모르는군.'

그러나 티를 낼 필요가 없었기에 그녀가 구석으로 걸어갔다. 돌연 그녀의 눈빛이 빛났다.

"다행이야. 있군."

"뭐가 있다는 말이야?"

"내가 원하던 것."

짤막하게 말한 티아나가 구석에 먼지를 잔뜩 뒤집어쓴 채 방치된 뭔가를 가리켰다.

"부하들을 시켜 저것을 끌어내도록."

"알겠다."

까마귀 전대원들이 먼지를 흠뻑 뒤집어써가며 잡동사니를 치우고 티아나가 말한 것을 끌어냈다. 그것은 다소 특이하게 생긴 수레였다. 네 개의 바퀴가 달려 있었는데 유난히 바퀴의 폭이 넓었고 표면에는 가죽이 덧대어져 있었다. 제국에서 쓰는 것과 달리 벽과 지붕이 없었고 나무로 된 골조만이 앙상하게 드러나 있었다.

"타고 온 말 네 필을 여기에 묶도록 해. 방식은 내가 알려줄 테니."

리셀은 티아나의 설명을 들으며 수레에 말을 묶었다. 그동안 티아나는 수레에 붙어 뭔가를 만지작거렸다. 골조에 묶인 천을 풀자 차양이 촤르르 늘어졌다. 지붕도 천으로 빈틈없이 덮였다. 잠시 후 그들의 앞에는 수레 위에 천막을 얹어둔 것과 비슷한 생김새의 마차가 완성되었다.

"특이하군. 이것을 타고 사막을 횡단할 생각인가?"

"그렇다. 그리고 지금 당장 옷을 벗어."

뜻밖의 말에 리셀이 눈을 휘둥그레 떴다.

"무슨 소리야?"

"옷을 벗고 이것으로 갈아입어. 부하들도 전부 다 말이야."

티아나가 내민 것은 천으로 된 풍성한 옷이었다.

"이것을 입으라고?"

"잘 들어. 너희들은 지금부터 우리 호레이살 부족의 보급대로 위장해야 해. 그렇게 하지 않는다면 무사히 부족이 있는 곳까지 갈 수 없어. 우리가 가야 하는 길은 사막 부족의 보급대가 왕래하는 길이야. 그런 길을 제국 기사의 차림새로 가는 것은 자살 행위나 다름없어."

라할리아 사막에는 수많은 길이 있다. 조사에 투입된 제국의 정찰대가 혀를 내두를 정도였다. 그러나 실상은 제국 정찰대에 발견되지 않은 길이 더 많았다. 그 대부분은 사막 부족들이 비밀리에 이용하는 길이다. 그 때문에 제국 정찰대가 눈에 불을 켜고 돌아다녀도 일선의 전사들에게 어느 정도나마 보급이 이루어진다. 리셀이 어쩔 수 없다는 듯 명령을 내렸다.

"좋다. 우린 이제부터 사막 부족의 보급대로 위장한다. 그러니 갑옷과 제복을 벗고 이 옷으로 갈아입어라."

"알겠습니다."

대원들이 떨떠름한 표정으로 갑옷을 벗었다. 안전하게 호레이살 부족이 있는 곳까지 도착하려면 철저히 길잡이의 말을 따라야 한다. 현재 까마귀 전대의 유일한 길잡이는 티아나였다.

리셀은 티아나가 시키는 대로 갑옷과 제복을 벗었다. 그런데 그녀는 밖으로 나가거나 눈을 돌리지 않고 리셀의 몸을 빤히 쳐다보고 있었다.

"몸이 좋군. 옷을 입고 있을 때는 몰랐는데 말이야."

리셀이 사납게 눈을 부라렸다.

"뭘 보는 거야? 눈을 돌리도록 해."

"레오폰 옷을 입는 방법이나 알아? 그렇다면 눈을 돌리지."

결국 리셀은 꿀 먹은 벙어리가 되어 티아나의 도움을 요청해야 했다. 속옷만 남기고 모두 벗은 리셀이 펑퍼짐한 천으로 된 옷을 뒤집어썼다. 그리고 얇은 천을 머리에 쓰고 띠로 이마를 둘렀다.

티아나는 대원들 전부가 입을 옷을 장만해왔다. 대원들 역시 눈대중으로 리셀을 힐끔힐끔 훔쳐보며 옷을 입었다. 잘 안 되는 부분은 파디아가 다가가서 거들어주었다. 잠시 후 까마귀 전대원들은 사막 전사와 다름없는 모습으로 변해 있었다.

"우습군. 꼭 우리가 사막 전사가 된 기분인데?"

"아군 정찰대와 마주치면 큰일 나겠어."

리셀의 차림새를 다시 한 번 매만져 준 티아나가 묘하게 생긴 천 몇 장을 꺼냈다. 거기에는 복잡한 레오폰 문자가 수놓아져 있었다.

"이것으로 얼굴을 가리도록 해. 방식은 알려줄 테니 말이야. 그리고 부하 세 명을 뽑아서 이리로 데리고 와."

리셀이 손짓을 하자 레인과 윌슨, 그리고 대원 한 명이 다가왔다. 그러나 티아나는 마지막에 불려온 대원을 돌려보냈다. 그런 다음 일일이 대원들의 얼굴을 빤히 쳐다본 뒤 한 명을 선택했다.

"이 녀석이 좋겠군."

그녀에게 선택된 대원이 영문을 모르겠다는 표정으로 레인 옆에 가서 섰다. 티아나는 리셀의 얼굴에 직접 천을 씌워주었다.

"우리말로 파르차라고 하지. 신분을 나타내는 매우 중요한 것이야."

그동안 파디아는 세 명의 대원들에게 파르차를 씌워주었다.

나머지 대원들에게는 아무런 표식이 없는 파르차가 주어졌다. 그들이 엉성하게 뒤집어쓴 것을 본 파디아가 다가가서 일일이 매무새를 고쳐주었다.

파르차로 얼굴까지 가리자 이제 까마귀 전대는 영락없는 사막 부족으로 변해 있었다. 그걸로도 모자라 티아나는 보급 창고 구석에 있는 나무 상자의 뚜껑을 열었다. 거기에는 사막 부족들이 사용하는 시미터들이 시퍼런 날을 뽐내며 질서 정연하게 정돈되어 있었다.

"다행이로군. 혹시라도 칼린 협곡의 전사들이 수거해 갔을까 봐 걱정했는데."

"칼린 협곡의 사막 전사들은 이미 토벌되었어. 네가 붙잡히고 일주일도 되지 않아 독수리 전대가 급습을 했지."

"뭐, 어쩔 수 없는 일이지. 자, 한 사람당 시미터 두 자루씩 허리에 차도록 해. 쓰던 무기는 천으로 둘둘 말아두도록 하고."

대원들은 허리에 찬 시미터를 어색한 손길로 매만졌다. 제국의 검과는 달리 검집이 없었기 때문에 금속의 싸늘한 감촉이 그대로 허벅지에서 전해졌다. 준비는 그것으로 끝나지 않았다. 티아나가 주둔지에서 사온 붉은 염료를 꺼내더니 나무를 깎아 만든 인장에다 듬뿍 묻혔다.

"낙타를 모두 이리로 데리고 와."

영문을 모르는 대원들은 잠자코 시키는 대로 했다. 낙타를 둘러본 티아나가 혀를 찼다.

"참 골고루도 가지고 왔군. 로메이니, 타흐캄, 팔라야, 데코니아. 부족의 표식이 다양한 것을 보니 여기저기서 긁어모은 모양이로군"

"보는 것만으로도 낙타가 어느 부족의 것인지 알 수 있어?"

"물론이지. 표식을 하지 않으면 사막에서 잃어버려도 나중에 되찾을 수 없거든."

자세히 살펴보니 낙타의 몸 구석구석에 표식이 새겨져 있었다. 어떤 낙타는 엉덩이 부분에, 어떤 낙타는 가슴에 묘한 도형이 그려져 있었다. 티아나는 일일이 돌아다니며 낙타의 허벅지에 새로이 표식을 찍었다. 붉은 염료로 된 기하학적인 문양이 뚜렷이 새겨졌다.

"그게 호레이살 부족의 표식이야?"

"아니야. 이것은 적으로부터 노획했다는 표식이야. 우리 부족의 표식은 불에 달군 쇠로 지져서 각인시키지. 그래야만 쉽사리 표식을 지울 수 없으니까. 어쨌거나 이 표식을 찍으면 쉽사리 소유권을 주장하기 힘들어. 정 안되면 대가를 치르고 넘겨받으면 그만이니까."

낙타에 표식을 새기는 것으로 모든 준비가 끝났다. 티아나는 파디아를 데리고 마차에 올라탔다. 대원들의 무기와 갑옷은 천으로 둘둘 말아서 마차 뒤에 실었다. 심지어 낙타에 실린 짐까지 풀어냈다.

"먼 길을 가려면 가급적 낙타에 짐을 싣지 말아야 해. 그래야만 오래 버티지."

"알겠다."

고개를 끄덕인 리셀이 마부석으로 올라가려 했다. 좁은 마차 안보다는 그곳이 편할 것 같았기 때문이었다. 그러나 티아나가 그것을 제지했다.

"마차를 모는 것은 노예가 할 일이야. 너는 지금 우리 부족의 지체 높은 인물로 위장하고 있어. 그러니 나와 함께 마차 안에 타야 해. 그 파르차를 걸치고 마차를 몬다면 대번에 의심을 사고 말거야."

"그럼 누구에게 맡기지?"

"아무런 표식이 없는 파르차를 착용한 부하 두 명을 뽑아 마차를 맡겨. 그리고……."

티아나가 손가락을 뻗어 레인과 윌슨을 가리켰다. 그들이 얼굴을 가린 파르차에는 리셀의 것보다 소박한 무늬가 수놓아져 있었다.

"저들을 가장 선두에 세워. 그리고 오다가다 마주치는 사막 부족들이 말을 걸어도 일체 대꾸하지 말도록 주의시켜."

그것은 굳이 입을 열어 말하지 않아도 되는 문제였다. 현재 까마귀 전대에서 레오폰어를 할 줄 아는 사람은 리셀 밖에 없었다. 티아나가 선택한 대원은 리셀과 함께 마차에 타기로 결정되었다.

"그럼 출발하도록 할까?"

완전히 사막 부족의 보급대로 모습을 바꾼 까마귀 전대는 마차를 사이에 두고 느린 속도로 전초 기지를 빠져나왔다. 이제 그들은 이 차림 그대로 라할리아 사막을 횡단해 호레이살 부족령까지 가게 될 것이다.

뙤약볕이 내리쬐는 사막에 들어서자 대원들이 한목소리로 말했다.

"햐. 이거 하나도 덥지 않은걸!"

"생각보다 시원해. 무척 더울 줄 알았는데 말이야."

처음 레오폰 복색을 입을 때만 해도 대원들은 걱정을 태산같이 했다. 구멍이 숭숭 뚫린 가죽갑옷도 더워 땀이 줄줄 흘러내리는 판국인데 몸을 완전히 가리는 천 옷을 입으면 얼마나 더울까 싶었기 때문이다. 그런데 막상 뙤약볕 아래에 나서자 전혀 덥지 않았다. 햇볕을 완전히 막아주는데다 통풍이 잘되어서 일절 땀이 나지 않았다.

"놀랍군. 사막에서 오래 살다 보니 이런 신기한 옷을 만들어 내었나 보네?"

"그것도 모르고 더위에 시달렸다니 억울하군."

게다가 파르차라고 불린 바람막이 천은 거의 완벽하게 모래먼지를 막아주었다. 그러면서도 호흡하는 데 전혀 지장을 주지 않았다. 그동안 사막 전사들의 흉내를 내어 천으로 얼굴을 가리고 다녔지만 이렇게 완벽하지는 않았다. 대원들은 무척이나 신기해하며 묵묵히 행군에 몰두했다.

마차 안의 공간은 더욱 아늑했다. 지붕에서부터 늘어뜨린 천이 햇볕을 완전히 막아주었고 천과 천 사이의 틈으로 시원한 바람이 솔솔 새어 들어왔다. 게다가 가죽을 덧댄 폭이 넓은 바퀴는 전혀 사막에 빠져들지 않고 순탄하게 굴러갔다. 수레의 구석에 놓인 쿠션에 몸을 반쯤 기댄 리셀이 감탄을 터트렸다.

“무척 편하군. 상당한 호사야. 이렇게 편하게 사막을 여행할 수 있다니 말이야.”

“이런 마차는 아무나 쓰지 못해. 원래는 어미어나 그에 준하는 신분의 귀족만이 쓸 수 있는 마차이지.”

“어미어? 처음 듣는 단어인데?”

“각 부족의 부족장을 우린 어미어라 불러. 편하게 부족장이라고 불러도 상관은 없지만. 전사들의 수가 많은 강대한 부족장만이 어미어로 인정받지.”

그때 파디아가 차를 대령했다. 어떻게 구해왔는지 향긋한 향기가 솔솔 풍겨났다.

“차를 드시지요.”

리셀이 싱긋 웃으며 찻잔을 받아들었다. 그리고 대원들 중 유일하게 마차 안에 탄 파커에게 내밀었다.

“파커. 자네가 먼저 마시게.”

“제가 어찌?”

“아냐. 이 중에서 가장 신분이 높은 사람은 자네일세. 우린 이제 까마귀 전대가 아니라 호레이살 부족의 보급대니까 말이야.”

리셀의 말대로 파커가 목에 걸치고 있는 파르차의 문양이 가장 복잡했다. 도저히 빈자리를 찾을 수 없을 정도로 빽빽하게 레오폰 문자가 수놓아져 있었다.

“왜 하필 저를 뽑으셨습니까? 저는 레오폰 말이라곤 한 마디도 하지 못하는데.”

파커는 삼십대 중반 정도의 검은 눈과 검은 머리를 한 중후한 풍채의 미남자였다. 게다가 말의 꼬리를 잘라 만든 가짜 수염을 달고 있었다. 티아나가 즉석에서 만들어 붙인 것이다.

“걱정하지 말게. 자넨 한 마디도 말할 필요가 없어. 아니, 한 마디라도 해서는 안 돼. 무슨 일이 생기더라도 무표정하게 있어야 하네.”

파커의 역할은 대역이다. 사막 부족들은 적의 이목을 숨기기 위해 반드시 대역을 대동하고 다닌다. 그래야만 진짜 요인의 존재를 숨길 수 있는 것이다. 사실 파커가 뽑힌 것은 용모가 레오폰인과 가장 흡사했기 때문이었다. 그 때문에 파르차를 늘어뜨려 얼굴을 훤히 드러낸 것이다. 그런 사실을 알지 못했기에 파커는 무척이나 어색해했다.

“그나저나 잘해낼지 모르겠습니다.”

"잘 될 거야. 걱정 마."

사막을 이동하며 마차 안의 사람들은 두런두런 대화를 나누었다. 잠이 많은 편인 파커는 쿠션에 몸을 기대고 꾸벅꾸벅 졸고 있었다. 마차가 적당히 흔들어주는데다 조금 전 배부르게 밥을 먹었으니 잠을 자기에는 최상의 조건이었다.

티아나 역시 쿠션에 기대어 몸을 비스듬히 눕힌 뒤 다리를 뻗고 있었고 파디아는 그녀의 발치에 공손히 무릎을 꿇은 상태였다. 오직 리셀만이 정자세로 앉아 있었다.

"나처럼 기대 봐. 생각보다 편해."

"아니야. 이 자세도 편해. 기사라면 모름지기 어떤 상황에서도 흐트러진 모습을 보일 순 없어."

그 말에 티아나가 피식 웃었다.

"그나저나 궁금하군. 충군형으로 5년 동안 복무한다고 했지?"

"그랬지."

"도대체 무슨 죄를 지었기에 그런 거야? 너 같은 녀석이 죄를 지었다고 하니 상상이 가지 않는군."

"나 같은 녀석이라. 그게 무슨 의미지?"

"답답할 정도로 고지식한 녀석이지. 상부에서 명령한다고 지옥으로 제 발로 걸어 들어가는 것만 봐도 알 수 있지. 도대체 무슨 죄를 지었어?"

리셀이 씩 웃었다.

"뭐, 그럴 만한 죄를 지었으니 벌을 받고 있는 거겠지? 뭐가 그리 궁금해?"

그러나 티아나는 포기하지 않고 계속 캐물었다. 파디아 역시 궁금했는지 눈빛을 빛냈다. 그 초롱초롱한 눈빛에 리셀이 마침내 백기를 들어 올렸다.

"마스터와 헤어지고 난 뒤 아스트리아 제국으로 들어왔어. 그런데 산마루를 지나면서 놀라운 광경을 보았지. 바닥에 막 죽은 드래곤의 시체가 놓여 있었어."

드래곤이란 말에 티아나와 파디아의 눈이 경악으로 물들었다. 사막에는 드래곤이 살지 않는다. 때문에 그녀들은 지금껏 드래곤을 한 번도 본 적이 없었다. 오직 풍문으로만 들었을 뿐이었다.

"놀랍군. 드래곤을 한 번 봤으면 좋겠어."

"구석에서 조용히 숨을 죽이고 있었지. 그런데 기사로서 도저히 넘어갈 수 없는 일이 일어났던 거야."

"무슨 일인데?"

"한눈에 보아도 신분이 높아 보이는 기사 몇 명이 고작 열 살 정도 되어 보이는 소녀를 발가벗겨놓고 마구 구타하고 있었어. 피투성이가 되었는데도 아랑곳없이 말이야."

고개를 돌린 리셀이 티아나를 쳐다보았다.

"만약 네가 그런 상황에 놓였으면 어떻게 했겠어?"

티아나는 생각도 하지 않고 대답했다.

"아마 나서서 구해주었겠지? 그런 일은 사막의 전사들도 그냥 보아 넘기지 않아."

씩 웃은 리셀이 계속 말을 이어나갔다.

"욱 하는 마음에 달려나갔지. 기사의 수가 백 명도 넘었기 때문에 덤빌 엄두는 내지 못하고 그냥 소녀만 낚아채어 죽어라 달렸어."

"그랬구나. 그런데 그게 왜 죄가 되는 거지?"

"왜냐하면 그 소녀는 사람이 아니었기 때문이야. 그 정체는 바로 죽은 드래곤의 새끼, 즉 해츨링이었어. 나는 사람이 아니라 드래곤의 새끼를 구한거야."

티아나와 파디아의 눈이 화등잔만 해졌다.

"그렇다면 드래곤의 새끼는 사람처럼 생긴 거야?"

"그게 아니야. 드래곤은 마법을 자유자재로 사용할 줄 알아. 마법을 사용해 변신한 것이지. 어쨌거나 나는 모르는 사이에 큰 죄를 지은 셈이 된 거야. 아스트리아 황실과 권세 높은 귀족 가문이 힘을 합쳐 계획한 드래곤 사냥이었는데 내가 그만 망쳐버린 것이지."

"그래서 드래곤의 새끼는 어떻게 되었어?"

"제 갈 길로 갔어. 해츨링과 헤어지고 나서 나는 검문소를 지나다 붙잡혔지. 이미 제국 전역에 지명 수배되어 있더군. 그렇게 해서 죄인이 되었고 죗값을 치르기 위해 충군형을 부여

받은 거야."

"그랬구나."

티아나가 새삼스러운 눈빛으로 리셀을 쳐다보았다. 사실 처음에 그가 충군형으로 복무한다는 말을 듣고 경멸 어린 눈빛으로 쳐다본 것이 사실이었다.

그럴 것이 사막 부족들은 죄인을 전장으로 보내는 경우가 없었다. 전쟁이란 라할을 위해 싸우는 지극히 신성한 행위이다. 그런 전장에 죄인을 보내는 것은 한마디로 라할의 명예를 더럽히는 행위인 것이다. 설사 죄인이 제아무리 실력 있는 전사라도 말이다.

그런데 리셀의 사정을 듣고 나니 그 마음이 판이하게 바뀌었다. 결과야 어찌되었든 리셀은 누구에게도 부끄럽지 않을 행동을 한 것이다. 파디아 역시 눈에 눈물을 그렁그렁 담은 채 입술을 살짝 깨물고 있었다.

"넌 죄인이 아니야. 누가 뭐래도 말이야."

"후후. 고마운 위로로군."

마차 안에서 두런두런 대화 소리가 흘러나갔다.

까마귀 전대는 이틀 동안 그 누구와도 마주치지 않고 움직였다. 틈틈이 티아나가 마차 밖으로 고개를 내밀어 갈 길을 알려주었다. 여정은 비교적 쾌적한 편이었다. 시간이 되면 밥을 차려먹고 해가 지면 모닥불을 피워놓고 야영을 했다. 뒤집어

쓴 레오폰 복장 덕분에 더위는 대원들을 괴롭히지 못했다.

까마귀 전대원이 준비해 온 식량은 예외 없이 육포와 곡물 가루였다. 오랫동안 상하지 않는데다 부피까지 줄일 수 있는 것은 오직 그것밖에 없었다. 물론 숙영지에서 취사병들이 해주는 식단보다는 열악할 수밖에 없었다.

그러나 리셀이 요리를 담당하자 사정은 달라졌다. 단순히 곡물 가루와 육포를 넣고 술을 약간 부어 끓인 것뿐인데도 아주 구수하고 감칠맛 나는 수프가 만들어졌다. 까마귀 전대원들과 파디아는 이따금 얻어먹어본 적이 있었기에 놀라지 않고 수프의 맛을 즐겼다. 그러나 티아나는 무척 놀랄 수밖에 없었다.

"검술 솜씨만 좋은 게 아니었군? 요리도 이렇게 잘하다니."

"고맙군."

그렇게 여정을 이어나가던 그들은 사흘째 되던 날, 뜻밖의 상황에 직면했다.

두두두두.

난데없이 들려온 말발굽 소리에 대원들이 바짝 긴장했다. 저마다 낙타를 세우고 허리춤의 시미터 손잡이를 불끈 움켜쥐었다. 잠시 후 모래 능선 위로 수많은 점이 모습을 드러냈다. 시미터를 뽑아든 채 이쪽을 노려보는 이백 명 가량의 레오폰 기병들이었다. 말과 낙타를 골고루 섞어 탄 기병들이 일직선

으로 접근해왔다. 레인이 당황해서 낙타를 몰아 마차 쪽으로
다가왔다.

"사막 전사들이 나타났습니다."

휘장 사이로 고개를 내밀어 달려오는 사막 전사들을 쳐다본
리셸이 안색을 살짝 굳혔다.

"어떻게 하지?"

"놀랄 것 없어. 내가 시키는 대로만 해. 우선 대원들을 진정
시켜. 결코 흔들리지 말라고 당부해."

"알겠다."

그렇게 지켜보던 사이 기병대가 지척까지 접근했다. 그들은
말을 몰아 전대를 둥그렇게 둘러싸 버렸다. 그런 다음 전사 한
명이 앞으로 나섰다.

"어디에서 와서 어디로 가는 무리인가?"

그러나 대원들은 대답하지 않았다. 아니, 대답할 수 없었다
는 것이 정확한 말이었다. 말을 건 전사의 눈빛이 사나워질 무
렵 마차의 휘장이 걷혔다. 그리고 덩치가 당당한 사내가 얼굴
을 훤히 드러낸 채 걸어나왔다. 그를 본 전사의 눈에 이채가
떠올랐다.

"하란티아 부족의 쿠슬림이오. 그대가 대열의 인도자요?"

그러나 마차에서 나온 사내, 파커는 대답하지 않았다. 그저
무표정한 얼굴로 묵묵히 쿠슬림이라 이름 밝힌 전사를 쏘아볼
뿐이었다. 대답은 뒤에서 들렸다.

“무슨 일인가요?”

뒤를 이어 나온 사람은 다름 아닌 티아나였다. 그녀가 파디아를 대동하고 마차에서 모습을 드러낸 것이다. 티아나의 차림새를 살핀 쿠슬림이 버럭 고함을 질렀다.

“어디 비천한 노예가 전사에게 대꾸를 하는 겐가? 무엄하다.”

바로 그때 티아나의 뒤에서 눈부신 섬광이 뿜어졌다.

“이놈이 감히!”

리셀이었다. 그가 머뭇거림 없이 시미터를 뽑아들고 몸을 날렸다. 시퍼런 섬광이 일직선으로 쿠슬림의 몸을 쪼개어왔다.

“헉.”

깜짝 놀란 쿠슬림이 반사적으로 뒤로 빠지며 시미터를 들어올리려 했다. 그러나 피하기도 전에 싸늘한 금속성 질감이 목에서 느껴졌다. 어느새 리셀이 가까이 접근해 쿠슬림의 목에 시미터의 끄트머리를 들이밀고 있었다. 파르차 사이로 드러난 눈에서 살기가 이글이글 타오르고 있었다. 쿠슬림의 이마에서 식은땀이 주르르 흘러내렸다.

‘어, 엄청난 실력을 가진 전사로군. 칼이 뻗어오는 것을 보지도 못했어.’

그때 가느다란 음성이 울려 퍼졌다.

“그만. 칼을 거둬라.”

"예. 아가씨."

리셀이 절도 있게 고개를 꺾은 뒤 시미터를 거두고는 더없이 공손한 자세로 티아나 뒤로 가서 시립했다. 쿠슬림은 그때서야 비로소 시미터가 와 닿았던 목덜미를 어루만졌다. 티아나를 보는 쿠슬림의 눈빛은 판이하게 변해 있었다. 저 정도로 뛰어난 전사를 데리고 다니는 여인이라면 차림새가 어떠하든 간에 고귀한 신분을 가진 것이 틀림없었다.

"어디서 와서 어디로 가는지를 물었던가? 한 가지만 말해줄 수 있다. 우리는 해가 떠오르는 곳에서 왔다."

쿠슬림이 움찔했다. 노예 차림새를 한 여인의 말투에서는 기품이 묻어났다. 게다가 자신에게 하대를 하는 것이 그렇게 자연스러울 수가 없었다. 자신의 얼굴을 가린 파르차에는 신분을 나타내는 문자가 수놓아져 있다. 그런데도 하대를 한다는 건 여인의 신분이 자신의 신분보다 월등히 높다는 사실을 뜻한다. 그리고 해가 떠오르는 곳에서 왔다고 하면······.

"호레이살 부족에서 오셨습니까?"

티아나는 거만한 태도로 고개를 까딱했다.

"뭘 원하는 거지? 싸움을 원한다면 피하지 않겠다."

"아, 아닙니다. 저희는 그저 이곳을 정찰하고 있었을 뿐, 귀 부족을 적대할 생각은 전혀 없습니다."

리셀의 발도술 때문인지 쿠슬림은 기가 많이 꺾여 있었다. 사실 리셀은 티아나가 시키는 대로 한 것뿐이었다.

"여기에 있다가 내가 뒷짐 진 손으로 신호를 하면 번개 같이 다가가서 놈의 목에 칼을 들이대라. 주의할 점은 결코 피를 흘려서는 안 돼. 그럴 만한 실력은 충분히 있으리라 본다."

"걱정하지 마. 그 정도야 뭐 간단하지."

"그리고 네가 할 말은……."

티아나의 요구는 간단했다. 상대의 무례한 태도에 화를 참지 못하고 나선 호레이살 부족 전사의 모습을 연기하라는 것이다. 리셀은 티아나의 지시대로 연기를 펼쳤고 성공적으로 쿠슬림의 기를 꺾을 수 있었다. 쿠슬림의 시선이 앞에 서 있는 풍채 당당한 사내에게 닿았다. 그는 여전히 무표정한 얼굴로 쿠슬림을 쳐다보고 있었다.

'저놈은 대역 노예일 테고, 여인이 진짜로군. 호위하는 전사의 실력으로 보아 틀림없어.'

그가 슬쩍 고개를 돌렸다. 휘하의 전사 한 명이 드러나지 않게 손짓을 해 왔다. 어디에서도 의심스러운 점을 찾을 수 없다는 신호였다.

'하긴. 제국 놈들이 이토록 절묘하게 위장하는 것은 불가능하지.'

그의 시선이 낙타에게 향했다. 어느 부족의 것인지 살펴보려는 것이다. 그런데 뜻밖에도 호레이살 부족의 낙인이 찍힌 낙타는 몇 필 되지 않았다. 대부분의 낙타들이 다양한 부족의 표식을 달고 있었다. 그가 눈을 가늘게 떴다.

"여러 부족의 낙타가 섞여 있군요."

"제국의 돼지들에게서 노획한 것이다. 혹시 하란티아 부족의 것이 있나? 그렇다면 대가를 치르도록 하겠다."

쿠슬림의 눈에 낙타의 엉덩이에 찍힌 붉은 표식이 들어왔다. 그것은 바로 적군에게서 노획했다는 증표였다. 쿠슬림은 그때서야 의심을 깡그리 지워버렸다.

"저희 부족의 것은 없습니다. 설사 있다고 해도 어쩔 수 없는 일이지요."

쿠슬림이 묵묵히 고개를 흔들었다. 사실 그는 어제까지만 해도 라할리아 사막 후방에 배치되어 있었다. 그러다가 급한 임무를 부여받고 다급히 사막 중심부로 이동한 것이다.

─제국에서 부족 사이를 이간질시키기 위해 사신단을 보냈
    다. 수단 방법을 가리지 말고 그놈들을 잡아 죽여라.

제국의 군대에 잠입해 있는 첩자들이 보내온 정보였다.

제국과 마찬가지로 레오폰 측도 다양한 첩보전을 벌인다. 그중에 백미는 사로잡은 적 포로를 세뇌해서 이용하는 것이다. 사실 레오폰 측에서 제국의 군중에 첩자를 심기란 결코 쉽지 않다. 언어와 생김새가 완전히 다르기 때문이다. 때문에 사막 전사들은 사로잡은 제국군 포로 중 제법 신분이 높은 자를 후방으로 보내 세뇌시킨 다음 첩자로 만들었다. 물론 일반적

인 방법은 아니다.

사막 전사들은 제국의 포로를 후송하여 환락의 궁이라 불리는 하렘에 집어넣는다. 약물이 들어 있는 술과 음식, 그리고 수를 헤아릴 수 없는 아름다운 여자 노예들이 포로를 맞이한다. 그런 하렘에 포로를 넣은 뒤, 한 달 동안 아무것도 건드리지 않고 내버려둔다. 포로가 술과 음식, 그리고 여자 노예들에게 흠뻑 빠져들 때까지 말이다.

방중술에서부터 남자의 마음을 사로잡는 방법 등등, 철저하게 교육을 받은 여자 노예들은 그야말로 성심성의껏 포로를 모신다. 한 달이라는 기간은 포로의 혼백을 분리시키기에 모자람이 없었다. 그런 다음 포로를 여인들과 떼어놓는다. 그럴 경우 포로는 반쯤 미쳐버린다. 약기운도 떨어진데다가 하렘에 다시 들어가고 싶어 발광을 하는 것이다. 그들에게 하렘은 그야말로 지상 낙원이었다. 바로 그때 사막 전사들이 포로에게 명령을 내린다.

—제국의 진영으로 다시 돌아가서 정보를 빼내어 와라.

때에 따라서는 제국의 요인을 암살하라는 명령을 내릴 때도 있었다. 포로는 하렘에 다시 돌아가기 위해 레오폰의 충실한 개가 되어 지시에 따른다. 물론 그들이 하렘으로 다시 돌아갈 가능성은 전혀 없다고 볼 수 있었다. 필사적으로 지시에 따르다 소모품으로 버려지는 것이다.

이것은 사막 부족들이 사로잡은 적대 부족 전사를 상대로도 심심찮게 써먹는 방법이었다. 바로 그런 식으로 포섭한 제국 군 첩자를 통해 정보를 얻어낸 것이다.

그 소식이 전해진 이후, 후방에 포진해 있던 하란티아의 전 사들이 대거 사막으로 파견되었다. 각 부족으로 향하는 제국 사신들을 중간에 요격하는 것이 그들의 임무였다. 쿠슬림이 씁쓸히 고개를 흔들었다.

'경로를 잘못 택했어. 제국의 사신단이 사막 부족의 보급로 를 통해 움직이는 것은 가능성이 매우 낮은 일이야.'

대부분의 전사들은 제국군이 흔히 이용하는 길을 집중적으 로 수색했다. 하지만 만에 하나 사신단이 사막 부족으로 위장 해 잠입할지도 모른다는 우려도 있기에 쿠슬림이 사막 부족의 보급로를 감시하고 있었던 것이다.

그가 다시 한 번 호레이살 부족의 보급대를 살펴보았다. 그 러나 이상한 점은 눈을 씻고 봐도 찾아볼 수 없었다. 다소 덩 치가 크긴 하지만 호레이살 부족 전사들의 차림새는 완벽했 다. 얼굴을 가린 파르차의 문양도 적절했다.

'하긴 제국군이 포로를 통해 정보를 얻어 위장한다고 해도 이렇게 완벽하게 꾸밀 가능성은 전혀 없다고 할 수 있지.'

더는 의심의 여지가 없음을 확신한 그가 티아나를 향해 공 손히 고개를 숙였다.

"부족들 사이를 이간질시키려는 제국의 사신단이 사막을 지 난다는 정보가 있습니다. 혹시라도 이상한 무리를 만난다면 즉각 알려주시기 바랍니다.”

“그렇게 하도록 하지.”

“그럼 먼 길 평안히 가시길……”

쿠슬림이 손을 들자 기병들이 길을 열어주었다. 그러나 티아나는 바로 마차를 움직이지 않았다.

“잠깐 기다려라.”

그녀가 손짓을 하자 미리 명령을 받은 파디아가 재빨리 마차에서 뛰어내렸다. 그녀는 재빠른 동작으로 마차 뒤로 돌아가더니 뭔가를 꺼내왔다. 보급 기지에서 주워 실은 기름종이로 싼 양젖 치즈였다. 그것을 들고 간 파디아가 쿠슬림 앞에 내려놓았다. 순간 쿠슬림의 눈이 툭 불거졌다.

“이 귀한 것을……”

양젖 치즈. 그것은 바로 사막에서 활동하는 전사들에게 있어 생명줄과도 같은 것이다. 물이 떨어지더라도 이 양젖 치즈만 있으면 얼마든지 생존할 수 있다. 그런 귀한 것을 아낌없이 선사하는 것이다. 그의 음성이 살짝 떨렸다.

“가, 감사합니다.”

“어차피 부족으로 돌아갈 우리에겐 필요 없는 것이다. 거두도록 하라.”

쿠슬림이 손짓을 하자 전사 한 명이 다가와 양젖 치즈를 들어 올렸다. 그것을 보고 뭔가 결심을 한 듯 쿠슬림이 크게 고함을 쳤다.

"퐈한. 낙타에서 내려 데키르와 함께 타라. 그리고 코이르는 퐈한의 낙타를 가지고 와라."

전사들이 그 말에 따랐다. 코이르라 불린 전사 하나가 낙타 한 마리를 끌고 왔다. 눈매가 축 늘어진데다 다리가 후들거리는 것을 보니 늙을 대로 늙은 녀석이었다. 전사는 끌고 온 낙타의 고삐를 파디아에게 내밀었다. 쿠슬림이 그에 대한 설명을 했다.

"호의를 베풀어주신 데 대한 보답입니다. 이 정도밖에 해드릴 수 없는 점, 용서하시길."

"훌륭하다. 그럼 그대의 앞길을 라할님의 빛이 환히 밝히기를……."

"가시는 길 부디 평안하십시오."

그렇게 낙타 한 마리를 넘겨준 뒤 레오폰 기병대가 그곳을 떠났다. 모래 먼지를 자욱하게 흩날리며 달려간 그들의 모습이 모래 언덕 너머로 사라져 버렸다. 잔뜩 긴장했던 대원들이 그제야 안도의 한숨을 내쉬었다.

"다행이야."

"꼼짝없이 정체가 탄로 나는 줄 알았다고."

"그런데 낙타는 왜 주고 갔지?"

"몰라. 낸들 어찌 알겠어."

파디아가 건네받은 낙타를 조용히 마차 뒤에 묶었다. 티아나가 손짓을 하자 대열이 다시금 움직이기 시작했다.

리셀을 쳐다보는 티아나의 눈빛은 살짝 떨리고 있었다. 만약 리셀이 실력을 내보이지 않았다면 하란티아 부족의 전사가 저처럼 정중하게 나올 리가 없다. 어미어들이 휘하에 실력 있는 전사를 거두려 하는 이유가 바로 그것이었다.

"정말 훌륭했어. 네 덕에 녀석들을 쉽게 속여 넘길 수 있었어."

"뭘 그것가지고. 그나저나 낙타는 왜 주고 간 거지? 늙어서 쓸모도 없을 것 같은데 말이야."

"잡아먹으라고 주고 간 거니 늙을 수밖에 없지."

그 말에 리셀이 오만상을 찌푸렸다.

"낙타를 잡아먹는단 말이야?"

"생각보다 맛있어. 잘 되었어. 오늘 저녁은 레오폰식 낙타구이로 하면 되겠군. 재료가 부족해서 정통적인 방식으로는 하지 못하겠지만 말이야."

"나, 난 못 먹을 것 같아."

리셀이 질린 표정으로 뒤를 돌아보았다. 거기에는 오늘 저녁 식사 거리가 될 불쌍한 낙타가 힘겹게 마차를 따라오고 있었다.

낙타를 잡아먹자는 말에 대원들 역시 리셀과 마찬가지로 질겁을 했다.

"나, 낙타를 먹는단 말씀이십니까?"

"냄새가 심할 텐데."

그러나 건량에 질린 터라 대원들은 어쩔 수 없이 작업에 동참했다. 낙타의 목을 잘라 피를 빼내고 배를 갈라 내장을 제거했다. 털이 붙은 가죽까지 모두 벗긴 탓에 제법 덩치가 크던 낙타는 금세 큼지막한 고깃덩이가 되어버렸다. 뜻밖에도 티아나는 낙타를 모래 속에 묻어버렸다. 모래를 파서 낙타를 집어넣은 다음 다시 덮어 버린 것이다. 그리고 나서 바로 그 위에다 모닥불을 피웠다. 대원들이 이해하기 힘들다는 듯한 눈빛을 던졌다.

"이, 이게 레오폰식 요리법이야?"

"참으로 별나군."

낙타 구이가 완성되기까지는 제법 시간이 걸렸다. 그렇게 두 시간 가량 굽고 난 뒤, 모래에서 파낸 낙타 구이에서는 구수한 냄새가 풍겼다. 대원들이 연신 코를 벌름거렸다.

"캬! 냄새 죽이는군."

"맛이라도 한 번 볼까?"

낙타 고기는 생각보다 맛있었다. 기름기가 전부 모래로 빠져나가 무척 담백했으며 낙타 특유의 고약한 냄새는 전혀 나지 않았다. 까마귀 전대원들은 둥그렇게 둘러 앉아 레오폰식 낙타 구이를 즐겼다. 먹지 않겠다던 리셀도 냄새에 굴복해서 다리 하나를 뜯고 있었다.

"무척 맛있군. 낙타라는 짐승이 이렇게 맛있었다니. 전혀 몰랐는걸.”

“이것은 약식이야. 정통은 따로 있지.”

티아나의 설명에 리셀이 눈을 크게 떴다. 생전 듣도 보도 못한 조리법이기 때문이었다.

“정통 레오폰식 낙타 구이는 이렇게 만들어. 가장 먼저 주머니쥐의 배를 갈라 양념과 쌀을 듬뿍 채우지. 그리고 그것을 내장을 제거한 닭의 뱃속에 집어넣어. 그런 다음 닭을 또다시 양념과 섞어 어린 양의 뱃속에 집어넣지. 마지막으로 그것을 낙타의 뱃속에 집어넣는 거야. 그런 다음 두 시간 동안 구우면 완성이 돼. 여러 종류의 육즙이 한 데 뒤섞여 형언할 수 없는 맛을 자랑하지. 거기에서 백미는 가장 안쪽에 있는 쥐고기야. 그것을 먹을 수 있는 사람은 오직 어미어나, 그에 준하는 신분의 귀족뿐이지.”

“정말 거창하군.”

“언제 기회가 되면 한 번 맛보여줄게. 과연 가능할지 모르겠지만 말이야.”

티아나가 씁쓸히 웃으며 고개를 흔들었다. 그녀가 해 줄 수 있는 것은 부족령으로 안전하게 안내해 주는 것뿐이다. 제국에 대한 원한으로 불타는 부족 사람들과 아버지를 설득하는 것은 전적으로 리셀이 해야 할 일이었다.

그 시각, 제국군의 진영에서는 은밀한 만남이 행해지고 있었다.

"자네 말대로 했네. 미리 정체를 파악해둔 레오폰 첩자에게 드러나지 않게 정보를 흘렸어."

입을 연 자는 자므란 자작이었다. 그런데 그의 얼굴빛은 그리 밝지 않았다. 기사의 신분으로서 적과 내통하는 것이나 다름없는 행위를 했기에 그런 모양이었다. 그러나 저스틴은 아랑곳하지 않았다.

"잘하셨습니다. 이제 까마귀 전대는 결코 다시 돌아오지 못할 것입니다."

자므란 자작이 차가운 눈빛으로 저스틴을 노려보았다.

"자네는 아무렇지도 않겠지만 나는 마음이 편치 않네. 이건 아군을 적에게 팔아넘기는 것과 다름없는 짓이야."

자므란 자작은 정통 과정을 거쳐 이 자리에 올라온 기사였다. 그가 추구하는 기사도에 견주어보면 이것은 결코 정당하지 않은 행동이다. 그런 그의 마음을 문관에 불과한 저스틴이 알아줄 리가 없다.

저스틴은 아그리아 공작의 신임을 얻기 위해 수단 방법을 가리지 않고 이번 일을 추진하고 있었다. 출세에 혈안이 된 그에게 기사도란 전혀 관심을 가질 필요가 없는 고리타분한 법도에 불과했다.

"공작 전하께서 직접 지시하신 명령입니다. 가신 된 입장에서 마땅히 따라야 하지요."

"어쨌거나 까마귀 전대의 운명은 끝난 것이나 다름없네. 길 잡이 없이 사막으로 떠난데다가 이쪽에서 정보까지 흘렸으니 레오폰 왕국에서 기를 쓰고 사막을 수색할 걸세. 까마귀 전대 가 벗어날 방법은 어디에도 없어."

"무사히 호레이살 부족령에 도착하더라도 마찬가지입니다. 호레이살 부족은 결코 원한을 잊어버릴 부족이 아닙니다. 리 셀이란 녀석은 생환하지 못할 것입니다. 이제 우리가 할 일은 소금에 절여져서 돌아올 녀석의 머리통을 몰래 빼내어 가주님 께 전달하는 것뿐입니다."

자므란 자작이 묵묵히 고개를 끄덕였다.

"그 일은 내가 하겠네. 내키지 않기는 하지만 말이야."

더 이상 말하지 않겠다는 듯 몸을 돌린 자므란 자작을 저스 틴이 조소 어린 눈빛으로 쳐다보았다.

'꼴에 기사라 이건가? 어쨌거나 상관없어. 이번 임무를 성 공시키면 그 공로는 전적으로 나에게 돌아올 테니 말이야.'

이미 그는 자신에게 최대한 유리하도록 보고서를 작성해서 아그리아 공작가로 보냈다. 거기에는 자므란 자작이 협조를 꺼려했다는 내용이 담겨 있었다. 아마 아그리아 공작이 본다 면 불같이 화를 낼 것이다.

'내 앞에서 여러 번 불평을 토로했으니 부정할 수도 없겠 지. 거짓말을 할 줄 모르는 기사라는 점이 당신의 가장 큰 약 점이야.'

　자므란 자작을 쳐다보는 저스틴의 눈빛이 묘하게 빛나고 있었다.

　그들의 예상과는 달리 까마귀 전대의 여정은 순탄했다. 레오폰 기병대와 또다시 마주치는 일은 없었다. 대부분의 하란티아 전사들은 제국군에게 알려진 길만을 반복해서 수색했다. 때문에 마주치는 사람들이라곤 일선의 전사들에게 보급품을 전달하거나, 아니면 임무를 마치고 돌아가는 사막 부족의 보급대뿐이었다.

　사막 부족 사람들은 마주쳐도 그다지 대화를 하지 않는다. 언제 적으로 돌변할지 모르는 사이이기 때문이다. 간혹 말을 걸어오는 사람도 있긴 했지만 극히 짧은, 의례적인 것에 지나지 않았다.

　"어디로 가는 길이시오."

　그러나 대원들은 입을 조개처럼 꼭 다문 채 일절 대꾸하지 않았다. 대꾸를 하고 싶어도 레오폰어를 알아야 대꾸할 수 있을 것 아닌가? 그러나 사막 부족 사람들은 그저 그런가보다 하고 더 이상 말을 걸지 않았다.

　사막에서 가장 중요한 것을 꼽자면 물을 들 수 있다. 사람은 반드시 물을 먹어야 생존할 수 있다. 그리고 갈증을 잘 견디기는 하지만 낙타도 주기적으로 물을 마셔야 한다. 무엇보다도 마차를 끄는 네 필의 말은 상당히 많은 물을 마셨다. 네 명의

사람과 짐이 실린 마차를 끄느라 땀을 많이 흘리기 때문이었
다.

물론 대원들이 가죽 주머니에 충분히 물을 넣어오기는 했
다. 그러나 챙겨온 물은 하루 만에 소진되어버렸다. 넉넉히 준
비했음에도 불구하고 말이다. 수통의 물이 떨어지자 대원들은
덜컥 겁이 났다.

"물이 떨어졌어."

"이거 사막 한가운데서 말라붙은 시체가 되어 버리는 거 아
냐?"

그러나 티아나는 확실히 유능한 사막 길잡이였다. 물이 떨
어져서 대원들이 갈증에 허덕일 무렵이면 어김없이 대원들을
수원지로 안내했다. 오아시스라 이름 붙여진 샘이 군데군데
있었기에 대원들은 마른 목을 축이고 텅 빈 수통을 채울 수 있
었다. 오아시스야말로 사막을 건너는 데 없어서는 안 될 최고
의 생명줄이었다.

보통 사막 부족원들은 오아시스를 만나면 하루를 묵는다.
샘에서 충분히 떨어진 체력을 회복한 뒤 다시 길을 떠나는 것
이다. 그러나 까마귀 전대는 그렇게 할 수 없었다. 오아시스에
서 머무는 사막 부족 사람들은 거추장스러운 파르차와 펑퍼짐
한 옷을 모두 벗고 지낸다. 그런데 제국인인 까마귀 전대가 그
럴 수는 없는 노릇이다. 오아시스에서 묵는다면 대번에 정체
가 드러나 버릴 터였다. 해서 그들은 빈 수통만 채운 뒤 미련

없이 오아시스를 떠났다.

물론 티아나라고 해서 모든 수원지를 파악하고 있는 것은
아니었다. 기억을 더듬어 찾아간 오아시스의 물이 깨끗이 말
라버린 경우도 있었고 흔적도 없이 사라져버린 경우도 있었
다.

"아무래도 다른 곳으로 이동했나보군."

"뭐야? 오아시스에 발이 달려 이동을 한다고?"

"사막에서는 이해할 수 없는 일들이 종종 벌어지지. 네 말
대로 발이 달린 것은 아니지만 오아시스는 주기적으로 이동을
해."

이해하기 힘들었지만 받아들일 수밖에 없었다. 그리고 그들
을 괴롭히는 것이 또 있었다. 아침에 들른 오아시스가 말라버
린 탓에 대원들은 한동안 갈증에 시달려야 했다. 말 역시 수분
을 보충받지 못해 거친 숨을 몰아쉬며 힘겹게 걷고 있었다. 그
때 선두에 서서 이동하던 윌슨이 버럭 고함을 질렀다.

"오아시스다!"

대원들의 귀가 번쩍 틔었다. 윌슨의 말대로 저 멀리 야자수
가 자라난 오아시스가 아른거리며 보였다. 대원들이 낙타를
몰아 달려 나가려던 순간, 티아나의 음성이 그들의 발목을 잡
았다.

"저건 오아시스가 아니라 라할님께서 내려주신 시련이야.
가 봐야 아무것도 없어."

"하, 하지만 분명히?"

"자세히 봐. 언뜻 보기에는 가까이 있는 것 같지만 실제로는 아주 멀리 있어. 저것은 내가 알고 있는 오아시스야. 족히 사흘은 말을 타고 달려야 도착할 수 있는 곳에 있지. 우리는 저 현상을 신기루라 불러."

"미, 믿을 수 없군."

"가 봐야 낙타의 체력만 소진시킬 뿐이야. 물을 마련할 방도는 따로 있으니 내 말을 믿도록 해."

그녀의 말은 사실이었다. 충고대로 달려가는 것을 포기했을 때 오아시스의 실체가 드러났다. 끊임없이 아른거리던 오아시스가 조금 더 접근하자 마치 허깨비처럼 꺼져버린 것이다. 반신반의하던 대원들이 한숨을 토해냈다.

"저, 정말이로군!"

"어떻게 저런 일이?"

리셀의 표정은 딱딱하게 굳어 있었다.

'티아나를 데리고 온 것은 정말 잘한 일이야. 그렇지 않았다면 우린 사막을 건너지 못했어.'

사막 길잡이를 고용했다고 해도 라할리아 사막 횡단은 결코 쉽지 않은 일이다. 기껏해야 사막 초입에 사는 부족의 사람들이 이렇게 깊은 곳까지 들어오는 일은 드물었다. 보급대를 이끌고 여러 번 사막을 건넌 티아나에 비하면 현저히 능력이 떨어질 수밖에 없다.

부족하던 물 문제는 금세 해결되었다. 뜻밖에도 대원들이 저마다 얼굴을 찌푸리며 코를 틀어막았던 양젖 치즈가 사막 부족들에겐 같은 무게의 금보다 더 귀중한 것이었다.

조금 더 이동한 까마귀 전대는 우연히 사막 부족의 보급대와 조우했다. 그때 티아나는 여자 노예 행세를 하면서 다가가 거래를 요청했다. 양젖 치즈를 줄 테니 물을 달라는 제안이었는데 보급대는 두말도 하지 않고 요청을 승낙했다.

"그럽시다. 가지고 있는 물을 모조리 털어주겠소."

잠시 후 그들의 앞에는 물이 들어 있는 가죽 주머니가 수북이 쌓였다. 그 대가로 준 것은 단 세 덩이의 양젖 치즈였다. 교환을 마치고 난 보급대는 혹시라도 도로 물리기라도 할까 봐 잽싸게 그곳을 떠났다. 그리고 까마귀 전대원들은 갈증으로 메마른 목을 마음껏 축일 수 있었다. 말과 낙타에게도 충분히 물을 먹였다.

히히히힝.

갈증이 해소되자 말이 기분 좋은 듯 투레질을 했다.

"양젖 치즈의 위력이 대단하군. 이럴 줄 알았다면 불태우지 않는 건데 말이야."

그 말에 티아나가 눈을 치떴다.

"이 비싼 것을 불태웠단 말이야? 사막에서는 같은 무게의 황금보다 비싸게 쳐주는 물건이야."

"워낙 냄새가 고약해서 도저히 먹을 수가 없더군. 아마 다른 병사들도 마찬가지였을걸?”

티아나가 한심하다는 듯한 표정으로 리셀을 쳐다보며 뇌까렸다.

“하긴. 네가 뭘 알겠어. 쯔쯔. 이거 한 조각이면 사막 전사들이 한 달 동안 사막에서 생존할 수 있는 것을.”

하루 종일 사막을 이동하는 일은 매우 무료했다. 눈앞에 보이는 것이라곤 오로지 모래밖에 없었다. 그러나 대원들은 반드시 임무를 성공시켜 정규 기사가 되겠다는 일념하에 묵묵히 행군을 버텨냈다. 두 달의 시간은 그렇게 해서 금방 지나갔다.

지루하기만 하던 모래 사이로 마침내 드문드문 초지가 보였다. 티아나는 바로 거기에서 마차를 멈췄다.

“이곳이 바로 라할리아 사막의 끝이야. 그리고 여기서부터 우리 부족의 영향력이 미치는 지역이지.”

리셀이 신기한 듯 주위를 두리번거렸다.

“여기서부터가 호레이살 부족의 영토라는 말인가?”

“그렇지는 않아. 우리 부족의 영토는 이곳에서 사흘은 더 가야 나와. 단지 우리 부족과 관계를 맺고 있는 군소 부족의 영토이기 때문에 영향력이 미친다고 말한 것이지.”

그녀가 정색을 하고 대원들을 둘러보았다.

“이곳에서부터는 다시 원래의 차림새를 하도록 해. 호레이살 부족은 오직 담대한 자들만을 존중하지. 우리 부족의 보급대로 위장하고 이곳까지 왔다는 사실이 알려지면 좋을 게 없어."

"그래도 괜찮을까?"

"우리 부족의 영향력이 미치는 부족이라면 내가 중재할 수 있어. 그러니 내 말을 들어."

결국 까마귀 전대원들은 원래의 차림새로 돌아와야만 했다. 그동안 사막의 더위를 막아준 레오폰의 옷과 모래 먼지를 차단해준 파르차를 대원들이 아쉬운 표정으로 벗어던졌다. 그리고 까마귀 전대 특유의 검은 제복을 걸치고 그 위에 사슬갑옷을 걸쳐 입었다. 둘둘 말아 마차에 싣고 다니던 까마귀 전대의 깃발도 활짝 펼쳐 내걸었다.

그동안 파디아는 까마귀 전대원들이 입고 다녔던 옷을 모조리 수거해서 한 곳에 모았다. 파커는 마침내 대역 노예 신세에서 해방되었고 리셀은 다시금 까마귀 전대의 대장으로 복귀했다. 티아나는 수북이 쌓인 옷가지에 미련 없이 불을 질렀다.

"증거를 확실하게 없애야 해. 혹 누가 물어본다 하더라도 이곳까지 어떻게 무사히 왔는지 이야기해서는 안 돼. 그러니 대원들에게도 당부를 해두도록 해."

물론 당부할 필요는 없었다. 그러나 리셀은 만약을 생각해서 대원들의 입단속을 했다. 혹시라도 호레이살 부족에 제국어를 아는 사람이 있을지도 몰랐다. 그렇게 제국 기사의 모습

으로 돌아온 까마귀 전대는 다시금 마차를 둘러싼 채 행군하
기 시작했다. 호레이살 부족령까지 가려면 아직 며칠은 더 움
직여야 한다.

제7장
사면초가

“뭐, 뭐야?”

가느다란 눈이 찢어질 듯 부릅떠져 있었다. 호레이살 부족의 동맹 부족 중 하나인 주헤른 부족의 전사 라르카가 믿을 수 없다는 듯 다시 한 번 구릉 아래를 내려다보았다. 그러나 눈에 보이는 것은 현실이었다. 돌연 그의 눈에 살기가 어렸다.

“제국 놈들이 어느새 이곳까지…….”

이곳은 명백한 주헤른 부족의 영토이다. 그런데 전사들의 용맹한 분투로 말미암아 라할리아 사막을 건너지 못하고 있는 제국의 돼지들이 어찌 이곳까지 올 수 있단 말인가? 그러나 고민은 길지 않았다. 어쨌거나 적이 침입했고 라르카에겐 그것을 상부에 보고할 의무가 있었다. 그의 눈빛은 복수심으로 이글이글 타오르고 있었다.

"부족 전사들의 원한을 갚아줄 절호의 기회다."

주헤른 부족은 많은 전사들을 라할리아 사막 너머로 보냈다. 모든 남자들을 죽이고 여자와 아이는 노예로 삼을 것이라는 제국의 포고에 반발한 것이다. 주헤른 부족의 전사는 모두 합쳐 오백여 명, 그중 절반이 제국군과의 싸움에서 전사했다. 돌아온 자들이라곤 팔이나 다리를 잃어 더 이상 싸울 수 없는 스무 명이 전부였다. 나머지 전사들은 열악한 환경에서도 제국군의 침략을 열심히 틀어막고 있었다.

그는 신속하게 몸을 날렸다. 그의 머릿속에는 남아 있는 부족의 전사들을 모조리 동원해서 저 가증스러운 제국의 침략자를 몰살시켜야 한다는 생각밖에 없었다.

주헤른 부족의 대응은 상당히 민첩했다. 구릉을 돌아가자 까마귀 전대가 행군을 멈췄다. 수많은 사람들이 길목을 막은 채 살기를 뿌리며 서 있었기 때문이었다. 그들의 눈에는 하나같이 원한이 활활 불타오르고 있었다.

그러나 대원들은 전혀 겁을 집어먹지 않았다. 그들이 누구인가? 지금껏 혹독한 실전을 통해 단련된 발톱 기사단 최고의 정예 까마귀 전대가 아니던가? 긴장감도 느껴지지 않는지 그들은 느긋하게 대화를 나눴다.

"빠르군. 사막 부족이 벌써 알아차리다니……."

"뭐야? 어린아이도 있잖아? 꼬부랑 늙은이까지 동원하다니 가관이로군."

그들의 말대로 주헤른 부족이 동원한 전사들 중에는 고작 열두어 살 정도 되어 보이는 소년이나 늙을 대로 늙어 이빨이 다 빠진 노령의 전사들이 섞여 있었다. 그야말로 칼을 잡을 수 있는 자들은 모조리 동원한 것이다. 어리디어린 소년이 무거운 시미터를 잡고 낑낑대는 모습은 애처로워 보이기까지 했다.

길을 막은 주헤른 부족 전사들의 수는 대략 이백여 명, 그러나 팔이나 다리가 없는 불구의 전사들까지 섞여 있는 것을 감안하면 결코 까마귀 전대의 발목을 잡을 수 없을 것이다.

그러나 사신으로 와서 다짜고짜 전투를 벌일 수는 없는 노릇이다. 때문에 대원들은 조용히 명령을 기다렸다. 그때 마차의 휘장이 열리고 티아나가 걸어나왔다.

그녀는 까마귀 전대원들을 헤치고 앞으로 나갔다. 그리고 이쪽을 노려보는 전사들 중 한 명을 쳐다보며 입을 열었다.

"로핫 부족장님. 오랜만에 뵙는군요."

로핫이라 불린 자는 얼굴에 주름살이 가득한 노인이었다. 미심쩍다는 눈빛으로 티아나를 쳐다보던 그의 얼굴에 금세 경악의 빛이 떠올랐다.

"아니? 티아나 공녀님이 아니십니까?"

"절 잊지 않으셨군요. 정정하신 모습을 보니 기쁘기 그지없습니다."

그러나 부족장 로핫은 그 말에 대꾸하지 않았다. 그저 적의 어린 눈빛으로 까마귀 전대원들을 물끄러미 쳐다볼 뿐이었다. 잠시 후 티아나를 향해 돌린 그의 눈은 설명을 요구하고 있었다.

"저들은 제국의 사절입니다. 우리 부족과 긴밀한 일을 협의하기 위해 저와 함께 왔어요. 그러니 부디 길을 열어주시기 바랍니다."

그녀의 말을 듣던 로핫 부족장이 입술을 질끈 깨물었다.

"가증스러운 제국 놈들과 무엇을 협의한단 말입니까? 어미어께서는 이 사실을 알고 계십니까?"

"아직 모르세요. 가서 말씀드려야죠. 그리고 원한을 풀 기회는 반드시 만들어 드릴 것이에요. 원하신다면 부족으로 직접 오셔도 무방합니다."

그제야 로핫이 안색을 풀었다.

"믿겠습니다. 공녀님께서 보증한다고 하시니 말입니다."

그가 내키지 않는 표정으로 주위의 전사들을 쳐다보았다.

"칼을 거둬라. 호레이살 부족으로 가는 사절단이라고 한다. 그리고 공녀님께서 원한을 풀 기회를 주실 것이라 장담하셨으니 때가 되면 내가 직접 가서 해결하겠다."

칼을 거두는 전사들의 얼굴에는 불만이 역력했다. 철천지원

수의 피를 마시고 살을 씹지 못한다는 사실이 못내 원통한 듯
했다.

"그럼 저희는 이만 가보도록 하겠습니다."

"좋습니다. 대신 모래새를 날려 이 사실을 어미어께 먼저
전하도록 하겠습니다. 공녀님께서 제국 사신들을 데리고 부족
본거지로 가고 있다는 사실을 말입니다."

"그렇게 하도록 하세요."

주헤른 부족의 전사들은 티아나의 다짐을 받고 나서야 길을
열어주었다. 지나치는 내내 까마귀 전대원들은 전사들의 잡아
먹을 듯한 눈빛에 시달려야 했다. 얼마나 살기가 지독했는지
등판이 다 따가울 지경이었다. 전신에 와서 꽂히는 살기를 느
끼며 리셀이 한숨을 내쉬었다.

'아무래도 설득하기가 쉽진 않겠어.'

그런 일은 길을 가는 내내 벌어졌다. 한 부족의 영토에 접어
들 때마다 전사들이 칼을 뽑아들곤 길을 막았다. 어린 전사,
늙은 전사, 불구의 전사 등등 칼을 들 수 있는 자라면 모조리
달려나와 까마귀 전대를 향해 살기를 뿌려댔다. 그때마다 티
아나가 나서서 사정을 설명해야 했다. 비교적 쉽게 수긍하는
부족도 있었고 끝까지 고집을 꺾지 않는 부족도 있었다. 그러
나 그들은 한마디 말에 모두 뜻을 꺾고 길을 열어주었다.

"반드시 원한을 해결할 기회를 드릴 것이에요."

　그렇게 한 부족을 통과한 뒤 리셀이 궁금한 점을 물어보았다.

“그런데 원한을 해결할 기회라는 게 뭐야?”

“자연히 알게 될 테니 묻지 마.”

티아나의 안색은 눈에 띄게 초조해져 있었다. 그래도 사막을 건널 때에는 농담도 곧잘 하고 심심하면 리셀과 장난을 치던 그녀였다. 하지만 이곳에서부터는 긴장한 티가 역력했다. 심지어 리셀에게 말도 잘 걸려 하지 않았다.

사흘째 되는 날부터는 더 이상 전사들이 길을 막는 일이 없어졌다. 티아나가 조용히 그 이유를 추측했다.

“아무래도 아버지가 전령을 통해 각 부족에게 전갈을 했나 보군. 우리가 가고 있으니 놀라거나 길을 막지 말라고 말이야.”

리셀의 안색이 다소 밝아졌다.

“좋은 소식이로군. 일단 말을 들어볼 용의가 있다는 뜻이니까.”

“그렇지는 않아. 우리 부족은 오직 자격이 있는 자와만 대화를 하지. 대화를 할 수 있고 없고는 전적으로 너에게 달렸어.”

“무슨 뜻이지?”

“더 이상 묻지 마. 그리고 지금부터는 나에게 말을 걸지 않는 것이 좋아. 각 부족 전사들의 눈이 우릴 주시하고 있으니까.”

"그렇게 하지."

까마귀 전대는 라할리아 사막을 벗어난 지 닷새 만에 마침내 호레이살 부족의 영토에 접어들 수 있었다. 그곳에는 일단의 기병들이 그들을 기다리고 있었다. 족히 오백 명은 되어 보이는 전사들이 날카롭게 잘 갈린 시미터를 허리에 차고 말에 탄 채 달려왔다.

두두두두.

그들은 곧바로 까마귀 전대를 둥그렇게 에워쌌다. 그리고 한 마디 말도 하지 않고 함께 이동하기 시작했다. 대원들이 긴장한 채 그들을 힐끔힐끔 쳐다보았다.

"도망가는 것을 막겠다는 뜻인가?"

"젠장. 살벌하군."

호레이살 부족의 부족장이 사는 도시인 네헤라자드까지는 꼬박 사흘이 걸렸다. 그동안 레오폰 전사들은 단 한 순간도 포위망을 풀지 않았다. 교대로 밥을 먹고 잠을 자면서 대원들의 일거수일투족을 감시했다. 그렇게 이동한 끝에 그들은 마침내 네헤라자드에 도착할 수 있었다.

"여기가 호레이살 부족의 본거지인가?"

"생각 외로군. 그저 천막만 즐비하게 늘어서 있을 줄 알았는데 말이야."

레오폰 왕국의 문명은 생각보다 훌륭했다. 네헤라자드는 상당히 큰 도시였다. 돌로 만들어진 흰색 건물들이 질서 정연하게 세워져 있었고 이따금 보이는 둥그스름한 지붕의 사원은 제국의 건축물과 비교해 봐도 손색이 없었다.

티아나는 마치 시골뜨기처럼 주위를 두리번거리는 까마귀 전대원들을 시내로 이끌었다. 레오폰 기병들 역시 지금까지와 마찬가지로 함께 이동했다. 시가지로 통하는 길에는 단 한 명의 사람도 발견할 수 없었다. 대로의 가장자리에는 줄이 쳐져 있었고 병사들이 배치되어 사람들을 통제했다. 대신 골목에는 사람들이 바글바글 모여 까마귀 전대원들을 힐끔힐끔 쳐다보고 있었다. 그들의 눈에 서린 감정은 다양했다. 불안, 두려움, 그리고 증오! 그것이 바로 레오폰 사람들이 제국군에 대해 느끼는 감정이었다.

대로를 따라 한참을 걸어가자 큼지막한 성이 모습을 드러냈다. 제국의 성과는 생김새가 판이하게 달랐지만 그 용도가 적을 막기 위한 것임은 한 눈에 알 수 있었다. 둥근 지붕의 첨탑이 곳곳에 세워진 아주 아름다운 성이었다.

그 성의 앞에는 많은 사람들이 운집해 있었다. 대부분 긴 창과 방패를 움켜쥔 병사들이었고 중간중간에 시미터를 허리에 찬 전사들이 서 있었다. 그중에서도 가운데 자리 잡고 있는 사람들은 매우 높은 신분인 듯 복장이 화려했다. 티아나는 까마귀 전대원들을 데리고 그곳으로 거침없이 걸어갔다. 약 50미터 거리까지 접근했을까? 일단의 병사들이 길을 막았다. 어미어의 성을 지키는 근위병들이었다.

"정지."

그 말을 들은 리셀이 대원들을 세웠다. 그러자 근위병들이 달려들어 까마귀 전대의 주위에 둥그렇게 줄을 둘렀다. 형형색색의 실이 섞인 줄이 반경 30미터 정도에 쳐졌고 까마귀 전대는 그 안에 꼼짝없이 갇혔다. 그리고 근위병들의 대장으로 보이는 전사가 티아나를 향해 손짓을 했다.

"나오십시오. 공녀님."

그러나 티아나는 혼자 나가지 않았다. 그녀가 불안한 듯 눈을 굴리는 파디아의 손을 잡아끌었다.

"같이 가자. 파디아."

뜻밖에 티아나가 여인 한 명을 데리고 나가려 하자 근위병이 눈매를 좁혔다.

"그녀는 누굽니까?"

"내 몸종이다. 우리 부족 출신이니 걱정할 필요 없다."

"알겠습니다."

티아나가 파디아를 데리고 나가자 근위병이 줄을 끌어당겨 매듭을 지었다. 까마귀 전대는 완전히 줄에 둘러싸인 형국이 되고 말았다. 긴장된 눈빛으로 그 모습을 쳐다본 티아나가 몸을 돌렸다. 순간 그녀의 눈빛이 떨렸다. 선두에 서 있는 근엄한 중년인은 그녀가 오매불망 그리워했던 아버지였다. 총명한 티아나를 그토록 총애하고 아꼈던 아버지가 바로 거기에 서 있었다. 티아나가 예를 갖춰 절을 올렸다.

"다녀왔습니다. 아버님."

그러나 아버지이자 호레이살 부족의 부족장인 마하르는 대답을 하지 않았다. 그저 침통한 표정으로 안색을 굳히고 있을 뿐이었다. 잠시 침묵이 오가는 와중에 뜻밖에도 바로 옆에서 고성이 터져 나왔다.

"감히 제국의 돼지 놈들에게 몸을 더럽히고 무슨 염치로 부족을 찾아왔느냐? 내 기쁜 마음으로 너에게 돌을 던지도록 하겠다. 당장 투석형을 준비하라!"

고개를 돌려보자 평소 사이가 좋지 않았던 둘째 오빠 샤이드의 모습이 눈에 들어왔다. 그 많은 형제들 중 티아나는 샤이드와의 사이가 가장 나빴다. 반면 그녀와 잘 지냈던 형제들은 하나같이 안색을 굳히거나 외면하고 있었다. 티아나의 눈매가 급격히 휘말려 올라갔다.

"내가 몸을 더럽혔다고 누가 그러던가요? 이 자리에서 단언컨대 나는 라할님을 우러러 한 치의 부끄러움도 없음을 자부해요. 결코 부족의 긍지를 저버린 일이 없어요."

"그게 말이 되느냐? 호색한 제국 돼지 놈들의 포로가 되어서 순결을 지킬 수 있었다고?"

티아나는 일말의 주저함도 없이 가슴을 폈다.

"어차피 주술사가 살펴보면 드러날 일. 이 자리에서 왈가왈부할 필요가 없지요."

샤이드에게서 시선을 거둔 티아나가 아버지 마하르를 똑바로 쳐다보았다.

"어미어에게 고합니다. 비록 소녀가 제국군의 포로가 된 것은 사실입니다. 그러나 제국군은 소녀를 강대한 호레이살 부족 어미어의 딸로 인정하고 그에 걸맞은 대우를 해 주었습니다. 그로 인해 소녀는 부족의 긍지를 저버리지 않을 수 있었습니다. 사자의 자식은 엄연히 사자인 법입니다. 만약 소녀가 긍지를 저버릴 위기에 처했었다면 아무런 망설임 없이 자진하여 라할님의 품으로 귀의했을 것입니다."

마하르의 눈빛이 파르르 떨렸다. 그 얼마나 예뻐하고 총애하던 딸이었던가? 티아나가 제국군에게 잡혀갔다는 사실을 칼린 협곡에서 탈출한 전사로부터 보고받았을 때 그는 땅이 무너지는 듯한 충격에 휩싸였다.

"내 실수야. 그 아이를 전장으로 보내지 말았어야 했어."

그러나 이미 벌어진 일을 후회해 봐야 잡혀간 딸이 돌아오지 않는다. 해서 그는 티아나의 장례식을 성대하게 치러주었다. 제국군에 잡혀간 딸이 순결을 온전히 보전하는 것은 불가능한 일이다. 때문에 영영 돌아오지 못할 것이라 생각하고 장례를 치렀다.

그랬던 딸이 뜻밖에 제국의 사신들과 함께 돌아왔다. 그것도 악명이 자자한 까마귀 전대와 함께 귀환한 것이다. 고뇌하는 아버지를 향해 티아나가 다시 한 번 절을 올렸다.

“부디 주술사를 불러주시옵소서. 그리하여 소녀가 부족의 긍지를 잃지 않았다는 사실을 만천하에 증명해 주시옵소서.”

딸의 호소에 마하르가 묵묵히 고개를 끄덕였다.

“알겠다. 이미 부족 최고의 주술사가 대기하고 있다.”

말을 마친 마하르가 손가락을 뻗어 한쪽에 설치된 천막을 가리켰다. 아마 그 안에는 티아나의 순결을 검사할 주술사가 대기하고 있을 터였다.

무심히 그 옆을 본 티아나의 눈빛이 파르르 떨렸다. 천막 바로 옆에 세워진 기둥, 그리고 그 옆에는 돌이 수북하게 쌓여 있었다. 다시 말해 검사 결과가 나오면 곧바로 투석형을 집행할 채비를 갖추어 둔 것이다. 흔들리는 마음을 억지로 다잡은 티아나가 단호한 눈빛을 하고 천막 안으로 들어갔다.

“아, 아가씨!”

파디아가 따라 들어가려고 했지만 옆에 서 있던 근위병이 붙잡았기 때문에 뜻을 이루지 못했다. 그저 눈물만 글썽이며 발을 동동 구르는 파디아였다.

티아나가 천막 안으로 들어갔지만 마하르는 까마귀 전대원들에게 눈길조차 주지 않았다. 그는 곧바로 몸을 돌려 성으로 들어갔고 대신으로 보이는 자들이 뒤를 따랐다. 그 모습에 대원들이 웅성거렸다.

“뭐, 뭐야?”

"우린 어떻게 하고?"

바로 그때 누군가가 그들에게 다가와서 말을 걸었다. 줄에 매듭을 지어 까마귀 전대원을 외부와 격리시킨 바로 그 근위병이었다. 그가 얼굴 가득 조소를 머금은 채 입을 열었다. 물론 제국어가 아닌 레오폰 말이었다.

"너희들에게 허락된 공간은 오직 이곳뿐이다. 만약 줄을 벗어난다면 곧바로 붙잡혀 산 채로 가죽이 벗겨질 것이다."

대원들을 노려보는 근위병의 눈빛은 살벌하기 그지없었다.

"너희 같은 제국 돼지 놈들에게 궁궐 앞 공간을 허락하다니 어처구니없구나. 어쨌거나 이 줄 안은 너희들이 목숨을 부지할 수 있는 유일한 공간이다. 제국에 원한을 가진 전사들도 이 안에 있는 동안은 행동에 나설 수 없다. 단 사흘에 불과하지만 질긴 목숨을 그때까지 이어 나가보도록……."

말을 마친 근위병이 몸을 돌렸다. 자신의 말을 알아듣지 못하더라도 상관없다는 눈치였다. 그러나 리셀은 그 말을 알아들을 수 있었다. 그는 즉시 근위병의 말을 까마귀 전대원들에게 통역해 주었다.

"이 줄 밖으로 나가면 안 된다고 한다. 보아하니 이 안에 있으면 전사들이 우릴 공격하지 못하는 것 같다. 그러니 참고 기다려보자."

"분위기가 매우 살벌하군요."

"쉽지 않겠습니다."

　호레이살 부족의 태도가 사뭇 호전적이었지만 대원들은 일절 겁을 먹지 않았다. 수많은 역경을 헤쳐 온 발톱 기사단의 최정예, 까마귀 전대답게 말이다.

　"섣불리 흐트러진 모습을 내비치지 말도록. 어떤 일이 있어도 제국 기사의 명예를 지켜야 한다. 그리고 좋지 않은 결과가 나오더라도 추하지 않게, 까마귀 전대의 기사답게 행동하자."

　"걱정하지 마십시오. 까마귀 전대는 하나입니다. 죽어도 같이 죽고 살아도 같이 사는 것입니다."

　"수틀리면 궁궐을 한바탕 휘저어버리도록 하죠. 놈들에게 까마귀 전대의 무서움을 똑똑히 각인시켜주는 것입니다."

　대원들이 기세 좋게 호응해왔다. 리셀은 차분히 마음을 가라앉히며 전갈이 올 때만을 기다렸다.

　검사를 받는 내내 티아나는 불안감에 시달려야 했다. 오만 가지 생각이 그녀의 심사를 어지럽혔다. 혹시라도 오빠인 샤이드가 주술사를 매수했으면 어떻게 하지?

　어릴 때부터 티아나를 질투해 온 샤이드라면 충분히 그런 짓을 하고도 남았다. 여자임에도 불구하고 티아나의 검술 솜씨가 샤이드보다 월등히 뛰어났기 때문이었다. 그리고 검사 결과가 틀리게 나오면 어떻게 할까? 그럴 경우 티아나의 운명은 참혹했다. 기둥에 묶여 그녀를 사랑해주던 아버지와 형제들이 던진 돌에 맞아 세상과 이별해야 한다.

그렇게 마음을 졸이던 티아나의 검사 과정이 모두 끝이 났다. 부족의 주술사(얼굴이 쭈글쭈글한 노파였다)가 무표정한 얼굴로 검사 도구를 들어 올리더니 천막 밖으로 나갔다. 이를 지켜보던 티아나가 살짝 눈을 감았다. 죽는 것은 두렵지 않지만 순결을 잃어 부족의 궁지를 저버렸다는 혐의를 받고 싶지는 않았다.

주술사가 나가고 난 뒤 얼마 되지 않아 누군가가 천막 안으로 들어왔다. 아버지를 항상 근거리에서 호위하는 근위대장이 두 명의 전사를 대동한 채 들어왔다. 티아나를 보자 그는 바로 허리를 꺾었다.

"아가씨를 뵙습니다."

티아나의 눈빛이 파르르 떨렸다. 처음 만났을 때 근위대장은 그녀에게 예를 표하지 않았다. 그런데 지금 와서 예를 표한다는 것은 그녀의 혐의가 완전히 풀렸다는 사실을 뜻한다. 긴장이 풀려 전신에 힘이 쪽 빠졌지만 그녀는 흔들리지 않았다.

"아버지는?"

"궐 안에 계십니다. 당장 모셔오라고 하셨습니다."

"알겠다. 지금 가보겠다."

"저희가 모시겠습니다."

마하르는 궁전 중심부의 어미어 궁에 있지 않았다. 입구 바로 옆에 있는 손님을 맞는 접객청에서 초조하게 티아나를 기다리고 있었다. 티아나를 데리고 간 근위대장이 마하르를 향해 고개를 숙였다.

"모시고 왔습니다. 그럼 저희들은 이만……."

근위대장은 전사들을 데리고 나가며 눈치 빠르게 문을 닫았다. 그때서야 마하르가 두 팔을 활짝 벌리며 다가왔다.

"오, 내 딸. 다시 보게 되다니 꿈만 같구나."

"아, 아버님."

티아나가 눈물을 주르르 흘리며 아버지의 품속으로 뛰어들었다. 마하르는 되찾은 딸의 등을 어루만지며 눈시울을 붉혔다. 그 얼마나 예뻐하던 딸이었던가? 애교도 많고 총명할뿐더러 남자들도 버텨내기 힘든 수련을 이겨내고 당당히 홀로 선 딸이었다.

그녀가 제국군의 포로가 되었다는 말에 그는 낙심했었다. 호색하기로 소문난 제국의 돼지들이 딸의 순결을 지켜줄 리가 없다. 그럴 경우 티아나는 돌아오더라도 투석형을 면치 못한다. 그토록 애지중지 아끼던 딸에게 돌을 던지느니 차라리 돌아오지 말기를 기원했었다.

그러나 그런 마하르의 고민은 이제 흔적도 없이 사라져버렸다. 조금 전 그녀를 검진한 주술사는 활짝 웃으며 결과를 말해주었다.

"티아나 아가씨는 순결합니다. 결코 부족의 긍지를 저버리지 않았습니다."

　그러니 마하르의 기쁨이 남다를 수밖에 없었다. 한동안 해후를 나눈 부녀는 탁자를 마주 보고 앉았다. 딸의 모습이 더없이 사랑스러웠는지 마하르가 연신 손을 뻗어 머리를 쓰다듬었다.

　"그런데 네 말이 사실이냐? 제국군이 정녕 너를 호레이살 부족 어미어의 딸로 대우해 주었느냐?"

　티아나는 살짝 고민했다. 물론 그것은 거짓말이었다. 그녀는 오직 한 명, 리셀 덕분에 순결을 지킬 수 있었다. 그렇지 않았다면 베이런이라는 발정 난 개에게 끌려가서 진작 몸을 버렸을 터였다.

　그녀가 눈을 똑바로 뜨고 아버지를 쳐다보았다. 현명하고 자애로운 아버지를 도저히 속일 수는 없었다.

　"그것은 사실이 아닙니다. 붙잡혔을 때 저는 신분을 숨겼습니다. 반드시 부족의 비밀을 지켜야 한다는 생각에 그런 것입니다. 그러다 다행히 까마귀 전대의 대장 덕분에 순결을 지킬 수 있었습니다. 제가 데리고 온 바로 그자 말입니다."

　"믿기 힘들구나. 제국의 호색한들이 어찌."

　"그는 금욕과 절제를 최고의 덕목으로 생각하는 전사였습니다. 저와 한 막사에서 지내면서도 제게 결코 손을 대지 않았습니다."

　순간 마하르의 눈빛이 묘해졌다.

　"그를 전사로 인정한다는 말이냐? 제국의 돼지 놈을 말이다."

　눈치 빠른 티아나가 재빨리 아버지의 의중을 알아차렸다.

　"여자로서가 아니라 시미터에 모든 것을 바친 전사로서 그를 인정했습니다. 그는 충분히 존중받을 가치가 있는 전사입니다."

　그제야 마하르의 눈빛이 다소 누그러졌다. 혹시라도 그는 티아나가 제국의 기사에게 마음을 빼앗긴 건 아닌지 의심하고 있었다.

　"그렇다니 다행이구나."

　"제국군의 군중에 있으면서 보고 들은 것이 적지 않습니다. 우선 말씀드릴 것은……."

　티아나는 포로로 있으면서 느낀 것들을 아버지에게 털어놓았다. 제국군의 병력 구성과 훈련 과정, 그리고 조직 체계들을 가능한 한 객관적이고 사실적으로 말해주었던 것이다.

　"장하구나. 그런 상황에서도 적의 허실을 파악해 오다니 말이다."

　그러나 티아나의 표정은 그리 밝지 않았다.

　"모든 것을 종합해 본 결과, 우리 레오폰 왕국이 감당하기 힘들 것 같다는 결론이 나왔습니다."

　"섣불리 속단하지 마라. 우리 전사들은 용맹하고 또한 죽음을 두려워하지 않는다."

　"속단이 아닙니다. 제국은 사람도 많고 보급 물자도 충분합니다. 소녀는 심지어 생일을 맞은 병사의 어머니가 고향에서 만들어 보낸 팬케이크가 전장까지 전달되는 모습을 보았습니다. 그리고 매달마다 수백 명의 신병들이 보충되었습니다. 일정 기간 복무한 제국 병사들과 교대하기 위해서 말입니다."

마하르의 표정 역시 굳어졌다. 그것은 호레이살 부족에겐 꿈도 꾸지 못하는 일이다.

"무엇보다도 저는 제국이 레오폰 왕국 정벌을 꾀하는 이유를 알아냈습니다."

티아나는 아버지에게 제국의 속국 제도에 대해 설명했다. 그녀의 말을 들은 마하르가 믿기 힘들다는 반응을 보였다.

"어찌 그런 일이?"

"소녀가 알아본 결과, 사실인 것 같습니다. 아스트리아 제국은 이미 서북부와 동부에 많은 속국을 거느리고 있습니다. 일례로 절 구해준 기사 리셀 역시 동부의 속국인 베텔 왕국 출신입니다."

"허, 참."

마하르는 감탄사만 거듭 연발했다. 전쟁을 일으켜진 쪽은 모조리 죽거나 노예가 되는 사막 부족의 상식으로는 이해하기 힘든 일이었기 때문이었다. 티아나가 눈빛을 빛내며 말을 이어나갔다.

"그리고 우리는 아무래도 하란티아 부족에게 이용당하고 있는 것 같습니다. 아버지께서도 아시다시피 제국은 오래전 칼리프에게 사신을 보냈습니다. 그런데 칼리프는 그런 사신의 목을 잘라 제국으로 돌려보냈지요."

"그 사실은 나도 알고 있다. 레오폰의 모든 남자들을 죽이고 여자와 아이들을 노예로 삼겠다는 말에 칼리프가 격분해서 직접 사신의 목을 잘랐다고 들었다."

"그건 사실이 아닙니다. 리셀에게 듣기로 당시 사신은 칼리프에게 단지 속국이 될 의향이 없는지만을 물어보았다고 합니다."

마하르의 눈이 커졌다. 그렇다면 하란티아 부족에서 돌린 통문은 대관절 무엇이란 말인가?

"제국의 1차 침략은 바로 그 때문에 벌어졌습니다. 사신의 목을 보고 격분한 제국의 황제가 병력을 보냈고 우리의 용감무쌍한 전사들에 의해 격퇴되었습니다."

마하르가 쓴웃음을 지었다. 그녀의 말이 반쯤은 맞고 반쯤은 틀렸기 때문이다. 엄밀하게 따지자면 제국의 1차 원정군은 레오폰 군에 의해 격퇴된 것이 아니다. 다름 아닌 라할리아 사막이 제국의 침공을 막아준 것이다. 사막을 횡단할 준비를 허술히 한 제국의 군대는 물을 구하지 못해 스스로 자멸하고 말았다. 준비를 조금 더 하고 온 2차 원정군은 라할리아 사막과 전사들의 합공으로 간신히 격퇴할 수 있었다.

"현재 제국은 3차 원정군을 구성하고 있습니다. 그들은 사막에 적응하기 위해 남부군을 라할리아 사막 초입에 주둔시켰습니다. 남부군을 공략하는 것이 나날이 어려워진다는 사실을 아버지도 아시겠지요?"

마하르가 묵묵히 고개를 끄덕였다. 처음에는 전사들이 사막을 방벽 삼아 제국군을 사정없이 유린했다. 그러나 환경에 적응하는 것이 인간이라고, 남부군은 서서히 사막과 전사들의 공격에 익숙해져가고 있었다. 시간이 지날수록 제국군과 싸우다 죽어가는 전사의 수가 늘어나는 추세였다.

"제국군은 틀림없이 남부군을 앞세워 레오폰 왕국으로 진격할 것입니다. 1, 2차 원정군의 전례를 밟지 않기 위해 철저히 준비하는 것이지요."

"그래도 우린 쉽게 당하지 않을 것이다. 제국 침략자는 철저히 응징을 받게 될 것이다. 단 한 명이라도 숨이 붙어 있는 한 말이다."

그러나 마하르의 말은 왠지 모르게 맥이 빠져 있었다.

"그런데 놈들이 왜 우리 부족에 사신을 보낸 것이냐? 까마귀 전대라면 쉽사리 버릴 수 있는 패가 아닌데 말이야."

마하르 역시 까마귀 전대의 소식을 들어 알고 있었다. 제국 발톱 기사단의 최정예 전대로 지금껏 무수한 사막 부족의 요인들이 그들의 칼날에 스러져갔다. 사막 전사들은 드래곤 전대보다도 오히려 까마귀 전대를 더욱 경계했다.

"칼리프에게 했던 속국 제안을 바로 우리 부족에게 하려고 하는 것입니다. 리셀의 말에 의하면 제국 황제는 사신의 목을 자른 하란티아 부족의 칼리프를 용서할 수 없다고 했습니다. 그러나 제국은 레오폰의 영토와 물자를 차지할 생각이 전혀 없습니다.”

“영토를 차지하지 않겠다고? 그럼 도대체 무엇 때문에 전쟁을 일으키는 것이냐?”

“그들이 원하는 것은 오로지 속국뿐입니다. 울타리로 삼을 속국의 존재 말입니다.”

“허! 이해가 되지 않는구나.”

티아나가 조용히 자신의 추론을 설명해 주었다.

“자고로 사자를 죽이는 것은 강한 적이 아니라 속으로 곪아 들어가는 상처입니다. 소녀가 보기에 제국군은 외침보다는 내란을 더욱 두려워하고 있는 것 같습니다. 리셀에게 들은 바에 의하면 제국에서는 그동안 많은 반란이 일어났다고 합니다. 주로 권력 다툼에서 밀려난 황족들이 강력한 변경백과 손을 잡고 난을 일으켜 그로인해 입은 손실이 결코 작지 않았다고 합니다.”

“변경백?”

“강력한 군사력을 가진 국경 지역의 영주를 뜻하는 말입니다. 현 칼리프의 입장에서 보면 아버지가 바로 강력한 변경백인 셈이지요.”

“이해했다. 그럼 속국을 삼고자 하는 이유가 바로 그것 때문이란 말이냐?”

"그렇습니다. 울타리가 되는 속국이 있다면 그와 접경한 변경백의 군사력을 무리 없이 감축시킬 수 있기 때문입니다. 주변국을 대하는 제국의 외교 정책은 대부분 그러하다고 합니다."

"흠. 어느 정도 이해가 가는구나. 확실히 하란티아 부족은 우리에게 뭔가를 숨기고 있어."

마침내 아버지를 납득시키는 데 성공한 티아나가 속으로 길게 안도의 한숨을 내쉬었다. 그러나 생각이 완전히 일치하는 것은 아니었다.

"구미가 당기는 제안이지만 받아들일 수 없다. 네 순결을 지켜준 은인이라고는 하나 리셀과 까마귀 전대원들은 살려둘 수는 없어."

그 말에 티아나가 깜짝 놀랐다.

"아, 아버님!"

"정치는 감정만으로 해나가는 것이 아니야. 물론 나는 네 의견에 동의한다. 그렇게 할 경우 우리 호레이살 부족이 능히 하란티아 부족을 누르고 레오폰의 최고 부족이 될 수 있을 테니 말이야."

"그러하온데 어찌?"

"우리 부족의 사정만 생각할 수 없는 입장이다. 너도 알다시피 레오폰에는 우리를 따르는 수많은 부족이 있지 않느냐? 그들은 제국에 엄청난 원한을 품고 있다. 그런 상황에서 제국과 손을 잡자는 통문을 돌릴 경우 그들은 머뭇거림 없이 우릴 버리고 하란티아 부족에게 가서 붙을 것이다.”

티아나가 한 대 맞은 듯한 표정을 지었다. 미처 그 문제는 생각하지 못했기 때문이었다.

“그리고 우리 호레이살 부족에게는 영원히 꼬리표가 따라다니겠지? 제국군에게 동족을 팔아먹은 배신자라고 말이야.”

“그, 그런 문제가 있었군요.”

“근위병들을 보내 놈들을 죽이라고 명하겠다. 모조리 목을 잘라 제국으로 돌려보내야 한다. 일족과 동맹 부족의 사람들을 다독이려면 그럴 수밖에 없어.”

티아나의 손이 부들부들 떨렸다. 그녀가 리셀을 위해 해 줄 수 있는 것은 더 이상 없었다. 그러나 그녀는 마지막 순간까지 포기하지 않았다.

“제발 부탁드립니다. 그와 한 번만 대화를 해 주십시오. 제국과 손을 잡으라는 말이 아닙니다. 그를 한 번 만나보라는 뜻입니다.”

“너도 알다시피 어미어는 자격이 되는 자가 아니면 결코 대화 상대로 삼지 않는다. 그에게 과연 나와 대화할 만한 자격이 있다고 생각하느냐?”

티아나가 망설이지 않고 고개를 끄덕였다.

“그렇습니다. 여자로서가 아닌 순수한 전사로서 저는 이미 그를 인정했습니다.”

“흐음. 그래?”

마하르가 눈매를 좁혔다. 딸이 그토록 극찬하는 녀석이라면 한 번 만나 봐도 무방하지 않을까 하는 생각이 들었다. 그러나 어미어를 만나는 절차가 그리 간단할 리가 없었다.

“좋다. 네 말이 그러하니 그를 한 번 시험해 보도록 하겠다. 거기에서 합격하면 나와 대화할 자격을 인정해주지.”

티아나의 눈매가 가늘게 떨렸다.

“가, 감사하옵니다.”

“고마울 게 뭐 있느냐? 고생이 많았을 터인데 궁으로 돌아가 쉬도록 하여라.”

티아나가 조용히 리셸의 얼굴을 떠올려보았다.

‘미안해 리셸. 내가 해 줄 수 있는 것은 이 정도뿐이야.’

막 물러가려던 그녀가 돌연 고개를 돌렸다.

“참. 아버님 허락을 받아야 할 것이 하나 더 있습니다.”

“무엇이냐? 말해보아라.”

“저와 함께 온 노예 소녀를 기억하십니까? 우리 부족 출신이라고 한 아이 말입니다.”

“물론이다. 그 계집아이를 어디에서 데리고 왔느냐?”

티아나가 조용히 파디아의 공을 설명했다. 부족 여인의 몸종으로 사막 방울뱀 작전에 투입되었다가 포로가 되었던 파디아의 과거가 낱낱이 설명되었다. 그리고 얼굴을 알아보고 모시는 기사 리셸에게 애걸을 하여 자신을 구해낸 일들이 마하르의 귓전으로 흘러들어 갔다. 마하르는 놀란 표정을 지었다.

"허어. 그런 일이……. 정말 큰 공을 세웠구나."

"해서 소녀는 그 아이를 자유 노예 신분으로 풀어주고자 합니다. 그런 다음 제가 궁에 데리고 있을까 합니다만."

자유 노예. 노예라는 이름이 붙어 있었지만 그 신분은 대단히 높았다. 큰 공을 세운 노예에게만 허락되는 호칭으로 일반레오폰 평민은 감히 쳐다볼 엄두도 내지 못할 만큼 높은 지위였다. 노예라기보다는 엄청난 보수를 받는 고용인 개념으로, 모든 종류의 자유가 허락되었다.

티아나는 파디아를 바로 이 자유 노예로 만들어 주고자 하고 있었다. 신분이 신분인 만큼 자유 노예로 풀어줄 수 있는 자격을 지닌 자는 강대한 권력을 가진 어미어밖에 없었다. 마하르는 흔쾌히 그것을 승낙했다.

"네 뜻대로 해라. 그 정도 공이라면 자격은 충분하지."

"알겠습니다. 감사하옵니다. 아버님."

"즉시 내관에게 말해두도록 하겠다. 그러니 걱정하지 말도록."

"그럼 소녀는 이만 물러가도록 하겠사옵니다."

티아나가 조용히 몸을 돌려 물러 나왔다. 적어도 리셀과 한약속 중 하나는 지킬 수 있어서인지 그녀의 얼굴은 밝았다. 자유 노예로 풀어준다면 파디아는 더없이 행복해질 것이다.

제8장
외줄타기,
죽음의 문턱을 거닐다

　리셀과 까마귀 전대원들은 여전히 줄 안에 갇혀 있었다. 그러나 무료함을 느낄 짬은 없었다. 수많은 전사들이 줄 주변에 모여들어 대원들을 향해 살기 어린 눈빛을 뿌리고 있었기 때문이었다. 하나같이 잡아먹을 듯한 시선으로 대원들을 노려보고 있었다.

　"이거 원. 눈빛만으로 사람을 죽일 수 있다면 벌써 수십 번 죽었겠는걸?"

　"우리가 그렇게 미운가?"

　그러나 전사들은 돌을 던지는 등 대원들의 몸에 직접적인 위해가 가는 행동은 하지 않았다. 이따금 줄 근처로 와서 레오폰 말로 걸쭉하게 욕지거리를 뱉고 가긴 했지만 말이다. 리셀은 초조한 마음을 억지로 짓눌렀다.

'내가 잘못 생각한 것이 아닐까?'

호레이살 부족 전사들의 태도는 생각 이상으로 적대적이었다. 이 정도로 제국군을 미워할 줄은 몰랐다. 그로서는 오직 자신들을 이리로 인도해 온 티아나만 믿어야 할 입장이었다. 그때 매듭을 지었던 근위대장이 모습을 드러냈다. 그가 다가가서 매듭에 손을 대는 순간 전사들이 돌연 환호성을 질러댔다.

"드디어 때가 되었다!"

"놈들의 살을 찢고 피를 뽑아 죽어간 전사들을 위로하자!"

허리에 찬 시미터를 뽑아드는 모습을 보니 매듭이 풀리는 순간 금방이라도 달려들 듯했다. 그러나 근위대장은 매듭을 풀지 않고 그냥 들어 올리기만 했다.

"리셀이라는 작자가 있다면 나와라."

그 말을 들은 리셀이 몸을 일으켰다.

'잘 되었군. 티아나가 잘 설득했나 봐.'

리셀이 허리를 굽혀 들어 올린 매듭 아래로 지나갔다. 그러자 근위대장은 다시금 매듭을 늘어뜨리고는 몸을 돌렸다. 그 모습에 전사들은 실망한 기색이 역력했다. 매듭을 풀어버릴 경우 제약 조건이 모두 사라진다. 아무런 망설임 없이 제국의 원수들에게 쌓인 감정을 풀 수 있게 되는 것이다. 그러나 매듭이 풀리지 않았으니 그러지 못하게 되어버렸다.

"아직은 때가 아니다. 조만간 기회가 주어질 것이다."

버럭 고함을 질러 전사들을 달랜 근위대장이 리셀에게 손짓을 했다.

까딱까딱.

마치 강아지를 부르는 듯한 손짓이었기에 리셀이 쓴웃음을 지었다.

'기사 체면이 말이 아니로군.'

근위대장은 마치 리셀과 한 마디도 섞기 싫다는 듯 몸을 돌려 걸어갔다. 십여 명의 전사들이 리셀의 전후좌우를 에워싼 채 따라갔다.

리셀이 안내된 곳은 발목까지 파묻히는 푹신한 양탄자가 깔려 있는 화려하고 널찍한 홀이었다. 전사들은 계단식으로 된 홀의 아랫부분에 리셀을 세웠다. 계단 위에는 휘장이 쳐 있었는데 기척을 보아 누군가가 있는 것 같았다. 그때 근위대장이 눈을 부라렸다.

"무릎을 꿇어라."

그러나 리셀은 그렇게 하지 않았다.

"내가 무릎을 꿇을 대상은 오직 주군과 황제 폐하뿐이다. 그럴 수 없다."

순간 근위대장이 눈을 부라렸다. 에워싼 전사들이 당장이라도 목을 베어버리겠다는 듯 시미터를 들어 올렸지만 리셀은 눈썹 하나 까딱하지 않았다. 급기야 근위대장이 뽑아든 시미터를 리셀의 턱밑에 들이댔다.

"무릎 꿇지 않으면 지금 이 자리에서 죽을 것이다."

목에 시퍼런 칼날이 대어졌지만 리셀은 전혀 놀라지 않았다.

"죽는 것은 쉽지만 무릎 꿇는 것은 불가능하다. 죽이고 싶으면 죽여라."

태연하게 책상다리를 하고 앉아 버리는 리셀이었다. 그때 휘장 너머에서 나지막한 음성이 들려왔다.

"그만 하도록."

그 말에 근위대장이 시미터를 거둬들이고 뒤로 물러섰다. 전사들 역시 자세를 바로 한 채 공손히 시립했다. 잠시 후 호리호리한 시종 하나가 종종걸음으로 달려나와 리셀의 앞에 탁자 하나를 내려놓았다. 그리고 그 위에 찻잔을 올려놓았다.

'뭐지? 차 대접을 하겠다는 의미인가?'

리셀이 무심코 찻잔을 내려다보았다. 그때 시종이 찻잔에 뭔가를 따랐다.

쪼르르.

검은빛이 도는 매캐한 냄새를 풍기는 액체였다. 찻잔 가득 따른 시종이 리셀을 향해 마시라는 시늉을 했다. 리셀은 길게 생각하지 않고 곧바로 찻잔을 들어 올렸다.

‘마시라면 마셔주지.’

한 모금 마시는 순간 리셀의 눈매가 꿈틀했다. 액체는 결코 평범한 차가 아니었다. 머금은 순간 입안과 목구멍에서 타들어가는 듯한 통증이 느껴졌다. 마치 독을 마셨을 때와 흡사한 현상이었다. 리셀이 순간 갈등했다.

‘독을 먹인 것인가? 이렇게 대놓고 독을 내밀 줄은 몰랐는데……’

그러나 리셀은 남은 액체를 모조리 마셔버렸다. 뱃속에서 참기 힘든 통증이 전해졌지만 내색하지 않았다. 이미 그는 전신에 마나를 순환시키고 있는 상태였다. 몸에 해로운 독은 마나의 작용으로 모조리 배출해버릴 수 있다. 그 믿음 하나로 정체불명의 액체를 마셔버린 것이다. 그리고 참는 데 익숙한 리셀에게 통증을 내색하지 않는 것은 결코 어려운 일이 아니다.

리셀이 다 마시자 시종이 다시 찻잔에 액체를 따랐다. 그리고 마시라는 시늉을 했다. 그때 리셀의 눈빛이 빛났다.

‘결코 독은 아니야.’

아릿한 통증이 전해지긴 했지만 마나는 반응하지 않았다. 다시 말해 몸에 해로운 독이 아니란 뜻이다. 그것을 간파한 리셀이 다시금 찻잔을 들어 올려 액체를 마셔버렸다. 그렇게 다섯 잔의 액체를 연거푸 마시자 비로소 휘장 너머에서 음성이 들렸다.

“생각보다 담대한 자로군. 망설임 없이 찻잔을 비우다니 말이야.”

리셀이 빙그레 웃으며 대답했다.

“설마 손님에게 독을 먹일까 싶어 마신 것뿐이외다.”

“손님? 어리석은 소릴 하는군. 너는 아직까지 손님이 아니라 적이다. 적에게 독을 먹이는 것은 결코 부끄러운 행동이 아니지.”

“독이 들어 있었습니까?”

“독은 아니니 걱정하지 마라. 망설이지 않고 마셨으니 내 음성을 들을 자격은 있다. 그러나 아직까지 손님으로 인정하지 못한다. 다른 시험을 치러야 한다는 뜻이지. 그를 별궁으로 데리고 가도록……”

그의 말이 끝나는 순간 근위대장이 다가와서 리셀의 팔을 붙잡았다.

“가자.”

그는 불문곡직하고 리셀을 잡아끌었다. 리셀은 순순히 근위대장을 따라갔다. 올 때와 마찬가지로 십여 명의 전사들이 빈틈없이 리셀을 에워싼 상태였다. 그는 내궁 안쪽 깊숙한 곳으로 리셀을 끌고 갔다.

파디아는 뛸 듯이 기뻐하고 있었다.

“가, 감사합니다요. 아가씨.”

자유 노예의 신분을 수여받은 것이 파디아에겐 마치 꿈만 같았다. 그럴 것이 자유 노예는 모든 노예들의 선망 어린 눈빛을 받는 높은 직위였다. 전사들조차 섣불리 대하지 못하는 자리였고 궁궐에서 일을 하는 대가로 엄청난 보수를 받을 수 있다. 티아나가 빙그레 웃으며 파디아의 어깨를 두드려 주었다.

"너에겐 충분히 그럴 만한 자격이 있어. 내 생명을 구해주었잖니?"

"그, 그래도……."

"나와 함께 지내자. 때가 되면 근사한 신랑감도 소개해 주마."

"아, 아닙니다요. 그런데 리셀 기사님은?"

그 말에 티아나의 표정이 어두워졌다. 솔직히 그가 어떻게 될지는 그녀조차 몰랐다. 티아나의 기색을 살피던 파디아가 그 자리에 꿇어 엎드렸다.

"아가씨. 제발 리셀 기사님을 구해주십시오. 그분은……."

"네가 말하지 않아도 잘 안다. 최선을 다할 것이니 걱정하지 마라."

티아나가 알고 있는 것은 오직 하나뿐이었다. 그는 지금 어미어의 시험을 받고 있다. 일단 첫 번째 시험은 무난히 통과했다고 했다. 독과 흡사한 반응을 보이는 액체를 망설이지 않고 마신다면 통과할 수 있다. 물론 실제로 독이 들어 있는 경우도 있었다. 어지간히 담이 큰 전사가 아니면 거듭 잔을 마시기 힘들다. 첫 번째 시험을 통과했다는 말에 티아나는 안도의 한숨을 내쉬었다.

'그 정도 시험에 통과하지 못할 녀석은 아니지.'

그러나 다음 시험은 쟁쟁한 전사들조차도 어려워하는 힘든 과정이었다. 바로 환락의 궁이라 불리는 하렘에 집어넣어 두고 반응을 살피는 것이다.

이미 리셀이 환락의 궁에 들어간 지 몇 시간이 지났다. 그 속에는 사내라면 결코 참지 못할 유혹이 기다리고 있었다. 기둥마다 놓인 향로에서는 정신을 혼미하게 만드는 향이 피워졌고 음식과 술에는 욕정을 불러일으키는 약이 첨가되어 있다. 거기에다 수백 명의 아름다운 여인들이 대기하고 있다.

만약 자제력을 잃고 여인을 품는다면 시험은 곧바로 중지된다. 즉각 끌려나가 목이 잘리는 것이다.

'그는 나와 한 막사에서 지내면서도 자신을 절제했어. 충분히 참을 수 있을 거야.'

그러나 그것은 단순한 자기 합리화일 뿐이었다. 하렘의 여인들은 그 정도로 치명적인 유혹 덩어리였다. 거기에다 약의 위력이 더해져 있다. 피 끓는 젊은 사내라면 결코 자신을 억제할 수 없을 터였다. 궁궐의 요소요소에는 틀림없이 시종들이 파견되어 리셀의 일거수일투족을 면밀히 살피고 있을 것이다.

시간이 덧없이 흘러갔다. 사흘이 지나는 동안 아무런 연락도 받지 못했기에 티아나는 목이 타들어가는 것을 느꼈다. 그리고 이곳까지 오며 어느 정도 정이 든 까마귀 전대원들도 걱정되는 것은 마찬가지였다.

　처음 이곳에 도착했을 때 그녀는 까마귀 전대 주위로 줄을 두른 것을 보았다. 그 줄은 사흘 동안 대원들을 보호한다. 줄이 쳐 있는 동안에는 그 누구도 원한을 풀지 못한다. 그런데 그 시한이 거의 끝나가고 있었다.

　'도대체 어떻게 되었을까?'

　결국 참지 못한 티아나가 자리를 박차고 일어났다.

　'아버지에게 가봐야겠어. 과연 어떤 결과가 나왔는지 말이야.'

　파디아가 걱정스러운 어조로 물어왔다.

　"어디 가십니까? 아가씨."

　"리셀에게 갔다 오겠다. 넌 여기 있도록 해. 그곳은 자유 노예에게도 허락되지 않은 장소이니 말이야."

　"아, 알겠습니다. 아가씨."

　티아나는 곧장 본궁의 아버지를 찾아갔다. 가장 총애하는 딸인지라 근위병들은 즉각 그를 마하르에게로 안내해 주었다. 파하드는 본궁의 포단 위에 앉아 묘한 표정을 짓고 있었다.

　"왔느냐?"

　"네, 아버님. 그런데 리셀은 어떻게 되었나요?"

　마하르가 빙글빙글 웃으며 딸의 얼굴을 들여다보았다.

"그자에게 그리 관심이 많으냐?"

"여자로서의 관심이 아니에요. 그저 뛰어난 전사가 허무하게 죽는 것이 안타까워서 그럴 뿐이에요."

"그러냐?"

고개를 끄덕인 마하르가 몸을 일으켰다.

"그렇게 궁금하면 같이 한 번 가보도록 하자. 못 보여줄 것도 없으니 말이다."

"네, 아버님."

티아나가 조용히 몸을 일으켜 아버지의 뒤를 따랐다.

리셀이 시험을 받는 환락의 궁은 본궁의 바로 옆에 위치해 있었다. 본궁의 2층으로 올라간 두 부녀는 건물과 건물 사이를 연결하는 구름다리를 타고 환락궁으로 건너갔다. 잘 단련된 근위병들이 일정한 거리를 두고 그들을 뒤따랐다.

환락궁의 2층에는 제법 넓은 발코니가 있었다. 문을 열기 전, 근위병이 다가와 젖은 천을 건넸다. 약물에 푹 적신 천은 향로에서 피어나는 약기운을 중화시키는 역할을 한다.

천으로 코와 입을 가린 마하르와 티아나가 문을 열었다. 순간 자욱한 연기가 모락모락 피어났다. 마치 젖은 목재를 태울 때 나는 연기처럼 흰 연기가 열린 문을 통해 밖으로 빠져나갔다.

근위병들 역시 젖은 천으로 코와 입을 막고 있었다. 안으로 들어가자 훤히 트인 넓은 공간이 아래쪽에 모습을 드러냈다. 그들이 들어간 환락궁의 2층은 둥그런 원형 공간의 가장자리에 툭 튀어나와 있었다. 그런 만큼 아래층의 정경이 한 눈에 들어왔다.

가장 먼저 눈에 들어오는 것은 살색의 물결이었다. 거의 벗은 것이나 다름없는 여인들이 약기운에 취해 몸을 흐느적거리고 있었다. 그야말로 눈 뜨고는 볼 수 없는 광경이었다.

포단에 비스듬히 기댄 채 물담배를 피우는 여인도 있었고 약 기운에 완전히 사로잡혀 서로의 몸을 애무하는 여인들도 있었다. 바로 그 사이에 리셀이 있었다. 그를 발견한 티아나의 얼굴이 확 밝아졌다.

'역시나 리셀이로군. 환락의 궁에서도 자신을 절제하고 있다니 말이야.'

리셀은 눈을 감은 채 책상다리를 하고 앉아 있었다. 약에 취한 여인들이 끊임없이 그의 몸을 더듬었다. 심지어 중요한 부위에 손이 파고드는 경우도 있었다. 그럼에도 불구하고 리셀은 미동도 하지 않고 앉아 있었다. 숨결도 평온했고 안색 역시 평소와 다름이 없었다. 그 모습에 티아나는 눈물이 핑 도는 것을 느꼈다.

'얼마나 힘들었을까? 어지간한 전사들도 견뎌내기 힘든 과정인데 말이야.'

귓전으로 아버지의 음성이 파고들었다.

"사흘 동안 저런 상태로 꿈쩍도 하지 않았다고 한다. 실로 놀라운 사내이지. 그의 정신력은 우리 일족이 보유한 그 어떤 전사보다도 굳건하다."

그녀가 놀란 눈빛으로 아버지를 쳐다보았다. 지금껏 마하르가 누구를 이토록 극찬하는 건 처음 들어보았다. 마하르가 곧 이유를 설명했다.

"저자가 먹는 음식에는 가장 독한 약이 들어 있었다. 나 자신조차도 이성을 잃지 않는다고 자신할 수 없는 약이지. 그런 약이 든 음식과 물을 하루 세 끼 챙겨 먹었는데도 여전히 자신을 절제하고 있다. 비로소 나는 저자가 너와 같은 막사에 지내면서도 널 건드리지 않았다는 사실을 실감할 수 있었다."

"그렇다면 시험에 통과한 것인가요?"

"일단은 나와 대화할 자격은 인정받은 셈이다. 물론 그것뿐이야. 우선 그와 대화를 해 볼 생각이다. 저 정도 정신력이라면 충분히 우리 부족의 손님으로 존중받을 자격이 있어."

티아나가 배시시 미소를 지었다.

"다른 사람도 아닌 제가 전사로 인정한 자입니다. 결코 평범할 리가 없지요."

"그래. 네 안목은 훌륭했다."

고개를 끄덕인 마하르가 문 쪽으로 몸을 돌렸다. 실내를 가득 채운 약기운이 조금 거북했던 모양이었다. 티아나 역시 재빨리 그 뒤를 따랐다. 그러면서도 그녀의 눈빛은 은근슬쩍 리셀을 쳐다보고 있었다.

'이런 연기 속에서 사흘을 참다니. 넌 정말 대단한 남자야.'

부녀가 나가고 문이 닫혔다.

리셀은 아무런 생각도 하지 않았다. 딴생각을 하면 이성을 잃어버릴지도 몰랐다. 지금 리셀이 할 수 있는 일이라곤 오로지 전력으로 마나를 순환시키는 것뿐이었다.

처음 환락의 궁에 들어섰을 때 리셀은 숨이 턱 막히는 것을 느꼈다. 실내 전체가 희뿌연 연기로 가득 덮여 있었다. 연기는 기둥마다 놓인 향로에서 자욱하게 뿜어지고 있었다. 왠지 모르게 정신이 혼미해지는 약이었다. 홀을 가득 메운 반라의, 혹은 전라의 여인들을 본 리셀이 침을 꿀꺽 삼켰다.

'저들의 유혹을 버텨내는 것이 시험을 통과하는 길인가?'

여인들은 더없이 아름다웠다. 그리고 각양각색의 생김새를 하고 있었다. 그중에는 옅은 금발을 한 아스트리아 여인도 있었다. 갖가지 머리색에 다양한 눈동자, 그리고 살결을 지닌 여인들이 리셀을 향해 흐느적거리며 다가왔다. 그리고 리셀의 몸을 더듬기 시작했다. 리셀은 바야흐로 생애 최대의 시련이 찾아왔음을 직감했다.

'어떠한 일이 있어도 참아야 해.'

리셀은 눈을 꼭 감은 채 포단에 주저앉았다. 그리고 전력을 다해 자신을 억제하기 시작했다. 그러나 그 결심은 그리 오래

가지 않았다. 여인들이 입속에 넣어주는 과일에는 색욕을 유발하는 약이 들어 있었다. 물에도 약을 녹여두었는지 그 맛이 달착지근했다. 약기운이 발동하자 리셀의 눈이 벌겋게 충혈되었다.

"끄으으."

더 이상 참지 못한 리셀이 눈을 뜨려 했다. 바로 그때 마나의 순환이 시작되었다. 마나가 끊임없이 전신을 순환하며 리셀의 이성을 잠식해 들어가던 약기운을 말끔히 밖으로 배출해버렸다.

'이번에도 마나의 도움 덕분에 겨우 살았군.'

겨우 이성을 되찾은 리셀이 가슴을 쓸어내리며 다시 눈을 감았다. 그 상태로 사흘 동안 버텨낸 것이다.

그동안 여인들은 끊임없이 리셀을 유혹했다. 그리고 먹고 마시는 것마다 어김없이 약이 타져 있었다. 그러나 순환하는 마나는 약효로부터 리셀을 지켜주었다. 다만 여인들의 유혹만큼은 리셀이 의지로 참아내야 했다. 부드러운 손길이 허벅지 안쪽으로 은근슬쩍 파고들 때마다 리셀은 한 가지를 반복해 되뇌고 있었다.

'이것은 여인의 손이 아니라 뱀이야. 뱀. 징그러운 뱀!'

실로 인내심의 한계를 실감케 하는 시험이었다. 그러나 모든 시련에는 무릇 끝이 있는 법이다.

덜컹.

　문이 열리고 서너 명의 사람들이 들어왔다. 약에 취한 여인들이 무턱대고 그들에게 다가갔다. 그러나 들어온 자들은 냉정한 얼굴을 한 전사들이었다. 그들은 무자비하게 여인들을 밀쳐내고 리셀에게 다가갔다. 그들의 허리에서 절그렁거리는 시미터를 보자 비로소 겁을 집어먹은 듯 여인들이 뒤로 물러섰다.

　“눈을 뜨시오.”

　눈을 뜬 리셀의 시야에 익숙한 근위대장의 얼굴이 보였다. 그런데 그의 표정이 무척 이상했다. 뭐라고 표현하기 힘든 눈빛으로 리셀을 멍하니 쳐다보던 근위대장이 리셀에게 손짓을 했다.

　“본관을 따라나오시오. 시험은 종료되었소.”

　기다리던 참이라 리셀이 냉큼 몸을 일으켰다. 그러나 워낙 오랫동안 앉아 있어서 순간적으로 다리가 저려왔다. 중심을 잡지 못해 비틀거리던 리셀을 놀랍게도 근위대장이 부축해 주었다.

　“너무 급히 움직이지 마시오. 그대는 너무 오래 앉아 있었소.”

　근위대장의 말투는 판이하게 변해 있었다. 처음에는 마치 천한 노예를 대하듯 하대와 손짓으로 일관하던 그였다. 그런데 지금 그는 리셀에게 상당히 우호적인 눈빛을 보내고 있었다.

리셀은 그의 부축을 받으며 환락의 궁을 나섰다.

"그래. 버틸 만하셨소?"

근위대장의 말에 리셀이 얼굴을 찡그렸다.

"인내심의 한계를 경험해보았습니다. 두 번 다시 치르고 싶지 않은 시험이군요."

리셀의 솔직한 대답에 근위대장이 씩 웃었다.

"그럴 거요. 어미어께서 기다리시고 계시오. 갑시다."

근위대장이 리셀에게 느끼는 감정은 경이였다. 어미어의 지시를 받아 리셀을 직접 감시하기까지 한 그는 이번 시험이 얼마나 어려운지를 알고 있었다. 그는 음식과 물에 직접 약을 탄 인물이다. 당시 음식에 약을 타면서 근위대장은 과연 호레이살 부족을 통틀어 이 시험을 통과할 수 있는 전사가 존재하긴 할지 의심스러워했다. 그 정도로 독한 약을 쓴 것이다.

그런데 눈앞의 제국 기사는 훌륭히 시험을 통과해냈다. 그런 치명적인 유혹으로부터 자신을 절제할 수 있었던 정신력은 실로 찬탄받아 마땅한 일이다. 그게 바로 근위대장의 태도가 변한 이유였다.

호레이살 부족은 전통적으로 강한 전사를 숭상한다. 어떤 상황에서도 눈썹 하나 까딱하지 않는 담대함과 강인한 정신력을 가진 전사는 비록 적일지라도 아낌없이 박수를 보내는 풍조를 가지고 있다. 그런 호레이살 부족의 전사인 근위대장이 리셀에게 호감을 느끼는 것은 어찌 보면 필연이었다. 돌연 리셀이 근위대장을 쳐다보았다.

"그런데 내 부하들은 어떻게 지내고 있소?"

사흘 동안 소식을 듣지 못했으니 당연히 궁금할 수밖에 없다. 근위대장은 순순히 대답해 주었다.

"그들은 어제부터 시험을 치르고 있소. 당신이 받은 것과 같은 종류는 아니지. 나름대로 잘 치르고 있으니 걱정하지 않으셔도 되오. 물론 아무도 죽지 않았소."

아무도 죽지 않았다는 말에 리셀이 안도의 한숨을 내쉬었다.

"크어억."

피를 토하는 듯한 비명과 함께 우람한 덩치가 바닥으로 무너져 내렸다. 쓰러진 사내의 얼굴은 도저히 형체를 알아볼 수도 없을 만큼 부풀어 올라 있었다. 그 앞에는 역시 멍이 들고 부풀어 올라 얼굴이 엉망이 된 사내 하나가 불끈 거머쥔 주먹을 하늘 높이 치켜들었다.

"흐흐흐. 또 이겼다."

"역시 레인 부전대장님이셔."

줄 안에 옹기종기 모여 환호성을 내지르는 이들은 까마귀 전대원들이었다. 그런데 그들의 상태가 실로 심각했다. 하나같이 눈두덩에 멍이 들고 볼이 찐빵처럼 부풀어 올라 있었다. 게다가 대원들 태반이 피에 찌든 솜으로 코를 틀어막고 있었다. 그런 처참한 몰골에도 불구하고 그들은 왁자지껄하게 떠들며 조금 전 사막 전사를 때려눕힌 레인 부전대장을 맞이하고 있었다. 도대체 까마귀 전대가 어찌하여 이런 일을 겪고 있을까? 시련은 바로 어제부터 시작되었다.

시미터를 움켜쥐고 줄 밖에서 서성이는 전사의 수는 시간이 지날수록 늘어났다. 물경 수백 명에 육박할 정도였다. 그들의 정체는 바로 제국군에게 원수를 갚고자 각 부족에서 달려온 전사들이었다. 하나같이 가족이나 형제 중 하나를 제국군에게 잃은 자들로서 까마귀 전대를 대상으로 원한을 표출하기 위해 이곳까지 온 것이다.

"네헤라자드에 제국의 돼지들이 있다."

"놈들의 목을 베어 죽은 형제의 원혼을 위로하자."

바로 그런 의도로 이곳에 모여들었건만 전사들은 쉽사리 뜻을 이루지 못했다. 어미어의 근위대원들이 곧바로 까마귀 전대의 주위에 주술사의 축수가 뿌려진 줄을 둘렀기 때문이었다. 그 안에 있을 경우 어떠한 일이 있어도 원한 관계를 해소할 수 없다.

해서 전사들은 오직 매듭이 풀리기만을 기다렸다. 매듭만 풀리면 망설임 없이 달려들어 쌓이고 쌓였던 원한을 풀 수 있으리란 기대 때문이었다. 고작 사흘. 피 끓는 원한을 생각해보면 충분히 기다릴 수 있는 시간이다.

　그런데 이틀째가 되던 날, 근위대원들이 뜻밖의 행동을 했다. 까마귀 전대원들이 갇힌 공간 바로 옆에 초록색과 노란색이 섞인 줄을 둘러 공터를 만든 것이다. 근위대원들은 두 줄의 매듭 부분을 이었다. 그리고 나서야 줄의 매듭을 풀었다. 그것을 본 전사들은 맥이 탁 풀리는 것을 느꼈다.

　"맨주먹으로 어찌 피 끓는 원한을 갚는다는 말인가?"

　"어미어께서도 너무하시는군."

　푸른색과 노란색이 섞인 줄의 의미는 원수를 갚는 행위를 인정하되 일체 무기를 사용하지 말라는 뜻이었다. 새로 줄을 쳐 놓은 공터에는 결코 무기를 소지하고 들어가지 못한다. 다시 말해 원수를 갚으려면 철저히 맨주먹으로 상대해야 한다는 뜻이다. 그러나 어찌할 것인가? 이미 백여 명의 근위대원들이 새로 친 줄 가장자리에 서서 눈을 번뜩이고 있었다.

　결국 전사 한 명이 시미터를 내팽개치고 줄 안으로 들어왔다. 근위대원이 대기하고 있다가 단검 등 감춘 무기가 없음을 확인하고 들여보내 주었다. 전사는 머뭇거림 없이 까마귀 전대가 있는 곳으로 달려가 버럭 고함을 질렀다.

　"이 제국 돼지 놈들아! 당장 나와라. 아하르 부족의 타킴이 형의 원수를 갚을 것이다."

　물론 까마귀 전대원들이 레오폰 말을 알아들을 순 없었다. 그러나 허공에 주먹을 휘두르며 욕지거리를 내뱉는 타킴의 의도는 어렵지 않게 알아차릴 수 있었다.

“놈이 싸우자는데 어떻게 하지?”

“뭘 어떻게 해? 지금까지 까마귀 전대가 상대의 도전을 피해 본 적이 있어? 맨주먹으로 나왔으니 맨주먹으로 맞서 줘야지.”

대원 한 명이 목을 좌우로 돌리며 걸어나갔다. 상황이 상황인데도 대원들의 얼굴에는 일말의 불안감도 찾아볼 수 없었다.

리셀을 만나기 전 까마귀 전대원들이 하던 일이 무엇인가? 선술집에서 진탕 술을 먹고 만취해 패싸움을 하던 것이 그들의 일상사였다. 지금껏 싸움은 지긋지긋할 정도로 해 보았다. 그런 만큼 대원들이 치고받는 것을 두려워할 리가 없었다.

게다가 그들은 리셀과 함께 연병장에서 구르면서 체력이 비약적으로 향상되었다. 차라리 조용히 있는 것보다 화끈하게 싸움을 벌이는 것이 까마귀 전대원들의 직성에 더 맞는 일이었다. 앞으로 나선 대원은 사슬갑옷에 이어 제복 윗도리까지 벗고는 주먹으로 가슴을 탕탕 쳤다.

“자! 덤벼라 애송아. 까마귀 전대원의 주먹이 얼마나 매운지 알려주마.”

복수심에 불타는 전사 타킴이 그를 향해 주먹을 휘두르며 달려들었다. 이어진 것은 어지럽게 치고받는 난타전이었다.

퍽 퍼퍽 퍽.

확실히 체격은 까마귀 전대 쪽이 우세했다. 제국인은 레오폰 사람보다 대체적으로 키와 덩치가 크다. 그만큼 힘이 좋을 수밖에 없다는 뜻이다. 까마귀 전대원들은 상대의 공격을 피하지 않고 얼굴이나 몸으로 받아낸 뒤 받아치는 전법을 썼다. 간단히 말해 한 대 맞고 한 대 치는 형식이었다. 결국 만신창이가 된 타킴이 더 이상 버티지 못하고 나가떨어졌다.

"흐흐. 까마귀 전대는 전투뿐만 아니라 싸움도 잘한다고……."

눈탱이가 밤탱이가 된 채 코피를 줄줄 흘리던 대원이 늘어진 타킴을 부축해 일으켰다. 그리고 화들짝 놀라 달려온 근위대원에게 곱게 건네주었다. 그렇게 해서 첫 싸움은 까마귀 전대의 승리로 귀결되었다.

그러나 그것은 시작에 불과했다. 타킴이 무참히 두들겨 맞고 뻗은 것을 본 전사들이 분개해서 분분히 뛰어들기 시작한 것이다. 물론 규칙이 규칙인지라 무기를 쓰지 못하고 맨몸으로 싸워야 했지만 전사들은 아랑곳하지 않았다. 이후 까마귀 전대의 고난이 시작되었다.

분노에 불타는 레오폰 전사들의 대열이 길게 늘어졌다. 싸울 순번을 기다리는 대기열이었다. 까마귀 전대원들은 그야말로 질릴 정도로 싸워야 했다. 한 명당 족히 대여섯 명과 인정사정없이 치고받아야 했다.

물론 까마귀 전대원들이 대부분 승리를 거뒀지만 반대로 사막 전사에게 얼어맞고 뻗은 대원도 있었다. 그럴 경우 다른 대원이 즉각 달려나와 도전을 했다. 흠씬 두들겨 맞아 얼굴이 엉망이 되었지만 대원들의 투지는 조금도 꺾이지 않았다.

결국 하루 종일 원 없이 싸운 끝에 해가 저물었다. 근위대원이 손을 들어 대결의 종료를 선언했다.

"그만, 오늘은 여기까지만 한다. 원한을 풀지 못한 전사들은 내일 이 자리로 와라."

순번이 되지 않아 싸우지 못한 전사들은 내일을 기약하며 아쉬운 발길을 돌려야 했다. 그날 밤 까마귀 전대가 있는 곳에서는 밤새도록 앓는 소리가 퍼져 나갔다.

다음 날, 다시 대결을 주선한 근위대원들은 놀란 표정을 지었다. 어제 그토록 실컷 치고받았는데도 까마귀 전대원들이 동요 없이 대결을 준비하고 있었기 때문이었다. 그 정도로 치열하게 싸웠다면 며칠 동안 드러누워 끙끙 앓아야 정상이다. 그런데 까마귀 전대원들은 언제 싸웠냐는 듯 생생한 모습으로 도전을 기다렸다.

물론 얼굴들은 하나같이 엉망이었다. 눈두덩에 든 멍은 그야말로 절정기를 자랑하는 푸른빛을 뽐냈고 퉁퉁 부어오른 얼굴은 도저히 인간의 것이 아니었다. 그럼에도 불구하고 왁자지껄하게 떠들며 대결을 관전했다. 도전을 받은 대원은 새로 나온 쌩쌩한 전사를 향해 가슴을 탕탕 두드리는 여유까지 부렸다. 그러니 근위대원들이 질릴 법도 했다.

그러나 까마귀 전대원들이 그간 해온 수련을 감안하면 그다지 이상할 것도 없는 일이었다. 까마귀 전대원들은 무려 5년 가까이 지옥 훈련을 해왔다. 그 훈련량은 실로 상상을 초월한다. 그렇게 단련된 까마귀 전대원들이 고작 하루 싸웠다고 늘어질 리가 없었다. 이 정도로 뻗는다면 그동안 연무장에 흘린 피와 땀이 아깝다고밖에는 달리 할 말이 없었다.

퍽 퍼퍽 퍽.

정신없이 주먹이 오고 간 끝에 전사는 결국 흠씬 두들겨 맞고 나가떨어졌다. 승리를 거둔 대원이 주먹을 들어 올리며 의기양양하게 웃었다.

"으하하하. 아직 힘이 남았다. 또 누가 덤비겠는가?"

그 태도에 줄을 서서 기다리던 사막 전사들이 질린 표정을 지었다. 어제 싸운 모습을 똑똑히 목격했던 그들이었다. 오늘도 하루 종일 싸워야 할 것이 뻔한데도 단 한 명도 기가 죽지 않는 것이다.

"하나같이 괴물들이로군."

"저 정도로 독종들이니 일선의 전사들이 까마귀 전대라면 치를 떨지."

그러나 전사들은 쉽사리 도전을 포기하지 않았다. 결국 까마귀 전대원들은 그날도 원 없이 치고받는 치열한 싸움을 해야 했다.

제9장
하쿠에레차

리셀은 부족장인 마하르와 마주앉아 있었다. 첫날에는 계단 아래쪽밖에 허락되지 않았지만 지금은 동등한 위치에서 차를 대접받고 있었다. 마하르가 자신과 대화할 자격이 있음을 확실하게 인정한 것이다.

"차 맛이 좋군요."

"상당한 고급품이지. 그래, 몸은 좀 어떤가?"

"괜찮습니다."

"자넨 이제 우리 부족의 손님이야. 깐깐하던 근위대장도 두 말없이 인정하더군."

"그렇다면 제가 맡은 임무를……."

마하르가 조용히 손을 들어 리셀의 말을 가로막았다.

"자넬 손님으로 인정하겠다는 뜻이지 제국의 제안을 받아들인다는 말은 아니야. 설령 내가 허락하더라도 다른 일족까지 그러지는 않을 걸세."

"일족이요?"

"호레이살 부족은 수많은 일족과 그에 협력하는 다수의 부족으로 이루어져 있네. 하란티아 부족도 마찬가지이지. 따라서 내가 명령한다고 모두가 따르는 것은 아니라네."

잠시 말을 끊은 마하르가 리셀의 눈을 지그시 들여다보았다.

"자네가 뜻을 이루려면 모든 일족과 부족의 원한을 직접 감당해야만 하네. 그래야만 그들도 적의를 버리고 자넬 대화의 상대로 인정할 걸세. 제국과 협력하느냐 마느냐 하는 문제는 그 이후에나 논의할 수 있네."

"제가 어떤 식으로 그들의 원한을 풀어주어야 한다는 말입니까?"

마하르의 대답은 짧았다.

"하쿠에레차! 술, 그리고 칼이라는 고대어일세. 전통적으로 우리 부족이 원한을 해소하는 방법이기도 하지. 자네 같은 경우처럼 깊고 거대한 은원 관계가 맺혀 있을 때에만 쓸 수 있는 방법이지."

"하쿠에레차?"

마하르의 말을 되뇌어 보던 리셀이 고개를 갸웃거렸다. 무슨 방법인지 도무지 짐작이 가지 않았다.

"하쿠에레차란 것은 간단해. 술을 한 잔 마시고 나서 싸우는 거야."

"그게 다야?"

"하쿠에레차를 통과하면 그간의 원한을 접고 대화를 시도할 수 있어. 하지만 너 같은 경우는……."

티아나가 묘한 표정을 지으며 리셀에게 손가락질을 했다.

"원한을 맺은 부족이 엄청나게 많기 때문에 수도 없이 싸워야 해. 물론 그만큼 술도 많이 마셔야 하지. 엄연히 따지면 제국에 대한 원한이지만 그들을 대표해서 온 네가 모두 감당해야 해."

돌연 그녀의 눈빛이 미묘하게 빛났다.

"일전에 파디아에게 들었는데 술이 그렇게 세다면서? 서른 명의 부하들을 모조리 술로 보낸 적도 있다고 하던데?"

그 말에 리셀이 얼굴을 찡그렸다.

"술을 좋아하지는 않아. 그저 잘 취하지 않는 것뿐이지."

"그 정도면 충분해. 레오폰의 전사들은 담이 큰 자와 함께 술을 잘 마시는 자를 높이 쳐주지. 한두 잔 먹고 뻗는 사람은 사내로 인정해주지도 않아."

"별난 풍습이로군."

리셀은 지금 티아나 소유의 궁에서 담소를 나누고 있었다. 바로 옆에는 파디아가 눈물을 글썽이며 리셀을 하염없이 쳐다보고 있었다. 리셀이 어미어의 손님으로 인정받은 사실이 더 없이 기뻤던 파디아였다.

파디아의 소식을 듣고 리셀은 매우 기뻐했다. 처음에는 자유 노예란 말에 다소 떨떠름한 표정을 지었지만 실상은 매우 높은 신분의 궁정 고용인이란 걸 알게 되자 비로소 얼굴을 풀었다.

"어미어 궁 전체를 따져보아도 자유 노예는 고작 서른 명도 되지 않아. 이제 파디아 걱정은 안 해도 될 거야."

"고맙군. 약속을 지켜주어서……."

"약속을 떠나 그 아이는 내 은인이기도 해."

공녀의 궁에서 외국의, 그것도 젊은 남자가 머물고 있다는 것은 이해하기 힘든 일이다. 일곱 살이 넘는 남자아이와 여자아이를 같은 자리에 두지 않는 것이 레오폰의 풍습임을 감안할 때 쉬이 믿을 수 없는 일이었다. 그러나 리셀은 보통 사람이 아닌 어미어가 인정한 손님이었다. 그리고 환락의 궁에서도 일체 흔들리지 않은 정신력을 지닌 사람이었다.

때문에 마하르는 리셀이 티아나의 궁으로 들어가는 것을 전혀 꺼려하지 않았다. 오히려 하쿠에레차의 절차에 대해 잘 들어보라고 근위병을 시켜 안내까지 해 주었다. 그 덕택에 리셀은 공녀의 궁에 들어와 티아나와 두런두런 담소를 나눌 수 있었다.

"요는 실컷 술을 마시고 실컷 싸워야 한다는 말이겠지? 뭐, 못할 것도 없지."

"가급적 상대 전사에게 상처를 입히지 말도록 해. 규정상으론 죽여도 무방하지만 그렇게 될 경우 또 다른 원한 관계를 맺게 되니까 말이야. 지금은 원한을 풀고 대화하는 것이 중요해."

"젠장, 상처 입히지 말고 제압하라니. 무척 어려운 주문을 하는군."

티아나가 피식 웃으며 툴툴거리는 리셀을 쳐다보았다.

"그만한 실력이 되는 거 아니까 괜히 엄살 부리지 마. 아무튼 여러 부족 사람들 앞에서 제국 기사의 실력이 만만치 않다는 사실을 확실하게 보여주어야 대화가 순탄히 풀릴 거야."

"알겠다. 걱정하지 마. 그나저나 부하들이 밥이나 잘 먹고 있는지 궁금하군."

그 말에 티아나가 미소를 지었다.

"조금 전 보고를 받았다. 부하들 역시 너 못지않은 괴물이더군. 그들은 장장 사흘 동안 전사들과 치고받는 혈투를 벌였어. 어미어의 명으로 인해 무기를 쓸 수 없기는 하지만 그래도 만만치 않은 과정인데 잘 넘겼어."

대원들의 소식을 들은 리셀의 눈이 휘둥그레졌다.

"그게 사실이야?"

"너처럼 부하들 역시 시험을 치르고 있는 셈이지. 개인적인 원한을 공개적인 장소에서 맨주먹으로 해소하며 전사들의 복수심을 누그러뜨리는 거야. 어쨌거나 그들은 시험을 훌륭히 통과해냈어. 만신창이가 되는 것도 마다 않고 사흘 내내 싸웠으니. 나중에는 복수를 하려고 달려든 전사들이 도리어 질려서 도전을 포기했다고 하더군. 사흘 동안 싸웠으면서도 눈썹 하나 까딱하지 않았다고 말이야. 심지어 근위대원들 중 몇몇은 그들을 진정한 사내로 인정하기까지 했다고 들었어."

리셀이 쓴웃음을 지었다. 평소 대원들이 독종이라는 생각을 하긴 했지만 그 정도였다니.

"그들의 활약으로 개인적인 원한은 어느 정도 해소되었어. 내일 시작되는 하쿠에레차를 통해 네가 부족의 공식적인 원한까지 해결해내면 이제 우리 부족과 동등한 자격에서 제국과의 문제를 논의할 수 있어."

"정말 거창하군. 사막 부족과 대화 한 번 하는 것이 이렇게 어렵다니 말이야."

"사실 난 여기까지 올 수 있을지도 의심스러웠어. 우리 부족의 자존심은 그 정도로 고결하지. 어쨌거나 넌 대단한 일을 해냈어. 내일 하쿠에레차의 모든 과정을 견뎌낸다면……."

리셀을 쳐다보는 티아나의 눈빛에는 묘한 갈망이 서려 있었다.

"제국은 원하는 바를 얻을 수 있을 거야. 우리 부족은 한 번 마음을 연 자에게는 아무것도 아끼지 않으니까 말이야.”

“기대하도록 하지.”

리셀이 묵묵히 고개를 끄덕였다.

날이 밝았다. 어미어가 내려준 또 다른 별궁에서 밤을 보낸 리셀은 아침 일찍 정복을 차려입고 근위병의 안내를 받아 궁궐의 안마당으로 향했다. 어미어인 마하르는 이미 하쿠에레차를 치를 만반의 준비를 갖추어 놓고 있었다.

레오폰 궁궐의 안마당은 매우 넓었다. 족히 수천 명은 수용할 수 있을 것 같았다. 구석에는 형형색색의 차양이 드리워져 있었고 수를 헤아릴 수 없는 사람들이 그 안에 빼곡히 앉아 있었다.

근위병의 안내를 받으며 걸어가던 리셀의 눈이 빛났다. 부하들의 모습을 본 것이다. 까마귀 전대 대원들이 한쪽 구석에 옹기종기 모여앉아 있었다. 그들의 주위에는 예의 그 줄이 빈틈없이 둘러져 있었다. 리셀이 급히 근위대원에게 말했다.

“부하들을 좀 만나도 되겠소?”

근위대원이 공손히 머리를 꺾었다.

“원하시는 대로 하십시오.”

리셀은 이제 적이 아니었다. 어미어가 공식적으로 인정한 손님이다. 때문에 근위대원들은 리셀에게 극도로 공경한 태도를 취했다.

"대신 줄 안으로 들어가지는 마십시오. 저들은 아직까지 손님으로 인정받지 못했습니다."

"알겠소."

가까이 다가가자 대원들의 참혹한 얼굴이 눈에 들어왔다. 하나같이 찐빵처럼 부풀어 오른 얼굴에 시퍼런 멍이 뚜렷이 아로새겨져 있었다. 줄 앞에 선 리셀이 참지 못하고 실소를 터뜨렸다.

"풋! 푸후훗."

각자 개성이 뚜렷하던 대원들의 모습이 이제 다 비슷비슷해 보였다. 특히 근엄하고 준수하던 레인의 모습은 어디에서도 찾아볼 수 없었다. 리셀이 웃는 모습을 본 대원들도 덩달아 웃음을 터뜨렸다.

"웃지 마십시오. 대장님이라도 그렇게 치고받으면 우리 꼴이 되지 않을 것 같습니까?"

"정말 원 없이 싸웠습니다. 평생 맞을 매를 사흘 동안 다 맞은 것 같다니까요."

"그래도 놈들이 떼로 덤비지는 않더군요. 그래서 치고받을 만했습니다."

히쭉 웃는 윌슨의 잇몸 사이로 빈자리가 역력했다. 이빨이 족히 서너 개는 부러져나간 것 같았다. 리셀이 배를 잡고 폭소를 터뜨렸다.

"제, 제발 부탁이다! 웃지 말아다오."

그 말에 윌슨이 동료를 쳐다보며 입을 벌렸다.

"뭐가 그렇게 이상한데?"

"푸하핫. 대장님 말씀대로 넌 웃지 않는 게 좋겠다."

왁자지껄하게 웃고 떠드는 까마귀 전대원들을 보며 근위대원들이 질린 표정을 지었다. 그렇게 실컷 두들겨 패고, 두들겨 맞았으면서도 웃고 떠드는 것을 보니 확실히 보통 사람들은 아니었다. 간이 배 밖으로 나왔다고밖에는 달리 표현할 길이 없었다.

"제국의 기사들도 무척 담대하군."

"인정할 수밖에 없는 사내들이야. 정말 대단해."

대원들과 해후를 나눈 뒤 리셀이 지정된 자리로 이동했다.

"그럼 다녀오마. 쉬고 있도록 해라."

"대장님을 믿습니다."

"대장님 뒤에는 저희들이 있습니다. 걱정하지 마십시오."

이미 그들은 리셀이 시험을 치를 것이란 사실을 알고 있었다. 그리고 리셀이 그 시험을 통과한다면 그들 역시 호레이살 부족의 손님으로 인정받을 수 있다는 것도 알고 있었다. 어젯밤 파디아가 가서 몰래 소식을 전해준 것이다.

하쿠에레차란 게 도대체 무슨 시험인지는 모르지만 어쨌거나 그들은 리셀을 굳게 믿고 있었다. 그들의 눈에 비친 리셀 전대장은 세상에서 하지 못할 것이 없어 보이는 초인이었다.

리셀이 지정석에 도착하자 하쿠에레차가 시작되었다. 잠시 후, 어미어인 마하르가 나와 하쿠에레차의 개최를 선포했다.

"이제부터 하쿠에레차를 시작한다. 당사자는 앞으로 나서라."

근위대장이 다가가 리셀에게 절도 있게 허리를 꺾었다.

"이리 오십시오."

리셀은 근위대장의 안내를 받아 공터 한가운데로 나갔다. 공터 주위는 차양이 빙 둘러쳐 있었고 많은 사람들이 빽빽이 앉아 있었다.

"그는 아스트리아 제국을 대표해서 시험을 치를 기사 리셀이다. 과연 그에게 모든 부족의 은원을 감당해낼 만한 역량이 있는지, 그리하여 대화를 나눌 자격이 있는지를 오늘 이 자리에서 시험받게 될 것이다. 하쿠에레차, 술 그리고 칼로 묵은 원한을 해소한다. 그리고 그 결정에는 누구도 이견을 제시할 수 없다. 그럼 지금부터 절차를 시행하도록 하겠다."

말을 마친 마하르가 차양을 쭉 둘러보았다. 차양 아래에는 각 부족의 부족장들이 전사들을 대동한 채 빼곡히 앉아 있었다. 곧 차양 근처에서 깃발이 어지럽게 흔들렸다. 마하르는 그 중에서 가장 빨리 올라온 깃발 하나를 지목했다.

"파스레짐 부족에게 우선권을 부여한다. 하쿠에레차를 시행하라."

어미어의 말을 들은 파스레짐 부족의 부족장이 안색을 환히 밝히며 일어섰다. 그의 손에는 양의 위장으로 만든 큼지막한 가죽 주머니가 들려 있었다. 그리고 한눈에 보기에도 잘 단련된, 덩치가 당당한 전사 한 명이 뒤따랐다.

파스레짐 부족의 부족장은 얼굴이 온통 주름살로 덮인 노인이었다. 그가 다가와 리셀의 얼굴을 빤히 쳐다보았다. 그런 다음 손에 들고 온 가죽 주머니를 건넸다. 마하르의 설명이 이어졌다.

"파스레짐 부족이 준비해 온 술을 마셔라. 그리고 부족의 전사와 싸워라. 이길 경우 파스레짐 부족의 원한은 그 순간부터 소멸된다."

그 말을 들은 리셀이 망설임 없이 가죽 부대를 받아들었다. 그리고 입에 대고 벌컥벌컥 들이켰다.

파스레짐 부족이 준비해 온 술의 맛은 참으로 설명하기 힘들었다. 양젖을 발효시켜 만든 것 같은데 느끼하고 메스껍기까지 했다. 도수가 매우 셀뿐더러 양이 결코 적지 않았다. 주머니에 들어 있는 술을 모두 마신 리셀은 배가 그득해짐과 동시에 머리가 핑 도는 것을 느꼈다. 그 정도로 센 술이었다. 물론 리셀이 마나의 순환을 시작하자 사슬갑옷 사이로 알코올 기운이 모락모락 피어올랐다. 찝찝한 뒷맛으로 말미암아 절로 얼굴이 찡그려졌지만 리셀은 내색하지 않은 채 빈 가죽 주머니를 족장에게 건넸다.

가죽 주머니를 받아든 족장이 그것을 거꾸로 들어 술을 다

마셨음을 모두에게 보여주었다. 그런 다음 그가 뒤로 빠지고 함께 나온 전사가 시미터를 뽑아들었다.

좌르릉.

호레이살 부족 전사와는 달리 한 자루의 시미터만을 들고 있었다. 그 모습을 본 리셀이 잠자코 검을 뽑아들었다. 두 자루의 검이 쏟아지는 햇살을 받아 눈부시게 빛났다. 리셀이 자리를 잡자 전사가 기다렸다는 듯 달려들었다.

"끼요오옷!"

괴성을 지르며 달려든 전사의 시미터를 리셀이 가볍게 검을 휘둘러 쳐냈다. 사실 이것은 리셀에게 극히 불공평한 결투였다. 상대는 리셀을 죽일 각오로 달려드는 반면 리셀은 전사를 가급적 상처 입히지 않고 제압해야 한다. 그런 불리한 전제 조건을 깔고 시작하는 것이다. 만만치 않은 실력을 지닌 전사를 상처 입히지 않고 제압하는 것은 무척이나 어렵다. 때문에 리셀은 간단히 해결하기로 마음먹었다. 상대의 무기를 부숴버림으로써 항복을 받아내기로 한 것이다.

기계적으로 상대의 공격을 쳐내던 리셀이 돌연 어깨에 마나를 밀어 넣었다. 전신의 마나가 쫙 빨려 들어가며 장검에 미증유의 힘이 실렸다. 그 상태로 공격해오는 전사의 시미터 중단을 후려갈겼다.

푸캉.

날카로운 격돌음과 함께 덩치 좋은 전사의 몸이 휘청했다.

순간적으로 빈틈이 드러났지만 리셸은 그것을 노리지 않았다. 그저 중심을 잃고 마구잡이로 휘두르는 전사의 시미터를 연달아 가격할 뿐이었다. 마나의 조력을 받은 리셸의 괴력은 정련된 시미터를 산산이 부숴버리기에 충분했다.

쩌쩡.

시미터의 중단이 맥없이 부서져나갔다. 부러진 시미터의 단면을 전사가 넋을 잃은 채 쳐다보았다. 그 모습을 본 리셸이 검을 거두고는 한 발 뒤로 물러섰다. 그제야 정신을 차린 전사가 침통한 표정을 지었다.

"졌소."

허리를 굽혀 부러진 시미터의 칼날 부분을 집어든 전사가 쓸쓸히 자기 부족원이 있는 곳으로 돌아갔다. 부족장이 달려나와 전사의 등을 두드려주는 것을 보니 상심하지 말라고 달래는 것 같았다. 접전을 지켜본 마하르가 다시 일어나 결과를 공표했다.

"첫 번째 대결은 리셸의 승리다. 이제 파스레짐 부족의 원한은 공식적으로 소멸되었다. 이에 승복하는가?"

"승복합니다."

"좋다. 그럼 다음 하쿠에레차를 시행한다."

그런데 다음으로 나온 전사는 고작 열서너 살 정도 되어 보이는 소년이었다. 왜소한 체격의 소년이 시미터를 움켜잡고 걸어나왔다. 어린 소년이 들기에는 그 무게가 버거워 보였다.

그러나 리셀을 쏘아보는 눈빛만큼은 결코 다른 전사들 못지않
았다. 리셀의 머릿속에 어젯밤 티아나로부터 들은 조언이 떠
올랐다.

—그리 강한 전사들이 나오진 않을 거야. 쓸 만한 전사들은
대부분 전선에 투입되어 있으니까. 심할 경우 불구나 제대로
싸울 수 없는 전사가 나올지도 몰라. 그럴 때는 최대한 관용을
보여주도록 해. 그래야만 해당 부족의 제국에 대한 적대감을
상쇄시킬 수 있어.

이미 그 부족이 준비해 온 술을 마신 상태라서 속이 부글부
글 끓어왔다. 사막 부족의 술은 제국의 술보다도 더욱 마시기
힘들었다. 그러나 리셀은 내색하지 않고 검을 들어 싸울 채비
를 갖췄다. 리셀을 노려보던 소년 전사가 힘겹게 검을 들어올
려 선공을 가했다. 어린 소년답지 않게 제법 매서운 공격이었
다.

푸캉.

용기는 가상했지만 실력의 차이를 극복할 순 없었다. 마나
의 힘이 실린 리셀의 반격에 시미터는 소년의 손을 벗어나 저
만큼 날아가 버렸다. 바닥에 떨어져 빛을 잃은 시미터를 쳐다
보던 소년이 제자리에 엎드려 왈칵 울음을 터뜨렸다. 오열하
는 가운데 뭐라고 중얼거렸지만 부족 특유의 사투리였는지 도
저히 리셀이 알아들을 수 없었다. 묵묵히 소년을 쳐다보던 리
셀이 저벅저벅 걸어가 떨어진 시미터를 주워들었다. 그리고

소년에게 말을 걸었다.

"이름이 뭔가?"

잠시 울음을 멈춘 소년이 리셀을 쳐다보았다. 고민하듯 입술을 잘근잘근 깨물던 소년이 당당하게 가슴을 폈다.

"코이얀이다. 부끄러운 모습을 보였으니 어서 죽여라."

"좋아, 코이얀. 강한 전사에게 꺾이는 것은 결코 수치가 아니다. 전사에게 패배란 다음의 승리를 뒷받침하는 밑거름이다. 비록 패했지만 너는 당당한 전사임을 입증했다. 가서 힘을 길러라. 그리고 얼마든지 도전하라. 나 제국의 기사 리셀은 사카라 부족의 전사 코이얀을 훗날의 적수로 인정한다."

코이얀의 눈매가 파르르 떨렸다. 자신을 무참히 꺾은 제국의 기사가 설마 부족의 이름까지 거론하며 위로해올 줄은 몰랐다. 그가 동요하는 순간을 놓치지 않고 리셀이 손을 내밀었다. 고민하던 코이얀이 리셀의 손을 잡고 몸을 일으켰다. 리셀이 씩 웃으며 시미터를 건네주었다.

"너의 기개는 훌륭했다. 이만 부족의 품으로 돌아가도록 하라."

입꼬리를 실룩거리던 코이얀이 가슴을 쫙 편 채 부족이 있는 방향으로 걸어갔다. 동시에 장내에는 박수 소리가 요란하게 울려 퍼졌다.

짝짝짝짝.

승리자의 관용을 베푼 리셀과 패했어도 당당하게 행동한 코이얀에게 쏟아지는 박수였다. 마하르도 일어나서 박수를 쳤다.

"훌륭했다.. 두 사람 모두 긍지 있고 명예로운 전사의 모습을 보여주었다."

마하르는 먼저 코이얀이 돌아간 사카라 부족을 쳐다보았다.

"비록 어리지만 당당한 전사의 용기를 보여준 코이얀에게 내 친히 양 스무 마리를 선사하는 바이다. 부디 잘 자라서 부족을 수호하는 용맹한 젊은 사자가 되길 바란다."

"어미어의 은혜에 진심으로 감사드리옵니다."

이어 마하르가 따뜻한 눈빛으로 리셀을 쳐다보았다.

"강한 힘을 가졌으되 자만하지 않고 패자를 배려해주는 그대야말로 진정한 전사의 표상이다. 제국의 기사 역시 명예로운 전사의 기질을 가졌음을 인정하노라."

"어미어의 치하에 감히 몸 둘 바를 모르겠습니다."

리셀의 양손에 들린 쌍검을 본 마하르의 눈빛이 살짝 빛났다.

"두 자루의 검을 쓰는군. 제국의 기사들도 쌍검을 사용하는지는 몰랐어."

"제가 남부군에 배속되어 처음으로 싸운 상대가 바로 호레이살 부족의 전사였습니다. 아직 신출내기였던 때라 그를 상대하며 무척 애를 먹었지요. 그때는 레오폰 말을 하지 못했기에 미처 그의 이름을 물어보지 못했습니다. 그러나 그 전사의 검술에 무척 감명을 받아 쌍검을 사용하기로 마음먹었고 지금까지 왔습니다.”

“호오. 그런가? 안타깝군. 그 이름 모를 전사가 누구인지 궁금하기 그지없어.”

리셀의 말은 호레이살 부족 전사들의 가슴에 잔잔한 파장을 남겼다. 당장 리셀을 쳐다보는 눈빛이 변한 것만 보아도 알 수 있었다.

이후에도 리셀은 이어지는 하쿠에레차를 거듭 승리로 장식해 나갔다. 그러나 위기가 전혀 없지는 않았다. 마힌 부족에서 건넨 가죽 주머니의 술을 마시던 리셀의 몸이 돌연 휘청했다.

“우욱.”

속이 타들어가는 느낌과 동시에 전신의 마나가 급격히 움직였다. 다시 말해 독이 든 술을 마신 것이다. 순간 티아나의 경고가 번개처럼 리셀의 머릿속을 스쳐 지나갔다.

—이건 드문 예지만 도저히 잊을 수 없을 정도로 원한이 극심한 경우, 하쿠에레차에 쓰이는 술에 독을 타는 부족도 있어. 발각되면 어미어의 분노를 사리란 걸 알면서도 복수에 눈이 멀어 뒷일을 전혀 생각하지 않는 거지.

그 말을 떠올린 리셀이 전력으로 마나를 순환시켰다. 다행히 전신을 잠식해 들어온 독 기운은 마나의 흐름에 빨려 들어가 식도에 모였다.

“돼.”

리셀이 뱉어낸 시커먼 액체가 바닥을 지글지글 녹였다. 늘어선 사람들의 안색이 그것을 보고 돌변했다.

"도, 독이야."

"마힌 부족에서 독을 먹였어."

사실이 적나라하게 드러나자 마힌 부족 사람들의 안색이 흙빛이 되었다. 불타는 원한에 앞뒤 가리지 않고 술에 독을 풀었건만 금세 들통이 나버린 것이다. 이제 그들은 어미어의 분노에 찬 응징을 각오해야 한다. 근위대원들이 시미터를 뽑아들고 마힌 부족원들이 모여 있는 곳으로 가는 모습을 본 리셀이 손을 들어 올렸다.

"잠깐."

리셀의 힘겨운 외침에 근위대원들이 고개를 돌렸다. 리셀의 얼굴은 아직까지 완전히 빠져나가지 않은 독 기운으로 인해 검게 물들어 있었다.

"하쿠에레차는 전적으로 내가 감당해야 할 시험이오. 독 역시 그 과정의 일부일 뿐이지. 이 정도 독은 정신력으로 충분히 참아낼 수 있소. 나는 하쿠에레차를 계속 진행하고 싶소."

어찌해야 할지 몰라 잠시 고민하던 근위대원들이 마하르를 쳐다보았다. 그가 고개를 끄덕이자 근위대원들이 다시 제자리로 돌아갔다. 심호흡을 한 리셀이 마힌 부족의 부족장을 쳐다보았다.

"전사를 내보내시오."

고민하던 마힌 부족에서 전사 한 명이 나왔다. 그리고 평소
와는 다른 리셀의 격렬한 공격을 받아내야 했다. 단 한칼에 시
미터가 산산이 박살이 났고 리셀의 손에 들린 두 번째 검이 전
사의 목젖 바로 앞에 가서 멎었다. 얼어붙은 마힌 부족의 귓전
으로 착 가라앉은 음성이 파고들어 갔다.

"제국의 기사들은 정정당당하게 싸우지. 그리고 지금껏 싸
운 사막 부족의 전사도 역시 그러했소. 그러나 마힌 부족은 그
렇지 않은 것 같소."

말을 마친 리셀이 검을 거두고 몸을 돌렸다. 남겨진 마힌 부
족 전사의 얼굴이 분노로 인해 붉게 달아올랐다. 그러나 그는
더 이상 항변하지 못하고 고개를 푹 수그렸다. 어찌 되었건 부
족에서 독을 쓴 것은 실로 부끄러운 행동이다.

"이로써 마힌 부족의 원한은 공개적으로 해소되었다. 당사
자인 리셀이 하쿠에레차를 속행하기를 원했기에 독을 쓴 일은
덮어두도록 하겠다. 이에 동의하는가?"

마힌 부족 부족장이 부끄러운 듯 고개를 푹 수그렸다. 그가
바로 술에 독을 탄 장본인이었다.

"승복합니다."

"좋다. 약속은 약속이니 덮어두겠지만 마힌 부족이 행한 비
열한 행위는 내가 죽는 순간까지 잊지 않을 것이다."

그 말에 마힌 부족장의 얼굴이 검게 물들었다. 어미어의 눈
밖에 났으니 이제 마힌 부족의 앞날은 어두울 수밖에 없었다.

마하르의 엄포로 인해 더 이상 술에 독을 타는 일은 없어졌
다. 덕분에 리셀은 아무런 방해도 받지 않고 거침없이 승리를
거둬나갔다. 이를 지켜보던 레오폰인들의 눈은 경악에 물들어
있었다.

"세, 세상에……."

"저게 대관절 사람인가?"

하쿠에레차에 참가하고자 하는 부족의 수는 예상보다 족히
세 배는 많았다. 미처 예상하지 못했는지 티아나조차 걱정을
태산같이 했다.

"예상 착오야. 저렇게 많은 부족이 나설 줄은 몰랐어."

리셀은 끊임없이 술을 마시고 끊임없이 싸웠다. 독한 술이
든 가죽 주머니를 50개 가까이 비웠다는 건 오십 명의 전사와
싸워 승리를 거뒀다는 뜻이다. 그 정도 술을 마셨다면 지금쯤
다리가 풀려 제자리에 주저앉아도 이상할 것이 없었다.

그런데 리셀은 전혀 흔들림 없는 태도로 연이은 대결을 승
리로 장식하고 있었다. 마하르를 경호하는 근위대원들 역시
입을 딱 벌린 상태였다.

"저 정도로 술을 먹고도 흔들리지 않다니 진정한 사내로
군."

"정말 대단해."

마하르 역시 놀라움을 감추지 못했다.

"대단한 사람을 데리고 왔구나, 티아나. 정신력이 인간의

범주를 벗어던진 초인이로다."

"오죽하면 제가 전사로 인정했겠습니까? 제 눈은 높습니다."

"그래, 그래. 네가 사람을 보는 눈은 정확하지."

"한 가지 상의드릴 것이 있습니다."

티아나가 귀엣말로 뭔가를 소곤거렸다. 그녀의 말을 들은 마하르의 안색이 돌변했다.

"허! 그런 말도 안 되는……. 그것이 정녕 사실이냐?"

"소녀가 직접 경험한 일입니다. 한 치의 과장도 없습니다."

"흠. 어쩌면 각급 부족장들의 마음을 뒤흔들 수도 있을 것 같구나. 정녕 네 뜻이 그러하다면 한 번 시도해 보도록 해라."

"알겠습니다. 이미 준비는 철저히 해 둔 상태입니다."

"그래. 너를 믿겠다."

제10장
전사의 증명

하쿠에레차에 나선 부족의 수는 도합 여든일곱이었다. 다시 말해 그들이 주는 술을 모두 받아 마시고 여든일곱 명의 전사와 맞서 싸워야 한다는 결론이 나온다.

리셀은 실로 믿기 힘든 위업을 거뒀다. 그렇게 많은 술을 마셨음에도 불구하고 모든 전사들에게서 승리를 거둔 것이다. 기세등등하게 나선 전사들은 어김없이 무기를 잃어버리고 고개를 숙여야 했다. 마지막 전사가 부러진 무기 조각을 들고 쓸쓸히 퇴장했을 때 근위대원이 북을 쳤다.

둥 두둥 둥.

제국의 북과는 미묘하게 소리가 다르면서도 왠지 모르게 가슴 속의 호기를 불러일으키는 북소리였다. 그 사이로 마하르의 음성이 울려 퍼졌다.

"이로써 각 부족과 제국 간의 원한 관계가 모두 해소되었다. 그러나 모든 것이 끝난 것은 아니다. 제국의 대리인 리셀은 이제 우리 호레이살 부족과의 하쿠에레차를 거행해야 한다. 나는 호레이살 부족의 하쿠에레차를 다소 색다른 방식으로 진행하도록 하겠다."

그 말에 각 부족장들이 놀란 표정으로 마하르를 쳐다보았다. 호레이살 부족에서 도대체 무슨 방법으로 하쿠에레차를 치르려는지 짐작이 가지 않았기 때문이었다.

잠시 후 일단의 노예 여인들이 다가왔다. 선두에 선 이는 파디아였다. 두 명의 노예 여인을 데리고 다가온 파디아가 천에 싸 온 것을 풀었다. 그것은 다름 아닌 판금갑옷이었다. 여기에서 판금갑옷을 볼 줄은 몰랐기에 리셀의 눈이 휘둥그레졌다.

"이것을 도대체 어디서 가지고 왔니?"

"아가씨께서 장만해주신 것입니다."

갑옷에 새겨진 문장을 살핀 리셀이 고개를 끄덕였다. 견갑과 흉갑, 그리고 투구의 문양이 모두 다른 것으로 보아 아마도 예전에 호레이살 부족이 제국 기사에게서 노획한 것이 아닐까 생각되었다. 파디아가 노예 여인들과 함께 리셀에게 달라붙어 판금갑옷을 입히기 시작했다. 그동안 티아나가 앞으로 나가서 각 부족장들에게 설명을 시작했다.

"이미 호레이살 부족은 제국의 대리인 리셀을 손님으로 인정했습니다. 그럼에도 불구하고 굳이 하쿠에레차를 거행하려는 이유는 제국 기사들의 진정한 모습을 각 부족장님들에게 보여 드리기 위해서입니다. 여러분들도 아시다시피 우리 레오폰 왕국의 날씨는 덥습니다. 그래서 제국 기사들도 섣불리 저런 판금갑옷을 입지 못합니다. 그러나 제국 기사들은 본국에서 항상 판금갑옷을 입고 다닙니다. 심지어 전투를 치를 때에는 며칠 동안 벗지 않는다고도 합니다. 이제 제국 기사가 판금갑옷을 입고 어떻게 싸우는지를 보여 드리겠습니다."

그 사이 갑옷을 모두 차려입은 리셀이 허리를 폈다. 햇볕에 달궈진 금속에서 전해지는 열기가 더없이 반가운 리셀이었다. 리셀이 판금갑옷을 모두 걸쳤음을 확인한 마하르가 몸을 일으켰다. 그리고 호레이살 부족 전사들이 모여 있는 곳을 향해 손을 들어 올렸다.

"우리 부족의 하쿠에레차에 누가 나설 것인가?"

전사들이 서로 질세라 손을 치켜들었다. 그들은 리셀이 지금껏 수많은 전사들로부터 항복을 받아낸 것을 똑똑히 보았다. 그럼에도 불구하고 누구 하나 망설이지 않았다.

"제가 나가겠습니다."

"저를 내보내 주십시오. 호레이살 부족의 검술이 결코 만만치 않다는 사실을 제국의 손님에게 알려 드리겠습니다."

여기저기서 손을 드는 전사들을 본 마하르가 빙그레 웃으며 고개를 가로저었다.

"역시 우리 부족의 전사들은 용맹하다. 하지만 나는 이번 하쿠에레차를 내 자식 중 하나에게 맡기고 싶다. 누가 나서겠는가?"

그 말에 전사들이 실망이 역력한 기색으로 자리에 앉았다. 대신 마하르의 아들들이 벌떼처럼 손을 들었다. 하나같이 자신이 나가겠다고 손을 들어 눈도장을 찍는 것이다. 그러나 그들의 염원은 이루어지지 않았다.

"모두가 알다시피 제국의 손님은 실력이 출중하다. 내 아들이라고 해도 감히 승리를 장담할 수가 없구나. 해서 손님에게 하나의 제약조건을 걸기로 했다."

마하르가 손짓을 하자 파디아가 손을 내밀었다.

"리셀 기사님. 검을 주세요. 소중히 보관하고 있을게요."

리셀은 비로소 호레이살 부족의 꿍꿍이를 알아차렸다. 자신의 막사에서 그는 무기 없이 판금갑옷만으로 티아나를 단단히 혼내준 적이 있다. 바로 그 일을 다시 벌이라는 것이다.

'티아나가 머리를 썼군. 그때처럼 한다면 사막 부족 전사들의 눈이 휘둥그레질 터. 정말 좋은 생각이야.'

그는 망설이지 않고 두 자루의 검을 파디아에게 건넸다. 판금갑옷만 있다면 제아무리 강한 전사의 공격이라도 충분히 막아낼 자신이 있었다.

파디아가 검을 수거하자 전사들이 술렁이기 시작했다. 하쿠에레차 중인 전사에게서 무기를 빼앗는다는 게 도통 납득이

가지 않았던 것이다.

"이제 기사 리셀은 공격할 수 없다. 오로지 방어만 할 수 있을 뿐이지. 그래, 누가 나가서 그에게 호레이살 검술의 매서움을 알려주겠는가?"

그러나 조금 전과는 달리 마하르의 아들들은 머뭇거리며 서로의 눈치를 살필 뿐이었다. 무기를 들지 않은 상대에게 시미터를 휘두르는 것은 전사의 명예를 더럽히는 행위이다. 때문에 쉽사리 나설 엄두를 내지 못했다. 마하르가 거듭 채근했지만 좀처럼 나서는 이가 없었다.

마하르의 아들 중 하나인 소이르가 침을 꿀꺽 삼켰다. 조금 전 하쿠에레차를 거행할 전사를 뽑는다는 말에 그는 필사적으로 손을 들었다. 노예가 낳은 자식이란 굴레를 가진 그에게 자신의 능력을 선보일 기회는 좀처럼 찾아오지 않았다.

같은 아버지를 두었지만 어머니가 노예란 이유로 그는 그동안 형제자매들로부터 싸늘한 시선을 받아왔다. 그 시선을 뒤바꾸기 위해 그야말로 목숨을 걸고 시미터를 휘둘렀다. 시미터 두 자루만 있으면 누구에게도 지지 않을 것이라 자부했다. 그러나 정작 성취를 입증할 기회가 없었다. 바로 그 때문에 소이르는 조금 전 필사적으로 손을 들었다. 언젠가 아버지의 뇌리에서 잊혀지고 말 쉰일곱명의 자식 중 그저 그런 하나가 아니라, 마하르의 직계 후손이자 호레이살 부족의 당당한 전사로 인정받고 싶다는 열망 하나로 말이다.

그런데 뜻밖의 일이 벌어졌다. 여자 노예들이 제국 기사로부터 무기를 빼앗아버린 것이 아닌가? 그는 끊임없이 손을 떨며 갈등했다.

'어떻게 해야 하나?'

마음 같아서는 나가서 자신의 칼 솜씨를 유감없이 뽐내고 싶었다. 그러나 당당한 호레이살 부족의 전사로서 무기가 없는 상대에게 시미터를 휘두른다는 건 치욕적인 일이었다. 고민하던 그의 눈이 누군가와 마주쳤다. 형제자매들 중 유일하게 따뜻한 눈빛을 보내는 여동생 티아나였다.

그녀는 노예의 자식인 소이르를 아무런 거리낌 없이 오빠라고 불렀고 그에 걸맞은 대우를 해 주었다. 때문에 그는 유난히 티아나를 아꼈고 그녀의 뒤를 전폭적으로 밀어주었다. 시선이 마주친 순간 티아나가 살짝 고개를 내저었다. 눈치 빠른 소이르는 금세 그녀의 속내를 알아차렸다.

'나서지 말라는 뜻이로군.'

총명하고 생각이 깊은 티아나의 조언이다. 그는 두말도 없이 제 자리에 앉았다. 하쿠에레차에 나가지 않겠다는 뜻을 확실하게 밝힌 것이다.

티아나는 사이가 좋은 편인 몇몇 오빠와 동생들에게 눈짓을 해서 의사를 전달했다. 나가봐야 창피만 당할 뿐이란 사실을 누구보다도 잘 알고 있었기 때문이었다. 그러나 단 한 명에게만큼은 그렇게 하지 않았다. 그녀와 가장 사이가 좋지 않은 오빠 샤이드, 검술에 재능을 가진 티아나를 끝없이 질투하고 시기해온 샤이드를 쳐다보는 티아나의 눈빛에는 조소가 가득 담겨 있었다.

사실 처음에 샤이드는 손을 들지 않았다. 검술이 그다지 뛰어나지 않은데다 칼 휘두르는 것보다는 여자 노예를 품는 것을 더욱 좋아하는 샤이드였다. 지금도 일어나지 않고 하쿠에 레차가 끝나기만을 초조하게 기다리고 있는데 우연히 티아나와 시선이 마주친 것이다. 그녀의 눈에 가득한 조소의 빛을 본 샤이드가 울컥했다.

'빌어먹을 년. 수단 방법을 가리지 않고 네년을 망쳐버리고 말겠다.'

그에게서 시선을 거둔 티아나가 이번에는 리셀을 쳐다보았다. 당당하게 판금갑옷을 걸치고 선 리셀을 보는 시선에는 정감이 가득했다. 그것을 확인한 샤이드의 눈빛이 미묘하게 빛났다.

'호오? 저 제국 돼지 놈에게 마음을 주고 있단 말이지? 좋다.'

그가 몸을 일으켰다. 비록 지금까지 수많은 전사를 꺾어온 강자이긴 하지만 지금 리셀의 손에는 병기가 없다. 무기도 없이 덜렁 갑옷만 입고 있는 상대라면 한 번 해볼 만하다는 생각이 들었다. 그 마음 하나로 그가 망설임 없이 손을 들었다.

"제가 나가겠습니다."

순간 모든 형제들의 시선이 일시에 집중되었다. 그들의 눈빛에는 모멸감이 깔려 있었다. 명예로운 전사로서 무기를 들지 않은 상대에게 어찌 시미터를 휘두를 수 있단 말인가? 그러나 샤이드는 아랑곳하지 않고 허리춤의 시미터를 뽑아들었다.

"제가 그에게 호레이살 부족의 검술이 얼마나 매서운지 똑똑히 보여주겠습니다."

마하르의 승낙이 떨어졌다.

"그렇게 하도록 하라."

물론 그는 티아나에게 들어 알고 있었다. 나선 전사가 어떤 꼴을 당할지 말이다. 그러나 샤이드는 그가 신임하지 않는 아들이었다. 험한 꼴을 당하더라도 전혀 아까울 게 없었다.

두 자루의 시미터를 움켜쥐고 나간 샤이드가 빙글빙글 웃으며 리셀을 쳐다보았다. 전사들을 연파한 제국의 기사는 판금 갑옷을 입은 상태로 두 팔을 늘어뜨리고 있었다. 겉보기엔 단단해 보이지만 샤이드는 저 갑옷이 생각보다 얇다는 사실을 알고 있었다.

'일전에 바닥에 내려놓고 밟았을 때 단숨에 우그러졌었지. 그보다 두껍게 만들면 무거워서 움직이지도 못할 테니 말이야. 좋아. 최소한 팔다리 하나는 잘라주지.'

단단히 마음먹은 샤이드가 시미터의 손잡이를 쥔 손에 힘을 주었다. 상대에겐 자신의 공격을 막을 무기가 없다. 시미터에 힘을 실어 후려친다면 어렵지 않게 상대의 얇은 갑옷을 꿰뚫고 피를 빨아낼 수 있다. 생각을 재차 확인한 샤이드가 선공에 나섰다.

쐐애애액.

시미터가 시퍼런 예기를 뿜어내며 리셀의 왼쪽 팔을 후려갈겼다. 보고 있던 전사들이 침음성을 토해냈다.

"저런."

무기도, 방패도 없으니 막을 수 없다고 생각한 것이다. 그러나 드러난 결과는 모두의 예상 밖이었다. 리셀이 슬쩍 왼팔을 들어 날아오는 시미터에 가져다 댔다. 막 시미터와 부딪히려는 순간 리셀이 팔의 각도를 틀었다.

슈각.

날카로운 소리와 함께 시미터가 갑옷 표면을 살짝 긁으며 튕겨 나가버렸다. 균형을 잃어버린 샤이드의 몸이 휘청했다. 그의 눈은 경악으로 물들어 있었다.

"뭐, 뭐야?"

실수라고 생각한 그가 다시 공격을 감행했다. 그러나 결과는 마찬가지였다. 두 번째 공격 역시 팔에 두른 갑옷의 표면만 살짝 긁고 허공으로 튕겨 나갔다. 비로소 그는 상대가 갑옷을 이용해 공격을 흘려냈음을 알아차렸다.

"이 자식이 수작을……."

입술을 깨문 샤이드가 파상공세를 퍼부었다. 두 자루의 시미터가 보이지도 않을 정도의 속도로 허공을 휘저었다. 빠르기로 정평이 나 있는 호레이살 검술답게 시미터의 그림자가 온통 리셀을 뒤덮어버렸다. 빠르게 공격하면 공세를 완전히 흘릴 수 없으리라고 판단한 것이다.

카가가가각.

날카로운 칼날이 갑옷 표면을 긁는 소리가 연이어 터져 나왔다. 놀랍게도 리셀은 그 빠른 공격을 모조리 흘려냈다. 마나의 순환으로 인해 활성화된 감각은 단 한 번의 칼질도 놓치지 않았다. 갑옷의 경사각을 이용해 모든 공격을 무위로 돌리고 있는 것이다.

"세상에……."

구경하던 전사들의 눈이 툭 불거져 나왔다. 저토록 얇은 갑옷을 이용해 어떻게 무거운 시미터를 막아낼 수 있는지 이해가 가지 않았다. 부족장들의 표정 역시 심상치 않았다. 제국 기사의 갑옷이 이 정도로 위력적일 줄은 전혀 생각지도 못했다.

리셀이 입은 갑옷에 계속해서 흠집이 났다. 그러나 리셀의 마나가 응축되어 푸르스름하게 변한 갑옷은 흠집 이상은 허용하지 않았다. 덮어놓고 공격을 퍼붓던 샤이드의 숨결이 급격히 거칠어졌다. 급기야 지칠 대로 지친 샤이드는 더 이상 공격을 가하지 못하고 그 자리에 털썩 주저앉았다.

"허억. 헉."

가쁜 숨이 연신 토해졌다. 그 모습을 본 리셀이 두 손을 늘어뜨렸다. 때를 놓치지 않고 티아나가 앞으로 나섰다.

"저것이 바로 풀 플레이트 메일을 차려입은 제국 기사의 진

면모입니다. 저 갑옷만 입으면 활이나 석궁의 일제 사격도 무리 없이 막아낼 수 있다고 합니다.”

부족장들의 표정은 침통했다. 비로소 자신들이 우물 안 개구리임을 실감한 것이다. 처음 제국 기사들의 판금갑옷을 보았을 때 그들은 한없이 비웃었다.

“저런 것을 입고 다니면 몸놀림만 둔해질 뿐이지.”

“얼마나 겁이 많으면 쇠로 온몸을 둘러싸고 다닐까?”

그러나 판금갑옷은 무용지물이 아니었다. 무기를 들지 않고도 전사의 공격을 막아낼 수 있을 정도인데 손에 무기를 든 상태에서는 얼마나 무서울까? 그들은 레오폰 전사들이 제국의 본토로 들어갈 경우 결코 제국 기사의 적수가 될 수 없음을 절감했다. 그렇다고 이제 와서 레오폰 전사에게 저런 갑옷을 입힌다고 한들 소용없는 일이다. 판금갑옷을 입은 채로 저런 몸놀림을 보이기 위해선 분명 길고도 혹독한 훈련 과정을 거쳐야만 하리라. 제국의 본토 침공이 눈앞에 닥친 지금, 레오폰에게 그런 시간적 여유는 없었다.

티아나가 큰 소리로 하쿠에레차의 종결을 선언했다.

“이로써 호레이살 부족의 하쿠에레차도 종결되었음을 선언합니다.”

바로 그때 이변이 일어났다. 극심한 모멸감에 몸을 떨던 샤이드가 돌연 리셀의 등을 향해 시미터를 찔러 들어간 것이다. 처음 공격했을 때 샤이드는 아무것도 느끼지 못했다. 그러나 상대의 몸을 건들지도 못하고 지쳐 제자리에 주저앉았을 때 그는 볼 수 있었다. 전사들의 경멸 어린 시선이 자신을 향해 집중되고 있다는 걸 말이다.

'무기도 들지 않은 상대에게 시미터를 휘두르다니 전사답지 않은 행위야.'

'어미어의 자식들 중에 저런 비열한 자가 있다니……'

비로소 샤이드는 티아나의 책략에 속아 넘어갔음을 깨달았다. 그녀의 눈빛에 발끈해 나선 것이 화근이었다. 화가 머리끝까지 치밀어 오른 샤이드는 덮어놓고 리셀에게 달려들어 시미터를 내질렀다. 그런데 시미터의 날카로운 끄트머리가 막 갑옷에 닿았을 때, 리셀의 몸이 흔적도 없이 사라져버렸다.

"뭐, 뭐야?"

샤이드가 곤혹스러운 얼굴로 주위를 둘러보았다. 바로 그때 리셀의 몸이 5미터 정도 떨어진 곳에 사뿐히 착지했다. 순간적으로 허벅지에 마나를 모아 도약한 것이다. 그제야 리셀을 발견한 샤이드가 시미터를 고쳐 잡을 무렵, 리셀이 역공에 나섰다. 허벅지에 마나를 주입해 땅을 박차고 차지 공격을 가한 것이다. 리셀의 견갑이 샤이드의 앞가슴을 가격하는 순간 놀라운 일이 벌어졌다.

퍼어어억.

묵직한 충돌음과 함께 샤이드의 몸이 훨훨 날아갔다. 무려 20미터 가까이를 날아간 샤이드의 몸이 기둥에 꽈당 하고 부덮혔다. 인간의 몸으로는 견딜 수 없는 강렬한 충격이었다. 샤이드는 그대로 의식을 잃고 기절해버렸다.

전사들은 말을 잃었다. 부족장들 역시 입을 딱 벌린 채 경악에 겨워했다. 건장한 사내의 몸을 저렇게 가볍게 날려버리는 것은 그들의 상식으로는 있어서는 안 되는 일이었다. 그들의 귓전으로 티아나의 음성이 파고들었다.

"저것이 바로 제국 기사들이 사용하는 차지 기술입니다. 갑옷의 무게를 이용해 상대의 방어를 허물어뜨리는 기술이지요. 제국의 기사들은 갑옷의 각도를 조절해 상대의 공격을 흘리는 방어법과 함께 차지 기술을 필수적으로 익힌다고 합니다."

부족장들의 얼굴에 결심이 서렸다. 아스트리아 제국의 기사는 그들의 상상 이상으로 강했다. 만약 아스트리아 제국의 정벌군이 사막을 건너온다면 레오폰 부족은 결코 무사하지 못할 터였다.

리셀이 하쿠에레차를 성공적으로 마침으로써 까마귀 전대는 공식적으로 호레이샬 부족의 손님이 되었다. 근위대장이 직접 다가가서 매듭을 풀었지만 전사들은 섣불리 적개심을 드러내지 않았다. 대원들은 어미어의 손님 자격으로 별궁으로 안내되었다. 좋은 술과 음식, 그리고 아름다운 여인들이 그들을 기다리고 있었다.

리셀은 부족 회의에 초대되었다. 어미어의 회의실에는 수백 명의 부족장들이 모여 제국과의 협상 문제를 논의하고 있었다.

사실 마하르는 지금껏 여러 번에 걸쳐 부족 회의를 열었다. 티아나가 알아온 사실을 밝힌 다음 호레이살 부족 연합이 앞으로 나아갈 길을 의논한 것이다. 그러나 대부분의 부족장들은 제국과의 협력에 부정적인 반응을 보였다. 우선 부러질지언정 휘어지지는 않는 사막 부족의 성품과 맞지 않는데다 제국의 편을 들면 다른 부족들의 비난을 살 우려가 있기 때문이었다. 제국이 감당하기 벅찬 상대임을 인정하면서도 섣불리 굽히고 들어가려 하지 않았다.

그러나 리셀이 하쿠에레차를 통과하고 난 이후 부족장들의 생각이 많이 바뀌었다. 무엇보다도 리셀이 보여준 압도적인 무력이 가장 큰 역할을 했다.

리셀이 참석한 자리에서 마하르가 직접적으로 질문을 했다.

"우리가 가장 우려하는 것은 바로 이것이네. 혹시라도 카시마르를 점령하고 나서 제국군이 칼날을 우리 부족에게 돌리지 않을까 하는 것 말일세."

마하르의 걱정은 지당했다. 제국이 협상을 명목으로 호레이살 부족의 발을 묶어놓은 후, 전력이 반으로 줄어든 하란티아 부족을 친다면 손쉽게 제압할 수 있으리라. 그런 다음 칼날을 돌려 남은 호레이살 부족을 칠 가능성도 충분히 있었다.

"충분히 걱정하실 만합니다만 제국은 대국입니다. 지금껏 외국과의 관계에서 그런 비열한 속임수를 쓴 적은 한 번도 없습니다. 감히 단언컨대 제 기사로서의 명예를 걸고 그런 일이 없을 거란 사실을 말씀드릴 수 있습니다. 황제 폐하께서 직접 협정서에 조인하셨습니다.”

마하르는 아무런 말도 하지 않았다. 리셀은 이미 시험을 통과함으로써 자신의 가치를 충분히 입증한 전사이다. 그런 그가 명예를 걸고 장담한다면 반드시 믿어야 했다.

“알겠네. 자네가 그렇게 말하니 더 이상 거론하지 않겠네. 그럼 말일세.”

마하르의 표정이 신중해졌다.

“제국과 손을 잡을 경우 전사를 얼마나 보내주어야 하나?”

마하르를 비롯한 부족장들의 또 다른 걱정은 바로 그것이었다. 현재 호레이살 부족의 전사는 절반으로 줄어든 상태였다. 각 협력 부족들도 더하면 더했지 덜하지는 않았다. 그런 상황이지만 제국에 협력하기로 한다면 의당 그에 걸맞은 병력을 보내주어야 한다. 그러나 이어지는 리셀의 말은 그런 그들의 걱정을 씻은 듯 날려버렸다.

“전사는 단 한 명도 필요 없습니다.”

“허어.”

“제국에 병사와 기사는 충분합니다. 모자란다면 금세 추가 병력을 끌어모을 수 있습니다. 제국이 호레이살 부족에 원하는 것은 전사가 아닙니다. 자체 병력으로 카시마르를 함락시키고 난 뒤 레오폰 왕국의 모든 부족을 대표해 제국과 협상할 상대가 필요한 것뿐이지요. 제국군은 현 칼리프의 목을 자르고 나면 미련 없이 철군할 것입니다. 그때 호레이살 부족이 나서서 파괴된 카시마르를 수습하고 난민들을 다독이는 등의 뒷일을 맡아주길 원하는 것입니다.”

“그게 정말인가?”

“물론입니다. 이미 저는 황제 폐하의 전권을 위임받아 온 상태입니다.”

리셀은 브렌트 백작으로부터 모든 설명을 들었다. 때문에 자신 있게 주장할 수 있는 것이다. 리셀의 말에 각 부족장들의 얼굴이 환히 밝아졌다. 전사를 보내지 않아도 된다면 그보다 더 좋을 수는 없었다. 무엇보다도 두고두고 따라다닐 배신자라는 딱지를 확실하게 떼어버릴 수 있었다.

제국의 제안대로 한다면 그건 배신이라 볼 수 없었다. 그저 하란티아 부족과 뜻이 맞지 않아 함께 행동하지 않는 것뿐이었다. 그럴 명분은 이미 충분히 쌓여 있었다. 먼저 호레이살 부족 측을 속인 것은 하란티아 부족이다. 제국의 침공에 전사를 보내지 않는다고 해도 섣불리 자신들에게 손가락질을 할 수 없다. 게다가 리셀의 말대로 칼리프의 목을 베고 난 제국군과 협상을 하여 그들을 물러가게 한다면 오히려 다른 부족들의 칭송을 받을 수도 있다.

하란티아 부족이 몰락하면 호레이살 부족은 레오폰에서 제일 강대한 부족이 된다. 패배한 부족민들은 두말도 없이 호레이살 부족의 지배를 받아들일 것이다. 사막의 법도에 따라서 말이다.

마하르의 시선이 슬그머니 돌아갔다. 그와 시선이 마주친 부족장들은 하나같이 고개를 끄덕이고 있었다. 암묵적으로 동의를 표시하는 것이다. 리셀은 그들의 결정에 일침을 박았다.

"만약 협상이 이루어진다면 제국은 우호의 표시로 포로들을 모두 돌려보낼 것입니다. 물론 협상을 체결한 부족의 포로들에 한정되지만 말입니다."

그 말에 부족장들은 적이 놀랐다.

"포로들을 지금까지 살려두었다는 말인가?"

놀랄 수밖에 없는 것이 사막 부족들은 포로를 살려두는 경우가 없다. 원한을 풀기 위해 아주 잔인한 방법으로 처형하는 것이 일반적이다. 그런데 제국이 포로로 잡은 부족 전사들을 살려두고 있었다니……

"포로들의 수가 제법 많은 것으로 알고 있습니다. 호레이살 부족의 포로만 족히 수백 명은 될 것입니다."

리셀은 포로의 처우에 대해서는 말하지 않았다. 제국군은 그들을 인근 광산에 투입하여 노역을 시키고 있었다. 처음에는 전사들도 자존심 때문에 간수들의 지시에 따르지 않았다. 그러나 어쩔 것인가? 할당량을 채우지 못하면 식량을 일절 지급하지 않는 데 말이다. 결국 전사들은 먹고살기 위해 하루하루 힘겨운 노역에 투입되어야 했다. 그런 포로들이 다시 돌아온다면 부족의 전력에 엄청난 보탬이 될 것이다. 그것은 연합 부족 역시 마찬가지였다. 결국 마하르가 결정을 내렸다.

"나, 호레이살 부족의 어미어인 마하르는 연합 부족의 대표자 자격으로 제국과 손을 잡기로 하겠다. 혹시 이에 불복하는 부족이 있는가?"

근엄한 눈빛으로 돌아보았지만 불복하거나 이견을 제시하는 부족장은 없었다. 제국과 손을 잡는 데 모두가 동의한 것이다. 마하르가 고개를 돌려 리셀을 쳐다보았다.

"공식적으로 밝히겠네. 우리 호레이살 부족은 제국과 손을 잡겠네. 이 모든 게 자네의 공일세."

리셀의 얼굴이 환히 밝아졌다. 마침내 임무를 성공시킨 것이다. 그의 뇌리에 대원들의 얼굴이 하나둘씩 떠오르고 있었다. 이제 그들은 정규 기사가 되어 스스로의 운명을 자신의 손으로 개척해 나갈 수 있을 것이다.

"훌륭한 결정을 내리셨습니다."

"지금 이 순간부터 아스트리아 제국은 우리의 적이 아닐세."

말을 마친 마하르가 손을 내밀었다. 제국의 방식대로 악수를 청하는 것이다. 리셀이 망설임 없이 그 손을 맞잡았다. 뒤엉킨 손이 허공에서 힘차게 흔들리고 있었다.

『블레이드 헌터』 6권에서 계속

劍
검·마·도
魔
島
검·마·도
ORIENTAL FANTASYSTORY & ADVENTURE
우각 신무협 장편소설
『십전제』,『환영무인』,『파멸왕』의 작가!
우각 신무협 장편소설
『검(劍)·마(魔)·도(島)』
천일평의 지옥, 정마대전 이후 십 년.
음모로 빚어낸 거짓 평화에 종언을 고한다!
dream
books
드림북스

천풍전설
天風傳說
장담 신무협 장편소설
ORIENTAL FANTASYSTORY & ADVENTURE
『쌍룡기』, 『암천제』에 이은 장담의 강호이야기
하늘의 바람이 머무는 그곳. 『천풍전설』!
사형의 죽음, 비밀임무, 구룡회의 몰살.
피의 각축장으로 변한 강호에 천풍이 불어온다!
dream BOOKS
드림북스

風雲江湖

천하에 협을 관철하고, 하늘에 천리를 묻는다!

진부동 신무협 장편소설

『풍운강호』

마교의 부활, 또다시 불어오는 혈풍의 비릿한 내음
난세를 종식시키기 위해 생사여탈의 판관이 되기로 다짐한 남자
협의저심, 이 한 마디만을 가슴에 품고 강호행에 나섰다!

dream books
드림북스

샤피로

Shapiro

쥬논 판타지 장편소설

FANTASYSTORY & ADVENTURE

『규토대제』, 『흡혈왕 바하문트』의 베스트 작가

쥬논 판타지 장편소설

불사의 비밀을 좇는 샤피로의 처절한 싸움이 시작된다!

잃어버린 기억을 찾아, 자신의 광기어린 복수를 이루기 위해!
매일 밤 사내는 흑고양이의 심장을 가진 샤피로가 되어
죽음과 환상의 경계를 넘나든다.

dream books
드림북스